未発選書

〈変異する〉日本現代小説

中村三春 著

ひつじ書房

はじめに——ジャンルと〈変異〉——

1 「構造」と不可逆的時間

詩人立原道造はまた建築家でもあり、言葉と建築との間に密接なアナロジーを考えていた。言葉の使用について、東大建築学科の卒業論文「方法論」（昭11・12提出）においては、シェリングの言う「造形芸術」的あるいは「建築」的の含意を込め、「私たちの言葉の仕方がすでに『建築』的ですらあるとは！」と感嘆している。このように言語的な構築の問題を建築の領域へと写像する「方法論」は、立原の詩における厳密なフォルマリズムと並行する言説である。言葉と建築という異なる領域の間で、立原の思惟が自在に往還し展開する有り様は、まさしく「交通」的なダイナミズムを感じさせるものと言わなければならない。(1)

ところで、立原の建築観で興味深いのは、建築が徹頭徹尾、時間との関わりにおいて語られている点である。「方法論」において立原は、建築体験を、実用性と美の充実した「住みよい」と、その「創造的な核」である建築と人間との「合一」状態である「住み心地よい」とに区別した。「住みよい」とは実践的・機能的価値であり、検証・反復可能な均質的時間の問題である。それに対して「住み心地よい」は生の一回性と不可分な、非均質的な時間との関係であり、この回路こそ建築を、「死」や「壊れ易さ」などの不可避的な崩壊を予示する不可逆的な時間へと接続する。そこにこそ、立原が「方法論」で強く表明した「廃墟」への志向が胚胎したものと考えられる。むしろ、「住みよい」は「住み心地よい」の抽象によって得られると言うべきかも知れない。いわば、均質的時間は不可逆的時間の「形式化」なのである。

この「形式化」という概念は、完全な「形式化」の不可能性や、自己言及性のパラドックスを主題とした柄谷行人の評論に依っている。(2)「隠喩としての建築」は、「混沌とした過剰な〝生成〟」に対して、完全な「秩序」や「構造」の確立を意味し、それは「形式化」によって実現される。だが、「構造」はどんな場合でも単純化であり、事物がそのような「構造」を持つ保証はない。そして、隠喩は、本質的に形式体系における決定不可能性を負っている。すなわち、喩えるもの（クラス）と喩えられるもの（メンバー）との区別は形式的に保持しえない。この結果、「隠喩としての建築」がそうであるような「形式化」は、クラスとメンバーとの間の、論理階型の障害を不可避的に引き起こす。「形式化」は、パラドックスを免れることができない。

「構造」を取り出す操作は、一般に文芸テクストに対しても行われるので、同じことは小説や詩についても言える。確かに、立原の詩を読んで解釈を行うと、その「構造」には、言葉の象徴機能が無化されて記号的な図式と化し、喩えるものと喩えられるものとの関係が機能しなくなっているような、純粋に記号的なパラドックスが感じられる。それは、いわば甘美な言葉の「廃墟」である。だが、「方法論」で述べられた不可逆的な時間という要因を考慮に入れるならば、「形式化」された「構造」は、実は決して単なる「廃墟」ではない、あるいは、その「廃墟」は一般のいわゆる廃墟とはニュアンスが異なると感じられてくる。そしてそのような不可逆的な時間の問題は、言うまでもなく、常態として物理的世界に存在するものにほかならない。

イリヤ・プリゴジンは、ニュートン的な均質時間の観念（ある時刻tと他の時刻tとの互換可能性）を批判し、熱力学第二法則（エントロピーの恒常的増大）を、時間的な不可逆性（irreversibility）の概念として再定式化した。物理現象は決して可逆的・均質ではなく、非平衡状態の無秩序から秩序へと、あるいはその逆に転移する不可逆的なものである。彼は、この理論、すなわち散逸構造論（dissipative structure）の人文分野への安易な適用には注意を促していたが、「人間のレベルでは、不可逆性はわれわれの存在の意味から切り離せないもっと根本的な概念である」とも示唆していた。[3] 事実、散逸構造論に基づく時間的発展のモメントを導入した都市計画のシミュレーションを紹介し、人為と自然とを包括する展望をも示している。[4]

考えてみると、立原の「住み心地よい」の理論は、プリゴジンによる時間的不可逆性に相当する契機への、素朴ながら先駆的な注目であったとは言えないだろうか。当然ながら人は生まれ、成長し、老いて、そして死んでゆく。その時間的な展開は（それに抗おうとする様々な試みにもかかわらず）不可逆であり、どのような物象も、つまり建築も同様の経路をたどる。「廃墟」は、「住み心地よい」の不可逆的時間の観点から見れば、決して死んだものではなく、そのような形における生命的な対象として立ち現れてくるのである。ただし、生命にしても物象にしても、形あるものの表象としては、柄谷の言う「形式化」を経た、隠喩としての「建築」として示される。それらは不可逆性を「形式化」した後の「構造」である均質的時間の表示でしかない。しかし、本来の不可逆的な流れにおいて見るとき、対象は「形式化」を逃れ、それに抗するものとして現れるのである。

2　フィードバック・ループとしての「対話」

この観点から見れば、前田愛の文芸理論には、不可逆性への留意があったように思われる。前田による文芸テクストの「内空間」の解明は、都市空間と情報との一義的写像に基づく電話帳やタウン誌と、文芸テクストとの区別から出発していた(5)。文芸テクストは、時間軸に沿った読書行為により、言葉が「有向線分をもつベクトル」として作用する「近傍」(neighbourhood)の概念を用いて説明される。ユーリー・ロトマンの非時間的な空間構造論と対比して、前田はテクストの「内空間」を、言語の線状性に従う不可逆的な時間の函数として定義している。すなわち、まさに読み進んでいく際に喚起される空間の体験と、読み終えた後に構築される空間とを区別したとも言える。この論点に関する前田の関心は根強く、後には読書行為と線型ストーリーとの関わりを「メタファーとしての迷宮」として論じることに至る。(6)

ノーバート・ウィーナーの情報理論では、「セマンティックな受信には記憶が必要であり、そのための長い時間的遅れが伴う」という。(7) すなわち、テクスト受容を「セマンティックな受信」と見る限り、読書終了後に、受容者の記述によってテクストの「内空間」は超時間的な領域性として表象され、不可逆的な時間は均質的時間へと「形式化」されてしまう。しかし、前田が指摘したようなテクスト受容の原初的体験そのものが消えてなくなるわけではない。それは単純に「セマンティックな受信」とは言えない。それはたとえば小説が、冒頭から結末までの時間的な展開を持ち、受容がその方向性に従って行われるという基本的な言語の線状性に関わるものだけではない。それはn回目の情報とn＋1回目の情報との差異、また情報の受信者ごとの差異の組み込みをも意味する。

テクストのその都度の、あるいは別の読者による読み込みに従った、「構造」nの「構造」n＋1への反復変形の運動は、読書のステージが消滅しない限り無限に連続する。各ステージにおけるテクストの不可逆的な読み込みは、「形式化」を施せば均質的時間に変換されてしまう。だが、それにしてもステージ連鎖の不可逆性は消滅せず、また反復変形の法則も、確率論以上の「形式化」を拒む。それは、その都度何らかの方法論的な〈変異〉（突発的な転移）を出現させ、新たな読みを可能性として常に持つ。また不可逆性は「閉じられた系」を形成しないゆえに、読書ステージが続く限りにおいて、「形式化」に伴うパラドックスは先送りにできる。従って、テクスト読解には飽和状態というものはない。

また他方で、同じことはテクストの生成の局面においても成り立つだろう。あるテクストは、多かれ少なかれ純粋にオリジナルであるということはない。テクストは、暗黙的にまたは顕示的に他のテクストやテクストのクラスを基礎としたり、あるいは参照したりしている。ジャンル・定型・物語などと呼ばれるものは暗黙的なクラスを、引用・翻案・改作などは顕示的なテクストを第一次テクストとして関係している。両者の複合や、中間形態も少なくない。その意味で、すべてのテクストは第二次テクストである（すなわち、第一次テクストも本来的に第二次テクストである）。従ってテクストは基本的に〈変異〉として理解できる。

第一次テクストまたは第一次のクラスとの関連において第二次テクストが認識される際には、前者から後者への時間的な不可逆性が関与する。それはまさに「構造」nの「構造」n＋1への反復変形の運動である。ここにおいて〈変異〉は、第二次性の強度が高いほど、また、時間的経過が大きい（たとえば古代から現代へ、など）ほど顕著になると推定できる（そのような〈変異〉は、必ずしも定量分析できるものではないが）。そして、ジャンルや定型が、読者がテクストを読解する際のフレーム（枠組み）として機能するとすれば、〈変異〉もまた読者側の〈変異〉と呼応することが予想される。すなわち、読者側の〈変異〉とテクストの〈変異〉とは相互的に見出される。

そして、実際のところ、私たちは〈変異〉の渦中に身を置いて見るのではなく、それを反省的に対象化するのである。ということは、「構造」nの「構造」n＋1への反復変形の運動は、多くの場合、方法論的には逆に、「構造」n＋1の中から「構造」nを発見するという仕方になる。一種のフィードバックである。ウィーナーは、フィードバック・ループを情報理論的に定義して、得られたシステムを再び同じシステムに適用することとした(8)。そして、「構造」n＋1から「構造」nへと遡行するのも、テクスト操作が時間の中で行われる以上、可逆的ではなく不可逆的な営為ということになる。

このようにして得られる「構造」のその都度の「内空間」群は、n＋1回目からn回目への、あるいは逆のループを形作り続ける。立原の「方法論」等の言葉を借りれば、この過程を「対話」と呼ぶことができるだろうか。このような「対話」は、同じシステムを同じシステムに対して適用する限りにおいて、柄谷の『探究Ⅰ』の論理によれば独我論の典型となる。しかし、n回目とn＋1回目とは、右に述べたように、必ずしも純粋に同じシステムを形作りはしない。不可逆的時間の中で、そこには必ず〈変異〉（揺らぎ）が介在する。

人は概念枠を拡張する場合にも、持ち合わせの、既成の概念枠から出発する以外になく、その仕方で概念枠を拡張している（本書第Ⅱ部7「他者とコミュニケーション――柄谷行人『探究Ⅰ』――」参照）。すなわち、不可逆性の中にあるフィードバック機構の可能性は、「交通」のループの拡大と拡散にも繫がる。すべてのテクストは、〈変異〉を伴って、他のテクストとの関連の中において見出されるのである。

3 本書の成り立ち

さて、前節で「〈変異〉は、第二次性の強度が高いほど、また、時間的経過が大きいほど顕著になる」という仮説を立てたが、現代小説の有力な作品を幾つか読んでみるだけでも、その印象は確証される。中上健次・笙野頼子・金井美恵子のテクストは、物語・神話・定型など各々の呼び名で呼ばれるクラス（ジャンル）と、各個のテクスト・言葉との間の闘争を、それぞれのテクスト様式における〈変異〉として刻印されている。もっとも、すべてのテクストが第二次テクストであるとすれば、テクストの存在には、原初的にそのような現象が内在している。ただし、特筆すべきはそれらにおける〈変異〉の並々ならぬ強度である。

日本近代文学は、成立期から昭和戦前期までの高揚期を経て、戦後から現代に至るまでの間に、既成の様式や思想を根底から相対化して乗り越え、新たな地平へと踏み出すことを自らに課したように見える。それは、多メディア化とグローバル化の進行の中で、娯楽メディアとしての小説の地位が大きく失墜したことや、そもそも右のようなジャンルの生命力〈文化的効果〉が減衰したことなどが理由となっているだろう。その傾向は既に一九二〇年代以降に現れていたのだが、現代に至っていっそう顕著となったのである。本書は、第Ⅰ部「ジャンルとの闘争」において、右の三人の現代作家の作品を、そのような時代における代表的な〈変異〉を実証した文芸テクストとして取り上げる。

本書の第Ⅱ部「現代小説の〈変異〉」においては、戦後から現在に至る小説を中心とし、エッセーおよび評論も併せて、現代的な〈変異〉の様相を探ってみる。安岡章太郎・三島由紀夫・村上龍・筒井康隆・島田雅彦・リービ英雄・多和田葉子・柄谷行人と、題材も様式も異なる作家群だが、いずれ劣らぬ〈変異〉の実践者たちである。筒井が『残像に口紅を』において、使用する文字（音）を漸減させながら小説を構築したり、リービ・多和田が複数言語を駆使してテクストを構築したのは、極めて見やすい〈変異〉のあり方である。また、読者側の〈変異〉がテクストの〈変異〉を相互的に見出すとすれば、ここには論者の読解実践の跡も色濃く反映していることになる。『海辺の光景』を通説とは逆にエディプス・コンプレックスの解体として読み、三島の小説群をパラドックスの変奏として再評価することは、読み方における〈変異〉と呼応する帰結にほかならない。

第Ⅲ部「〈変異〉のための十章」では、〈レズビアン〉〈セクシュアリティ〉〈ポリセクシュアル〉〈パロディ〉〈サイバースペース〉〈アナロジー〉〈恋愛〉〈悪夢〉〈霊感〉〈改作〉のトピックごとに、現代小説（戯曲一編を含む）における〈変異〉のポイントを個々のテクストに即して論じてみた。第Ⅱ部に比べると、トピックに即しながらも、より平易な作品概説となっている。〈変異〉のポイントが具体的に実感できるだろう。

最後の第Ⅳ部「レヴューズ 1994-2011」は、世紀の変わり目に発表された小説作品のレヴューを十編、年代順に配列した。もちろん、十作品のみによってこの時代の不可逆的な時間性が彷彿されるというわけではないが、〈変異〉する日本現代小説の伝統が、まさに今この時にも脈々と流れ続けていることの、少なくとも一端は浮き彫りになるだろう。レヴューであるだけに、書き方はさらに平明になっている。現代小説のニュアンスを大まかにつかむためには、後半の第Ⅲ部・第Ⅳ部から読むという方法もあるかも知れない。

＊

不可逆的な時間において、「住み心地よい」という人間の生命的な居住体験の最終的境地として、「廃墟」を尊崇した立原道造。本書もまた、「廃墟」となるまで読者との間で「対話」を繰り広げ、読み込まれるものとなれば幸いである。

【注】

（1）立原道造の「方法論」については、中村三春「立原道造のNachdihitung」（『フィクションの機構』、一九九四・五、ひつじ書房）参照。また立原の建築と詩との「交通」については、名木橋忠大『立原道造の詩学』（二〇一二・七、双文社出版）が優れた論述を展開している。

（2）柄谷行人『隠喩としての建築』（一九八三・三、講談社）。

（3）イリヤ・プリゴジン、イザベル・スタンジェール『混沌からの秩序』（伏見康治・伏見譲・松枝秀明訳、一九八七・六、みすず書房）、384ページ。

（4）イリヤ・プリゴジン「人間と自然との新しい対話」（I.S.S. inc. 訳、『現代思想』一九八六・一二）。

（5）前田愛『都市空間のなかの文学』（一九八二・一二、筑摩書房）。

（6）前田愛『文学テクスト入門』（一九八八・三、ちくまライブラリー）。

（7）ノーバート・ウィーナー『人間機械論――人間の人間的な利用』（鎮目恭夫・池原止戈夫訳、一九七九・一〇、みすず書房）、81ページ。

（8）同書、61ページ。

目次

第Ⅲ部　〈変異〉のための十章　269

第Ⅳ部　レヴューズ 1994–2011　327

第I部

ジャンルとの闘争

第Ⅰ部では、物語・神話・定型などの呼び名で呼ばれるクラスと、テクスト・言葉との間の闘争を、三人の小説家のテクスト様式における〈変異〉のうちに探る。

第一編

中上健次

1 「物語」の変容――『小林秀雄をこえて』――

1 ダイアローグについてのダイアローグ

ダイアローグ、つまり私が内側に向かって私とは何かと問うのではなく、相手に訊ねられ、答えるダイアローグが必要なんだ。つまり、またぞろ交通になるんだけれども、小説は交通の産物なんですよ。自分に真理は存在しない、ということ。極端に言えば、私自身も存在しないみたいなね。

（柄谷行人との対話「小林秀雄をこえて」における中上健次の発言）

中上健次は生涯に亙って、異常なまでの頻度で、しかも多岐に亙る相手との対談をこなした。最後の「シジフォスのように病と戯れて」（渡部直己によるインタヴュー、『文学界』一九九二・五）の肖像写真には、さすがに闘病の疲れが見え痛々しいほどである。だがこの時期に至ってもなお、中上は「物語」への並々ならぬ執着を示している。このインタヴューにおいて、自らが癌を告知された際に、上田秋成『雨月物語』の序文に「もの書きなんて死んでロクなことにならない。死んだら地獄に落ちる、あの紫式部も地獄に落ちてるはずだということを書いていて、その言葉にいたく感動したことがあるんだけど、それを思い出したんですね」と中上が言う一節がある。実はこの「思い出」こそ、柄谷行人との対談「小林秀雄をこえて」における発言にほかならない。この上もない限界状況における想起が、対談のネットワークを通じて、最も傾倒した物語作者の一人のエピソードへと飛んで行くのである。ここには、「物語」と「対話」という、中上の愛した二つの言説形態の間の、抜き差しならぬ関係が見て取れる。それでは、中上の「物語」とは何であったのか。「小林秀雄をこえて」を題材としつつ、この、それこそ些か物語化され過ぎたトピックを整理してみよう。

対談「小林秀雄をこえて」は、原題が「小林秀雄について」(『文藝』一九七九・八初出)、のち柄谷行人・中上健次『小林秀雄をこえて』(一九七九・九、河出書房新社)に収録された。[1]同書には、柄谷「交通について」「文体について」、及び中上「物語の系譜・断章」が併録されている。併録された評論の内容は、対談の論旨を補足するものである。この対談の主題は、中上の発言を中心として集約すると、小林秀雄批判に託した「物語」論であり、柄谷の「交通」の概念が、それを補完する役割を果たしている。ただし、彼らの対談の常として、発語された言葉は相互に交換される〝はざま〟で増幅し合い、全体として、いわば〈物語＝交通〉論の相貌を呈すると言わなければならない。すなわち、「物語」であり、かつ「交通」であるという多義性が中上的「物語」論の醍醐味であるのは勿論のこと、そのような多義性が、外ならぬ〈物語＝交通〉の核心に位置するところの、「対話」という〝はざま〟のディスクールによって実現されるのである。

このようなテクスト形態は、オリュウノオバの語りによって「物語」の生成という原状況を語り出した「物語」とされる、例えば『千年の愉楽』（一九八二・八、河出書房新社）に代表される中上の小説作品のそれと、ジャンルを超えて合致する。ここで人が目の当たりにするのは、言葉が、異なる審級（物語内容／物語言説）を横断しつつ、言葉自らの資産を投入し、かつ他者の言葉の資産をも貪欲に摂取し続ける、際限のないオートポイエーシス、手に負えない増殖活動と言うべき事態である。中上的なテクスト様式のそのような動力を、彼の〈対談〉もまた分有していたということになる。運動する言葉には、固定したジャンルの境界線は無効となる。そしてまた、この〈物語＝交通〉論が賭け金として投じられているものこそ、そのような言葉とジャンルとの果てしもない確執・闘争にほかならない。

2　「文学」対「物語」、そして「小説」

中上の発言の趣旨を次のような三項目に要約してみよう。

(1)「文学」／「物語」対立の鮮明化

「この今の日本には、文学と物語という二つのものがあるんじゃないか、という考え」から対談は開始される。中上によれば、「文学」は「告白」という形式を採る「人間中心主義」のディスクールであり、「一神教」的に閉鎖された枠組みとして近代を覆ってきた。その制度としての「文学」のイデオローグが小林秀雄である。「私小説論」（『経済往来』一九三五・五〜八）の「社会化された私」は、「私」「自我」「自意識」という装置を全面化したところに発想された。だが、「これは、ハッキリ間違っている」。「私」や「社会」なるものは、明治期の西欧との「交通」によって制度化されたものに過ぎない。「私小説」の読み方も、むしろそのような「文学」とは別の、それ以前から「日本の中に流れる」「物語」や「日本語そのもの」の考察から再評価されなければならないとされる。

「文学」の制度化以前から脈々と培われた伝統として存続する「物語」は、現在においても不可避の前提であり、これを凝視しなければ言葉の力はつかみ得ない。小林にはこれが決定的に欠落しており、吉本隆明・江藤淳・秋山駿らの批評家や、多くの作家たちもその意味で小林的パラダイムの影響圏内に留まっているという。文壇は、「文学」の枠組みを打ち破らなければならない。このように、中上は「文学」と「物語」を対照的な規範として記述し、凡百の「文学系」文士たちと対抗して、自らの「物語系」作家としてのスタンスを明瞭に打ち出したと言えるだろう。他の対談と同様、中上はここでも自作を多く引き合いに出している。既に『岬』（一九七六・二、文芸春秋）、『枯木灘』（一九七七・五、河出書房新社）で認められ、『化粧』（一九七八・三、講談社）、『水の女』（一九七九・三、作品社）へと展開し、折しも谷崎潤一郎や上田秋成を射程に収めた「物語の系譜」（『風景の向こうへ』、一九八三・八、冬樹社）を雑誌連載中であった。中上の創作史においてこの対談は、現代文学全体と対峙する物語作家としての理論的な立脚点を固める、極めて重要な意味を持っていたと考えてもよいだろう。

(2)「物語」に挑戦する「小説」

だが、「物語」の顕揚とは、単純な「物語」への回帰ではない。「物語」論が一躍、敢えてジャンル論と言うべき領域に踏み込むのはここにおいてである。

中上によれば、「物語」は日本語および古典の中で培われた範型であり、その手法は変わるところがない。これを著しく矮小化または廃棄したジャンルが「文学」である。たとえば「物語系」作家の代表である谷崎ですら、その「サクラ（桜）」は単なる装飾物でしかなく、占いや恐怖の対象という古代的な性質を著しく狭めてしまっている。そして「物語」は「定型」もしくは「法＝制度」であり、「文学」や中上自身をも取り込んでしまう強力で恐るべき装置である。たとえば主人公の条件としての「ピュア」（純粋）は、唐十郎の劇をも規定し、全面的に支配している。だが、「物語」の側にのみ立つことは、「法＝制度」に「身をすり寄せ」ることと同義である。従って「小説」は、「物語」の「定型」を摂取しつつ、「物語」を超えて行かなければばならない。その例として、「自然」という「法＝制度」に「自分」という「自然」を対置した滝井孝作・尾崎一雄の「私小説」は、「翁の文学の定型を逆さにとっている」とされる。円地文子・武田泰淳らも、その見地から再評価すべきであるというのである。このように、「文学」と対抗しうる「小説」とは、唯一、「物語」との間に緊張関係を結ぶことにおいてのみ定義されうるジャンルである。そのような緊張はいかにして可能となるのか。

(3)「交通」による「物語」の超克

中上によれば、言語・神話・戦争などの本質は「交通」である。小林の『本居宣長』（一九七七・一〇、新潮社）の宣長像は、「法＝制度」の枠内で自己完結する「鎖国」の思想家でしかなかった。むしろ、宣長の論敵であった上田秋成こそ、非差別者の側に身を置き、中国・朝鮮を考慮し、また「漢心」なる外部の視線を所有した「交通」の実践者であった。秋成はまた稀代の物語作者でもある。つまり、「物語」を矮小化するのではなく「物語」を超克することは、「交通」の実践によってのみ可能となる。

このような「交通」の好例は、再び秋成とされる。秋成は「中国人」（＝マレビト）意識を持ち、各々の出典を持つ『雨月物語』の各編をその出典からの「ズレ」によって構築した。

ここで〈物語＝法＝制度〉はその「ズレ」によって顕在化し、もう一つの「物語」へと組み替えられ、自己内部に差異＝闘争の増殖活動を開始するのである。短編連作集『化粧』について中上は、「ことごとく日本の古典に出典を求めてある」ことを陳述するが、このような〈物語＝交通〉論は、いかなる批評よりも中上自身の様式を適切に説明していると言わなければなるまい。

3　ジャンルの掟

ジャンルとは何か。テクストの言語形態の特徴から、「文学」というジャンル、あるいは「文学」の下位区分を規定する試みが悉く循環論法に陥ってきた歴史については、森本浩一が綿密に論証している。(2) ジャンルとは、言語的対象について受容者が持ち込む概念図式にほかならない。いわゆる〈日常言語〉対〈芸術言語〉の区別という暗黙知さえ、実体論的には説明のつかない現象である。ただし、何ゆえジャンル・様式・定型などの類型学が現に成立しているかの理由を考えるならば、それらは言語行為者が言語的対象との間に、その都度、何らかの相互関係の基準を生成もしくは設定することの表現と言うことができる。むしろ言語の一様性という起点に立つ時、一様な言語に・人為的・区画を施すことこそが、意味なるものの起源なのである。勿論、逆に、それは絶対的意味というものが虚妄の観念であることの保証ともなろう。意味＝ジャンルは、本質的に無根拠なものである。従って、ジャンルを俎上に据えることとは、一様な平面を根拠なく切り分ける意味の暴力、すなわち「法＝制度」の問題を論ずることと同義なのである。

カフカの『掟の門前』を論じ、デリダは禁止という〈掟〉が出現する出来事の不可能な呈示として「物語」を定義（?）し、それ自身は決して現前しない〈掟〉の歴史性を、「文学」ジャンルの成立と同時的なものだ、と述べた。[3]「それが法をもて遊ぶ捉えがたい瞬間に、文学は文学というものを通り抜けてしまう。それは掟と掟の外を分つ線の両側に位置するのだ。文学は〈掟の－前の－存在〉を分割し、田舎の男のように『掟の前』にありながらしかも同時に『掟以前』にある」。従って、ジャンルは〈掟〉として共同体を措定する「法＝制度」であるが、それは通常、可視化されることはない。「文学」を自明視する場合、それが〈掟〉たることも理解はできまい。それが可視化されるのは、コミュニケーションとして通用する言葉遣いへの苛立ち、非合意によってのみである。その身振りは、言葉の無根拠性に立ち返ることが、同時にジャンルという「法＝制度」を言明によって確証することでもあるという、一種の背馳状態を呈することになる。非合意の側に立つ者の、言葉とジャンルとの確執は、かくして火蓋を切るのである。

「文学」／「物語」のジャンル論的対照、つまり単なる言葉の様相が、アクチュアルな世界と関わりを深めるのはこの文脈においてである。中上自身、「要するに物語の原形は差別・被差別であるという認識」（松田修との対談「物語の定型ということ」、『國文學』一九七八・一二）について明言していた。言葉とジャンルとの闘争は、従って言葉と世界との闘争にほかならない。これを刻印されたジャンルが「小説」である。「小説」とはメタジャンルなのだ。バフチンが「小説」をあらゆる言説資産のパロディとして、生成途上の未完成なジャンルと規定したことは、また「対話」やポリフォニーというその言語様式の記述と契合している。例えば「小説」が「物語」を引用・変形し、その〈法＝制度〉を利用しつつ揺るがす運動がこれにあたる。「交通」とは、具体的な交流という以上に、クリステヴァ的な間テクスト性、すなわち意味生成性としても理解すべきだろう。(4) 言葉そのものが、固定した概念図式の虜囚となることなく、常に「ズレ」、揺らぎにおいて発せられるのである。

ただし、船乗りは自分の乗った舟に故障が見つかっても、舟を下りるわけにはいかず、乗ったまま修理するほかにないという「ノイラートの舟」の比喩を借りるならば、この舟の乗客はわれわれすべてであり、中上や柄谷も例外ではない、と言うこともできる。加藤典洋が、柄谷らの「共同体」と「外部」の定義を克明に検証し、結局それらは相互的・循環的な論法によってのみ出現する「ありえない仮構的空間」に過ぎない、と述べたのは正鵠を射ている。(5) 勿論、いかなる理論も、言語の一様性に差別＝意味を見出すための座標軸として、「仮構的」たるを免れることはない。従って、「文学」の制度性を指摘し、「交通」の拡がりに身を置くことから、他のあらゆる言説を今度は自らを頂点とする階層構造へと貶めることが帰結してはならない。それは本来、多声的であったはずの「小説」ジャンルが、「文学」の枠内に搦め捕られたのと同じ轍を踏むことになる。〈物語＝法＝制度〉の可視化が、基本的にジャンルの無根拠性の剔抉と同値であるとすれば、そこに現出するのは、「文学」と「物語」との境界線もまた、決して自明の実体ではありえない、という反照運動である。

「外部」を認知した瞬間から、「外部」は準拠枠に汚染され、「外部」ではなくなる。だが、認知不能なものは例え「外部」としてであれ、認知されず、つまりは無意味でしかない。共時的な「交通」による「ズレ」は、唯一、それ自体が起源＝目的としての「対話」の継続においてのみ、その都度、暫定的に承認されるほかにない。その意味での〈交通＝対話〉には、起源も目的も、勝利も敗北も存在しない。「文学」という制度に抗して、またそれに対置される「物語」の「定型」の強度に対しても、それらのメタ物語性への否認・非合意は継続しなければならない。だが、継続そのものには、それ以前の正当化は存在しない。リオタール流に言えば、争異に基づく「パラロジー」（疑似正当化）こそが常態なのである。[6]

可能なのは、未だなお、未知の事柄や驚くべき対象に回路を開き、それを受け入れ、解釈を施し、そして誰かと語り合うこと、これ以外の何物でもない。ここから中上のテクストへと折り返そう。それは、そのような「対話」の、巧みな共犯者となるだろう。

【注】

（1）このテクストは、他に『中上健次全発言Ⅱ 1978〜1980』（一九八〇・七、集英社）に「小林秀雄について」の題で、さらに柄谷行人『ダイアローグⅠ』（一九八七・七、第三文明社）に「小林秀雄を超えて」の題で再録されている。本文間に異同はない。

（2）森本浩一「ジャンルとは何か」（『日本文化研究所研究報告』第29集、一九九三・三）。

（3）ジャック・デリダ『カフカ論――「掟の門前」をめぐって』（三浦信孝訳、一九八六・五、朝日出版社）。

（4）ジュリア・クリステヴァ『ポリローグ』（足立和浩ほか訳、一九八六・五、白水社）。

（5）加藤典洋「ルサンチマンと虚構」（『ゆるやかな速度』、一九九〇・一一、中央公論社）。

（6）ジャン＝フランソワ・リオタール『ポスト・モダンの条件――知・社会・言語ゲーム』（小林康夫訳、一九八六・六、水声社）。

2 『重力の都』と説経節
――「吉野葛」を経由して――

1 物語批判と反物語批判

現代作家の中で、中上健次ほど日本古典の伝統を自らの資質と対決せしめ、高次の様式を実現した小説家はあるまい。ここでは、最も明示的に説経節のテクストを引用し、その引用によって様式特徴を顕著に印象づけている小説「愛獣」の構造を究明することにより、現代における伝統と創造の弁証法について、端緒をつかむことにしたい。

物語と小説との差異と同一は、多くの批評家たちの論議の的であった。その一人、蓮實重彦に代表される物語批判の内実について、澁澤龍彦の様式を参照の枠組みとして明快な批判を下したのは跡上史郎である。(1) 跡上によれば、蓮實の物語批判は、権力的な実体としての物語というありもしない対象を措定し、そこからの逸脱＝差異化を行う「私生児」「捨子」として小説を特権化するものであり、その結果、それを語る蓮實ら自身のまさに物語的な権威の獲得が帰結してしまう。しかしその構造が認識された結果、「物語を捨子ならざるものの領域に囲いこんでおいて、それに対して捨子であることの特権を行使しようとしてもそれはもはや無効であるということが露呈してしまうのだ。それもまた螺旋的に重ねられていく他はない物語だからである」と跡上は指摘する。

この論は、文化的権力批判の言説それ自体が権力と化してしまうメカニズムを、言説そのものの論理構成の読解によって糾明した点において、論題の域を超えた知一般の正当化や啓蒙の機構に対する反省的省察の糸口を与えるものである。それは一面において、ホルクハイマー、アドルノやリオタールの議論に接続することもできる。[2] 物語と小説とは実体としての区別はなく、その本質はいずれも虚構のテクスト以外ではない。にもかかわらず、現代の文化の現場において、両者は特定の意味付与に従って峻別しうるものとされ、その峻別がそれこそそれ自身の物語化によって支持を集め、そのような差異化を行うイデオローグ主体がカリスマ視されることになる。ここから跡上は、次のように結論づける。「私たちは楽天的に物語を批判し続けることなどできない。物語を批判することでそれを見えない形で強化し、物語との相補的関係を生きてしまうのではなく、物語にとどまり続けることのできる知、物語の知こそが必要とされているのである」。

物語批判論者のイデオロギーを炙り出す跡上の論法には耳を傾けるべき部分が多い。ただし、物語批判論一般の論調が、すべて否定されるのであってはならない。私たちが日常的に「小説」と「物語」という言葉を、曖昧ながらも区別して使用していることに意味がないわけではないだろう。物語批判を批判すると否とにかかわらず、この区別の感覚が何に基づくものかを追うことは可能である。また、「物語にとどまり続けることのできる知」が最終的に推奨されるとしても、それは他の言説形態に対する物語への無批判な迎合を主張するものと受け取られてはなるまい。何よりもまず、そこでは物語や小説をも含む文芸テクスト一般が、根元的には「捨子」的存在者であるという前提を外すことはできない。その場合、物語と小説とは根元的な虚構の平面では対立するものではないにしても、それらの区別を試みる活動は、あるテクストのプンクトゥム（特異点）として機能する何らかの「メビウスの環のようなひとひねり」（跡上）の様相を、特定しようとする操作として認められる。そのような「ひとひねり」はいかに微細なものであれ、読者のテクスト認知の条件を与える枠組みとして、各々のジャンルの指標と見ることができ、またその条件に応じた具体的なテクストと読者との遭遇の様態は、個々のテクスト様式として記述されるものとなる。(3)

言語文化は、言語本来の属性として、いつでも根元的な虚構の地平に立ち帰って反省することができ、またある局面ではそれは必須の作業とならざるをえない。ただし、それはテクスト・構造、ジャンル・様式などの人為的区別を、常に一切無根拠の不要物として葬り去ることではない。文化の豊かさはその多様性に多くを依存し、その多様性のうちの大半を占めるものは、人が対象との関係の中で人為的ひいては作為的に生成した虚構的な意味にほかならない。物語批判のイデオロギー的側面については留意すべきとしても、物語と小説というジャンルの区別を行うことによって、作家や批評家が現に何を作り出し、受容者が何を見出すのかこそが、より重要な課題とならなければならないだろう。跡上の評価する澁澤のテクストも、澁澤が物語にとどまりそれに「ひとひねり」を加えたことを理由として評価されるのではなく、それがそのような想定されたプロセスの帰結として、何らかの評価基準から見て評価されるべきものであるからこそ、評価されるのである。もはや、物語か小説かという強いられた二者択一の正否ではなく、その思考の方式が何を産み出したかに問題の中心を移す時ではないか。古典＝物語、現代＝小説という、漠然とした通念を批判的に機能せしめるとしたら、その端緒はここにある。そして、澁澤と別の形ではあるが、共通に「物語との緊張関係を生きること」（跡上）の最高の実践を行った作家の一人として、中上健次がいる。

2　「モノガタリ」と「物語」——中上の谷崎論

中上健次にとって、谷崎潤一郎こそ、最も乗り越えなければならない物語作家であった。評論集『風景の向こうへ』（一九八三・八、冬樹社）に収められた「物語の系譜　谷崎潤一郎」（『國文學』一九七九・三）において、谷崎の物語様式は完膚なきまでに究明されている。これは谷崎批判の書であるが、それと同時に自らの内なる谷崎的なるものをも批判しつくそうとする、熾烈な自己批判でもある。中上の物語批判の核となるところの問題点のすべてが、ここで谷崎に集約されていると言っても過言ではない。その前提となるのは、中上の物語論の根本命題である、「法、制度つまり物語は、いたるところ、あらゆるものに遍在する」という〈物語＝法＝制度〉論である。中上によれば、谷崎はこの〈物語＝法＝制度〉に、臆面もなく、無批判に依存した作家として断罪されなければならない。「谷崎潤一郎とは、この百年来、作家や批評家が口に出して言う検証抜きの物語信奉を餌に肥え太ったブタなのである」。この〈物語＝法＝制度〉論は蓮實の物語論ともほぼ共通であるが、(4) 中上はさらに物語の下位区分をも解明してみせる。

すなわち、このエッセーにおいて中上は、古代後期以降、特に近代において流布された〈法＝制度〉としての「物語」と、それ以前、物語がその原初的な様相を保っていた時代の物語としての「モノガタリ」とを、厳密にではないが区別している。秩序的物語と、反秩序的物語と言い換えてもよい。〈法＝制度〉としての「物語」は、おおむね『源氏物語』からとされる。それ以前との差異は、「私がモノガタリ『宇津保』にあって物語『源氏』にないと思うのは、意味の萌芽への問いである」と言明され、その「問い」の例としては「親は何故、親なのか、子は何故子なのか？」などが挙げられる。それに対して、「それが物語『源氏』になると、まず親と子の意味は摂関政治の法や制度に繰り込まれ、ダイナミズムを減じて顕わになるのは法や制度ばかりである。光源氏は法と制度そのものにより主人公として形成されると取った方がよい」。

ここで「モノガタリ」は、〈法＝制度〉を自明視せず、それらの発生の根源に降りて対象化するあり方を示し、「物語」は逆に、〈法＝制度〉の上に乗り、その〈代行＝表象〉(representation)として振る舞おうとするあり方を示す。そして谷崎は、『源氏』の現代語訳はしたものの、それ以前の「モノガタリ」に遡行することができなかった。「結論を先に言うと、谷崎潤一郎は法や制度の作家である」。その結果として、『刺青』や『幇間』の文体は「劇画」であり、村芝居や歌舞伎の定型のように書かれている。そこに現れた性や倒錯は、生身の人間のそれではなく、〈法＝制度〉つまり物語の性や倒錯のように見える。物語の定型や法・制度に習熟して信じ込む愚鈍さがあれば、「『細雪』の十や二十はかける事は保証する」。また『春琴抄』や『吉野葛』は、「法・制度つまり物語を導き出す為の法則（コード）を冒頭に置いている」。さらに『陰翳礼讃』は、日本的な美そのものではなく、〝日本的な美〟という物語の法・制度への礼讃にほかならない。

こうして谷崎は、「物語の白痴」というべき作家であり、反面、その分、近代文学の人間中心主義・文学主義の毒からは自由であった。柄谷行人との対談集『小林秀雄をこえて』（一九七九・九、河出書房新社）で中上は、近代以降の告白という制度に従う私中心のいわゆる「文学」に対して、古代以来の物語を対置し、物語の物語たる所以を定型・範型として規定していた。[5] また現代の「小説」とは、むしろ「文学」から飛躍し、様々な「交通」によって物語の定型性を打破するジャンルであるとも述べられている。「物語の系譜」の論旨を適用すると、物語の定型性を打ち破る物語としての「小説」とは、『源氏物語』以前的な「モノガタリ」の時代への回帰という側面を含むものとなる。これらのエッセーで述べられた事柄は、物語論一般、小説論一般というよりも、むしろ中上の創作方法論の模索として理解する方が適切だろう。それは中上的な「ひとひねり」（跡上）の企みであった。すなわち、「モノガタリ」と「物語」、「文学」と「小説」などの対比と概念規定を行う中で、中上はこれらのジャンル論を、中上独自の様式の生成へと転化させてゆくのである。特にこの谷崎論は、後に書かれる短編集『重力の都』に実質的な理論的根拠を与えたのではなかろうか。なぜなら、『重力の都』は、そこで中上が口を極めて批判を加えた『春琴抄』『吉野葛』を連想の糸とし、いわばこの「物語の系譜」の理論に則って構想されたとさえ思われるテクストだからである。

3 谷崎へのオマージュ――短編集『重力の都』

短編集『重力の都』は、一九八八年九月、新潮社から刊行された、短編集としては中上の最後の一冊である。中上の短編集のうち、初期作品群を除く『化粧』（一九七八・三、講談社）以後の四冊には、いずれも中世・近世の古典物語との太い通路が確保されている。『化粧』には、説話・謡曲・説経節・『雨月物語』等に題材を採り、熊野を舞台とした短編が多く含まれ、中上と古典との濃厚な関係を初めて世に知らしめた。この書について柄谷行人は、時代を中世に置いた作品と現代に置いた作品とが交互に現れることに留意し、古典の「物語や伝承」と、近代の「私小説」との「両極を所有し、且つそれらを超えたところに『小説』を考えていた。［…］中上健次のテクストを読むときに警戒すべきことは、それをこの両極のどちらかに還元してしまうことである」と適切に述べている。[6] 続く『水の女』（一九七九・三、作品社）、および『熊野集』（一九八四・八、講談社）も、同じく中世と現代とが交錯する夢幻の世界を構築している。従って基本的に中上の短編集は、このように古典的物語との深い絆、すなわち「両極」（柄谷）とその止揚において印象づけられるものと言ってよいだろう。

『重力の都』には、一九八〇年代に発表された六編の短編小説が収録されている。[7] これもまた古典との深い繋がりの刻印と同時に、谷崎のテクストという変数も組み込まれている。短編集の「あとがき」には、次のような言葉が認められる。

> 谷崎潤一郎に『春琴抄』という佳品がある。連作『重力の都』は大《おお》谷崎の佳品への、心からの和讃と思って頂きたい。『重力の都』で物語という重力の愉楽をぞんぶんに味わった。小説が批評であるはずがない。闘争であるはずがないと確認したのもこの連作であった。

「連作」とはいえ、八年間に亙って発表された作品群は、当初はそれほど強い連作意識の下に書かれたものとは思われない[8]。むしろ、個々独立した幾つかのテクストを横断して、谷崎に対するオマージュの意識が共通に認められると考えた方がよい。だがそれは、相手に原理的批判を加え、それを乗り越えようとするオマージュであった。「物語という重力」という語句は『重力の都』というタイトルを考える際の参考となるが、この言葉は前述の通り「物語の系譜」にもあった。「谷崎潤一郎は法や制度の作家である」という「物語の系譜」の主張を念頭に『重力の都』所収テクストを概観すれば、特に男女の情交や、いわゆる社会道徳との抵触という尺度に照らして、それは谷崎の水準をはるかに凌いでいることが分かる。「あとがき」で言及された『春琴抄』と同じく、盲目という要素が四つの短編に共通に現れるが、その要素は各々に変奏され、決して単純な模倣とはなっていない。すなわち「重力の都」では、土方の由明が、暮らし始めた女と一日中性交に耽る。女は伊勢の墓に葬られた御人が自分の体を夜毎にまさぐるので手足が痛むという。女は口寄せのイチのように盲目となれば楽だと言い、由明に針で自分の両目を突き刺させる。「よしや無頼」は、材木問屋の一人息子吉光の一代記である。吉光は父の死後、忌み嫌われるイモリの松と結んだ。荒くれどもと遊び、彫物を入れ、政財界を巻き込んだ騒動を起こす。イモリの松は吉光の折檻のため盲となり、吉光は乱闘の挙げ句、刀で切られて最期を迎える。「残りの花」では、荒くれ者の十吉が美しい盲目の女を拾う。十吉の留守に女は遊び仲間を相手にし、十吉はいなくなる。女は家の脇に小菊を何本も植え、後年、その家の後からは人骨が出る。「ふたかみ」では、弥平の家に幼い喜和と立彦が引き取られてくる。二人は弥平の性器を弄ぶので、もらい子に出された。十年後二人が戻り、かつての遊びを反復し、喜和が言い出して弥平は立彦の目を針で潰し、喜和と交わる。

このうち表題作「重力の都」について四方田犬彦は、次のように的確にその内容を批評している。[9]

> 「重力の都」には秋成の『雨月物語』はもとより、谷崎潤一郎の『春琴抄』、折口信夫の『死者の書』、さらに作者が拘泥してきた雑賀孫一の落武者伝説といったあらゆる物語が渾然一体となって流れこみ、またこうした物語の過剰に拮抗するかのように、どこまでも長々と蛇行を続け、主語のありかも曖昧なままに進展していくといった文体が採用されている。由明が出会うことになるこの正体不明の女は、単に彼を「蛇性」として誘惑し、物語の世界へと拉致するばかりの存在ではない。みずからも先行する物語に深く犯され、その権域の内側へとすでに拉致されてしまっている存在であって、物語の命ずるままに失明を乞い願い、すべてを恍惚のうちに受け入れる。そして作品全体は物語の物語、すなわち高次元にある物語を含み込むような形で実現されている。

この批評はその他の所収短編にも準用することができるだろう。四方田の指摘する巧緻な文体については、渡部直己もまた注目している。渡部によれば、『重力の都』の基調となる文体は谷崎の一連の「擬古典もの」（『春琴抄』『聞書抄』『少将滋幹の母』など）を下敷きにするが、谷崎の「緩慢なテンポ」に対して、「中上の場合、冒頭の数行で、一篇のほぼすべてがくっきりと浮かび上ってくる」という。(10) ところで四方田は「すべての短編が登場人物の失明という形で幕を閉じる点で共通している」とするが、残りの二作にはその設定がない。「刺青の蓮花」は、十歳の頃に出奔した十吉が、背中に朱の蓮花を刺青して路地に戻る。婚礼の家で青竹の筒に酒をもらうつるべ差しに押し掛け、その翌日、亭主は朋輩を刺し殺して自首し、十吉ら四人の若衆は次々女を犯し、入り浸る。喧嘩の際、十吉の刺青一面から血が流れ出すが、十吉はなおもつるべ差しに行こうと言う、という内容で、むしろ希薄ながら谷崎の「刺青」との関係が認められる。最後の「愛獣」は、渡部が既に指摘するように、『吉野葛』の異文として書かれた」と見られる。顧みれば「よしや無頼」の、元の「物語」を再話する語りの手法は『盲目物語』やその続編『聞書抄』など、また「ふたかみ」は微かながら「少年」などの響きを残すだろうか。ここでは、古典との関係が明示された「愛獣」の実態を検証してみよう。

4　「愛獣」と説経節

作品集『重力の都』の掉尾を飾る小説「愛獣」は、男が歴史の研究調査のための旅行で紀州の大谷を通りかかった際に女と知り合い、そのままその女の家にいついて情交に耽るという話である。このテクストは、複数の他のテクストを、明示的に、あるいは暗黙のうちに引用することによって、中軸となるストーリーを重層化し、厚みのあるものと化している。たとえば、次のような冒頭の一文から、古典の引用が効果的に用いられている。「いなといへど語れ語れと宣《の》らせこそ志斐いは奏《まを》せ　しひがたりと宣る　とある志斐の嫗《おうな》のしいがたりではないが、そもそもがまだ三十そこそこの人品卑しからぬ男が大谷と土地の者らが呼ぶ、その村に現れた端から人に無理強いしてまで事の一部始終を話して聴かそうとする女らの眼がついて廻っている」。この「志斐の嫗《おうな》のしいがたり」は、『万葉集』巻三の贈答歌を踏まえている。[11] 語ることの強引さについて語るこの引用は、共同体社会の村内における噂、あるいは口誦伝承による物語の発生の現場を、『万葉集』の伝統によって定着させたものである。その語りの強度、執念深さと視線のあり方は、このテクスト自体のものにほかならない。

　このようにして開幕する「愛獣」が引用するテクストの引用元は、およそ二つに区別できる。一つは明示的な引用としての、説経節の『小栗判官』および『信徳丸』、もう一つは暗黙の引用で、谷崎の「吉野葛」である。「吉野葛」の「私」は歴史小説の材料を収集しに吉野に出かけ、そこで脱線して友人津村の妻選びに立ち会わされる。「愛獣」の男は歴史か民俗の研究者らしく、熊野の意味を尋ねる旅の途中、脱線して女との愛欲の日々に溺れてゆく。もとよりこの二つのテクストの間の関係は、「あとがき」で短編集『重力の都』が谷崎へのオマージュであることが明らかにされているからこそ生じるものでしかない。けれども、この結びつきは脆弱なものではなく、連作の冒頭に置かれた短編「重力の都」が『春琴抄』の顕著な第二次テクストであったことと呼応して、この短編集全体にある種の締めくくりをつける意味があると考えられる。

説経節は単に説経・説教とも、また説経浄瑠璃とも呼ばれる、語り物・口承文芸の一ジャンルである。起源は仏典の講説とも言われ、声明・和讃などを摂取して成ったと言われる。起源は平安中期にまで遡り、鎌倉末・室町初期には、鉦《かね》・簓《ささら》・胡弓などを伴奏に語り、語り手は簓乞食とも呼ばれた流浪の民であった。浄瑠璃の発生に伴い、これと競合して演劇化した。江戸時代初期の十七世紀頃が最盛期で、この頃には伴奏に三味線を用い、操り人形で上演した。説経浄瑠璃という名前の所以である。説経には、後に神として祀られるものが人間であった頃の事跡を語る、いわゆる本地物が多い。下層民を語り手とした説経節は、その物語も下層民と関係が深く、『信徳丸』の主人公は盲目の乞食、『小栗判官』では照手姫が下水仕《しもみずし》という奴隷となる。また、室木弥太郎は説経一般の特徴について、神仏の御利益のような宗教性とともに、人物の強い意志と、特に女性の行動性に大きな魅力があると述べている。(12)

「愛獣」のテクストには、これら二つの説経節作品への言及や引用が頻出する。たとえば、次のような叙述がある。

女のその一言から、男はふと中辺路を餓鬼となった小栗判官を車に乗せ率いて熊野の霊験あらたかな湯に運んだのも、天王寺で病を患い痩せさらばえた信徳丸を肩にかついだのも、たおやかな女なぞでは決してなく、ちぐはぐが男の眼にみにくさと映るような、情欲にすぐ昂るような女だったのだろう、と思いつき、女を仔細に眺めなおす。そう眺めれば確かに女は諸国を放浪する芸人らが辻々で語った説経とは別の、本当の小栗判官の女や信徳丸の女の現身《うつしみ》のような気がした。

『小栗判官』と通称される説経の最も古形をとどめると言われる絵巻『をぐり』（寛永後期、〜一六四四）によると、小栗はみぞろが池の大蛇と契り、常陸国に流される。武蔵相模の郡代・横山の娘・照手《てるて》姫に、許しを得ぬ強引な婿入りをする。横山らは人食い馬・鬼鹿毛をけしかけるが、小栗はこれを乗りこなし、臣下ともども毒殺される。照手の牢輿はゆきとせが浦に漂着し、照手は転々とした後、美濃国に売られ、遊女勤めを拒否して下水仕となる。小栗は冥途の閻魔大王によって黄泉帰り《よみがえり》（復活）する。藤沢の上人はこれに餓鬼阿弥陀仏と命名して土車に乗せ、それを引くと供養になるというので人から人へと引き続けられ、照手も知らずに夫の供養にと引く。熊野の湯で元の姿になった小栗は参内して拝領し、美濃国に所知入して、照手と対面する。死後、小栗は美濃国墨俣に正八幡荒人神として、照手は結ぶの神として祀られる。

『しんとく丸』は説経正本としては、正保五（一六四八）年三月に出版された。しんとく丸は、河内の国、高安郡の信吉《のぶよし》長者が清水観音に申し子をして授かった。天王寺で稚児の舞を踊った時、和泉国・蔭山長者の乙姫に恋をして文を交わす。十三歳の時に母が死んだ後、継母は彼を憎んで清水観音に呪いをかけ、そのため彼は両眼が見えなくなり、天王寺に捨てられる。湯治のため熊野の湯に赴く途中、乙姫の家と知らずに施行を乞い、恥じて天王寺に戻り餓死しようとする。乙姫はしんとく丸を探し求めて発見し、清水に詣でて、観音のお告げに従い鳥箒《とりぼうき》でしんとく丸を撫でて本復させる。その頃、信吉長者は両眼が潰れていたが、阿倍野原でのしんとく丸の施行に出会い、同じ鳥箒で開眼する。結末、しんとく丸は継母と子・乙《おと》の二郎を斬首し、その後は富貴に栄えたという。

二つの説経節に触れた中上健次のテクストは「愛獣」以外にもある。まず、『紀州　木の国・根の国物語』（一九七八・七、朝日新聞社）の「序章」にも、『小栗判官』についての言及が見られる。中上はそこで「霊異」の由来について述べ、「中辺路を這うように湯ノ峯に来て、湯に入り蘇生する小栗判官とは、その霊異の典型であろう。聖なるものの裏に賤なるものがある。賤なるものの裏に聖なるものがある、とは小栗判官でもあり、日本の文化のパターンでもあろうが、紀州、紀伊半島をめぐる旅とは、その小栗判官の物語の構造へ踏み込む事である。道すじに点在する被差別部落をめぐる旅にもなる」と語る。中上の小説の多くが紀州熊野を舞台に採る理由が、死／生、聖／賤の反転する両義性として規定され、また『小栗判官』などの説経節が中上文芸と本質的な関係を結ぶ理由も、「霊異」すなわち〈物語＝法＝制度〉の表現を先取しているという意味として表明される。

また、それよりも早く『化粧』所収の短編「欣求」（『風景』一九七五・二）にも、熊野の湯の縁起として冒頭に『小栗判官』および『信徳丸』からの引用が置かれていた。[13] これは故郷に帰っている彼が、「弱法師」[14] のように業病を得た男と女の二人連れの湯治客と同行し、宿で男の見る前でその女と交わる話であり、「愛獣」との関係も深い。『小栗判官』からは、閻魔大王の御判として熊野本宮・湯の峯の霊験について、また『信徳丸』からは清水観音のお告げとして熊野の湯の効用について述べられていた。「欣求」の場合には、『小栗判官』『信徳丸』共通に見られる「餓鬼病み」または「弱法師」という衰弱した男性人物の属性、照手または乙姫という救済する女性像、それに湯水の癒しという要素を説経節から借用し、そこに中上独自の情交のアクションを重ねて、その基本構造が形成されているのである。さらに、『熊野集』所収の「勝浦」も、湯治の巡礼行の設定により、『小栗判官』の伝承が「末尾で微かに連想されている」と川村二郎が指摘している。[15]

ところで、語り物一般の事情として『小栗判官』系列の作品は多岐に分かれ、ストーリーも単一ではない。小栗物は説経節を中心に、浄瑠璃・歌舞伎やそれ以外のジャンルにも好んで取り上げられ、それらはいずれも他と異なる見どころをもっていた。前述の最も古型をとどめると言われる絵巻「をぐり」のストーリーは、「愛獣」の引用とは些か異なっている。「愛獣」には、「小栗判官の肌をぬぐった照手の湯がそうだったように」という一節がある。すなわち、照手姫は「をぐり」においては熊野本宮の湯に小栗判官とともに訪れることはないが、「愛獣」では訪れるものとして引用されているのである。これは小栗判官物の系譜としては、福田晃の考証に従うならば、畠山泰全著の『小栗実記』（享保年間）の設定に近い。[16]『小栗実記』の内容は、千前軒（竹田出雲）・文耕堂合作の浄瑠璃『小栗判官車街道』（元文三・一七三八初演）や、小枝《さえだ》繁作、葛飾北斎画の読本『小栗外伝』（文化一〇・一八一三刊）などに継承されている。これらは帝国文庫・続帝国文庫・東洋文庫などに収められているから、中上がこれに依拠した可能性はある。しかし、平凡社・東洋文庫版などの底本として広く流布した「をぐり」絵巻の内容を無視したのではあるまい。[17]「愛獣」における『小栗判官』の引用は、小栗もののヴァリアントから意図的に『小栗実記』の系統が採用されたか、あるいはその系統と結果的に類似するストーリーの形成が行われたものと考えるべきだろう。すなわち照手は小栗とともに熊野の湯に入り、その傷を癒さなければならなかったのである。それは「欣求」の内容とも照応する。その限りにおいて、鏡花の『高野聖』と同じく、女はここでは水（湯）を介した癒しの役割を担わされることになる。

『紀州　木の国・根の国物語』でも、「中辺路を這うように湯ノ峯に来て、湯に入り蘇生する小栗判官」という要約であった。つまり、移動・入湯・癒しが中上による小栗判官ものの基本形であり、そこでは死と再生の象徴的儀礼が再現される。「愛獣」の男が、女の用意したたらいの湯につかり、女の持つ癒しの能力に触れたように感ずることと、『小栗実記』風の小栗物語が用いられていることとは無関係ではない。研究調査の道を外れ、迷い込んだ女の家で、男はいわば中世・近世の説経節的世界に入り込み、そこで男は癒される。小栗や信徳丸の貴種流離譚的な移動と衰弱、再生が、聖と賤との同型性を如実に示し、しかもそれらが照手と乙姫という女の介在する熊野・湯ノ峯の霊験譚でもあることから、この二つの説経節は中上のテクストに採用されたのである。しかし、小栗と照手姫とが、切っても切れない絆で結ばれていたのとは大きく異なり、男は女を醜いと感じ、嫌悪感すら抱いていた。「男は自分の乏しい女との交渉でもこんな鈍重な女ははじめてだ、と思い」、また「男は嫌悪をこらえながら」など、女に対する嫌悪感の叙述が「愛獣」には頻出する。これはいかなる事情によるのか。残る手順として、「吉野葛」を経由してみなければならない。

5　逸脱する物語――「吉野葛」と「愛獣」

谷崎の「吉野葛」（『中央公論』昭6・1〜2）は、語り手の「私」による、南朝の末裔「自天王様」にまつわる歴史小説執筆の物語となるはずであったものが、途中から、吉野行を案内した友人・津村の母の故郷の探索、それから結婚相手探しの旅の物語へと変化してゆくテクストである。これもまた古典からの引用が多く、中世および特に近世の謡曲・浄瑠璃・歌舞伎などのタイトルや内容への言及が挿入されている。すなわち近松半二『妹背山婦女庭訓』、竹田出雲らの『義経千本桜』、謡曲「二人静」「国栖」、貝原益軒『和州巡覧記』、生田流箏曲（地唄）「狐噲《こんかい》」などで、いずれも吉野にちなむものか、母恋いのテーマを持つものである。中でも「狐噲」は、浄瑠璃などの信太妻ものとともに、津村の物語の重要な契機となっている。津村は母恋いをテーマとする童謡を引用し、またそれに先だって地唄「狐噲」を全文引用する。なぜなら津村の死んだ母が生前これを唄っていたかのように津村は記憶し、その内容もまた、母と子の別離に関わる物語だからである。さらにこの起源の探索という方向性は、津村だけでなく、吉野川の源流行を企てて「自天王様」の事跡を辿ろうとする「私」の材料探索とも通ずる。

また、津村のルーツ探索の企ては、母も妻候補者も「等しく『未知の女性』」であるという論理によって、結婚相手の探索に繋がってゆく。信太狐の物語は、母のルーツ探索と妻候補者探しに共通の根拠とされるのである。そして、探し当てた母の生家の庭には、いまも稲荷の祠があって、守り神として代々祀られてきたという。従って「吉野葛」は、津村の物語に限ってみれば、祖型となる物語および物語的人物の鋳型に自らを当てはめ、それによって自らの願望を充足する、あざいといまでに神話的な永遠回帰のパターンを持っていることは疑問の余地もあるまい。この小説の終わり近くで、津村とお和佐さんの二人に「私」が出会う場面の一節は示唆的である。「見ると、津村が、多分お和佐さんであらう。娘を一人うしろに連れて此方へ渡つて来るのである。二人の重みで吊り橋が微かに揺れ、下駄の音がコーン、コーンと、谷に響いた」。この「コーン、コーン」が、千葉俊二(18)の指摘のように狐の声を物語空間の最後に響かせるとすれば、津村の物語は徹頭徹尾、祖型となる狐の物語に包容されることになる。

しかし、津村の物語の完結と引き替えに、歴史小説執筆のための題材探索という「私」の物語は、当初の目的から反れ、決して完成を見ることはなかった。勿論、テクストという審級から見るならば、それは予定された結末に過ぎないだろう。この歴史小説挫折の理由について、慧眼をもって推定したのは花田清輝である(19)。花田はこの挫折の理由を二つの事柄に帰す。一つは、南朝の末裔「自天王様」は南北朝正閏論に絡む政治的に微妙な話題であり、それを避けたということ、もう一つは、「吉野葛」というテクストの構想に関わる事柄である。すなわち、いわば川を下るように未来を目指し、「自天王様」の歴史をその発端から末路に至るまで語るような、時間軸・因果軸に沿った物語形式であれば、もしかしたら歴史小説の構想は実現したのかも知れない。ところが、この語り口では歴史を時間的・因果的な物語として、つまり歴史を歴史として語ることはできない。なぜなら、源流行によって遡行的に起源を探索しようとする発想が、年代記的に出来事を展望しようとする歴史小説の発想と大きく齟齬を来すからである。

これを敷衍すれば、まず、信太狐物語に代表される子別れと母恋いのテーマは、歴史的状況とは無縁に不易のまま通用する非時間的根源であるのに対し、「自天王様」をめぐる歴史的状況は、前後の時間的・因果的コンテクストに厳密に位置づけられなければならない。この相矛盾する二つの物語形態を、一つのテクストに織り合わせるのは至難の業である。次にその結果として、「吉野葛」の語りは、発端から末路までを語るべき物語の本道から外れ、逸脱してゆく経路を取った。このテクストは完全に津村の求心的物語によって支配されるのではない。物語そのものではなく、その物語の構想が挫折する物語を語る「私」の物語の部分によって、離心的な反物語の属性が強く現れている。従って「吉野葛」は非時間的中心にも決して収斂しない。そしてさらに、子別れ＝母恋いのテーマも、また南北朝正閏論についても、突き詰めれば「親は何故、親なのか、子は何故子なのか？」の〈法＝制度〉の由来を問う「モノガタリ」に至るはずである。だが、「吉野葛」には、津村の物語が結婚という〈法＝制度〉への馴致によって幕を引かれ、「私」の歴史小説も不発に終わることによって、結局のところ根底を揺るがす要素は何も示されていないということになるだろう。それにしても「吉野葛」は、内部的に完結した物語を内蔵した、完結しない逸脱の反物語なのである。いわば物語と反物語との同居である。

この「吉野葛」の構造を投影するなら、「愛獣」もまた説経節の伝統、つまり女の湯水による癒しという不易のテーマと、歴史・民俗の研究調査旅行をする現実の男の見た現実の女というういわば歴史的状況とが同居したテクストと言うことができる。柄谷の言う「両極」の同時存在である。そして、『重力の都』所収短編群の中でも、「愛獣」はこの「両極」がことのほか凄まじく軋み合う。男は湯水によって癒され、女の愛撫により「自分のあげる声が、熊野に来てよみがえる小栗判官の歓喜の声のような気がし」とまで感ずるのだが、事の始まりも「男は物語に登場する女らもこんな風にして、小栗判官や信徳丸を愛撫したのだろうと思い、こみ上ってくる嫌悪をこらえ身を投げ出すのだった」し、事の終わりとともに「果てから男は暗がりの中で、耐えがたいほどの嫌悪を感じた」と語られる。その嫌悪が、「鈍重な女のせいなのか、それとも禁欲し身を浄く保つ禅寺での投宿予定とまるで反対の今のせいなのか」というのは、たぶん両方だろう。古典と現在の対立を、中上は対立のままに融合せしめた。「吉野葛」が物語と反物語とをどちらもそのままに同居させた調和のテクストであるなら、「愛獣」はまさしく両要素を融合させ、矛盾・葛藤を織り込んで統合したテクストである。前者が物語のあり方を批評する回路を持つメタ＝物語であるとすれば、後者はそのメタ＝物語の批評の回路そのものを物語として同化している。しかもその融合・同化は、どの水準でも完結せず、ぎしぎしと齟齬を生じ続けなければならない。「吉野葛」的な調和的で回帰的な物語は、ここでは既に失効している。その齟齬において、〈法＝制度〉としての物語、つまり説経節と「吉野葛」という自らが依拠した二つの物語の内実そのものが相対化され、疑問符を突きつけられるのである。そこに露呈するのは、回帰や批評を可能にする条件としての、それらの「物語」の根拠そのもの、つまり「モノガタリ」の次元以外の何物でもない。

「吉野葛」の「私」は傍観者に徹し、また最後まで温泉に入らずに終わるが、小栗判官のアーキタイプを投影された「愛獣」の男は、女によってたらいの湯で洗われ、嫌悪感さえ抱く女を抱き、それによって束の間ながら癒された。「吉野葛」は、常に男が主体となる物語であったが、小栗判官や信徳丸など説経のアーキタイプを投影された「愛獣」の世界では、説経節と同じく女が行動的な主体性を分かち持つ。ことごとく、「愛獣」は「吉野葛」的なコードを受け継ぎながら、すべてを転倒してみせる。他方では、『小栗判官』における移動・入湯・癒しの要素は受け継がれても、小栗と照手姫との相思相愛の仲は否定されなければならなかった。説経節の女たちも「たおやかな女なぞでは決してなく、ちぐはぐが男の眼にみにくさと映るような、情欲にすぐ昂るような女だったのだろう」という解釈は、伝統に対して新たな様式（中上のテクスト様式）によって変容を迫るものにほかならない。物語のコードは受け継いでも、あらゆる物語的な完結性をうち破り、調和的な帰結を否定すること。これこそが、中上的な物語・反物語の融合・同化のメカニズムであった。中上健次は、伝統に対する根底からの批判によって、伝統の水脈に連なったのである。

【注】

（1）跡上史郎「物語の知のために」（『日本文学』一九九六・六）。なお、蓮實重彦の物語批判論については、中村三春「蓮實重彦キーワード集」（『國文學』一九九二・七）参照。

（2）マックス・ホルクハイマー、テキドール・W・アドルノ『啓蒙の弁証法』（徳永恂訳、一九九〇・二、岩波書店）、ジャン＝フランソワ・リオタール『ポストモダンの条件――知・社会・言語ゲーム』（小林康夫訳、一九八六・六、水声社）。

（3）ジャンルの本質については、中村三春『フィクションの機構』（一九九四・五、ひつじ書房）所収の、「関連づけと虚構のジャンル論」を参照。

（4）蓮實重彦「物語としての法――セリーヌ、中上健次、後藤明生――」（『小説論＝批評論』、一九八二・一、青土社）。

（5）本書所収「『物語』の変容――『小林秀雄をこえて』――」参照。

（6）柄谷行人「差異の産物」（『坂口安吾と中上健次』、一九九六・一、太田出版）、178〜179ページ。

（7）「重力の都」（『新潮』一九八一・一）、「よしや無頼」（同、一九八二・一）、「残りの花」（『文學界』一九八三・一一）、「刺青の蓮花」（『新潮』一九八五・一）、「ふたかみ」（『文學界』一九八五・二）、「愛獣」（『新潮』一九八八・五）。

（8）石原千秋によれば、「この六篇は、初出時には、いずれも独立性の強い短篇として発表されている」（石原千秋「解題」、『中上健次全集』10、一九九六・三、集英社）、442ページ。

(9) 四方田犬彦「重力の秋」(『貴種と転生・中上健次』、一九九六・八、新潮社)、296ページ。
(10) 渡部直己「解説――『非常なもの』の誘惑――」(『重力の都』、一九九二・一二、新潮文庫)、174ページ。
(11) 天皇《すめらみこと》、志斐嫗《しひのおみな》に賜ふ御歌一首
236 いなと言へど 強ふる志斐のが 強ひ語り このころ聞かずて 我れ恋ひにけり
志斐嫗が和《こた》へ奉《まつ》る歌一首 [嫗が名は、いまだ詳らかにあらず]
237 いなと言へど 語れ語れと 宣らせこそ 志斐いは申せ 強ひ語りと言ふ
(新潮日本古典集成、青木生子ほか校注『萬葉集』一、一九七六・一一、新潮社)、162ページ。
(12) 室木弥太郎「解説」(新潮日本古典集成、同校注『説経集』、一九七七・一、新潮社)。
(13) このうち『小栗判官』の引用文は、言葉遣いなどから見て、荒木繁・山本吉左右編注『説経節』(東洋文庫243、一九七三・一一、平凡社)を典拠とするものと推定できる。
(14) 『弱法師《よろぼし》』は元雅作曲、世阿弥作詞の謡曲のタイトルでもあり、その内容は『しんとく丸』とも同一材源とされる。なお「欣求」における振り仮名は「よろぼうし」。
(15) 川村二郎「渦としての『熊野』」(『熊野集』、一九八八・二、講談社文芸文庫)、360ページ。
(16) 福田晃「『小栗』語りの発生――馬の家の物語をめぐって――」(『中世語り物文芸――その系譜と展開』、一九八一・五、三弥井書店、三弥井選書8)。
(17) 高澤秀次の『評伝中上健次』(一九九八・七、集英社)には、〈参考資料〉として、「一九八四年三月～四月、東京堂書店でのブックフェア用に配布されたパンフレットより引用した」とされる「エスパース・デボック図書館 vol.1 中上健次氏の本棚　物語／反物語をめぐる150冊」が収められている。そのリストの七番目に、東洋文庫版『説経節』の題名が見られる。ちなみに、六番目は『神道集』、八番目は『謡曲集』1・2で、いずれも東洋文庫である。谷崎の作品は、『吉野葛』『春琴抄』『少将滋幹の母』『陰翳礼讃』の四編が挙がっており、他に四作品がリストアップされたのは、ジョイスと柄谷行人のみである。

なお、前掲、新潮日本古典集成『説経集』所収本文も、同じく絵巻「をくり」である。

（18）千葉俊二『谷崎潤一郎――狐とマゾヒズム』（一九九四・六、小沢書店）。

（19）花田清輝「『吉野葛』注」（『室町小説集』、一九七三・一一、講談社）。

3　夢幻の叙法
――『奇蹟』――

1　フィクションの強度

現代を代表する小説家、中上健次が現代文学において持つ意味は極めて大きく、その全体像は容易に測りがたい。本章では、中上の作品群が小説という文芸ジャンルから何を受け継ぎ、何を付け加えたのかを、代表作の一つ『奇蹟』を対象として考えてみよう。

長編小説『奇蹟』は、『朝日ジャーナル』（一九八七・一～一九八八・一二）に連載され、その後一九八九年四月、朝日新聞社から刊行された。「タイチの誕生」「蓮華のうてな」「七つの大罪／等活地獄」「疾風怒濤」「イクオ外伝」「朋輩のぬくもり」「満開の夏芙蓉」「タイチの終焉」の全八章から成っている。『枯木灘』から数えると、ほぼ十一作目の長編にあたる。一読して明らかなように、連作形式の長編小説で一九八二年八月に上梓された『千年の愉楽』（河出書房新社）の続編と見なすことができる。『千年の愉楽』は、歌舞音曲をよくし、淫蕩にして妙技を極め、いずれも若死にする「中本の一統」の男たちの行状を描き、オリュウノオバと呼ばれる産婆の変幻自在な眼差しによって構築された物語であった。『奇蹟』にもまた、「中本の血」を引くタイチが主人公として登場し、オリュウノオバも介在する。つとに言われるように、中上の長編小説群はこの『千年の愉楽』や『奇蹟』を主軸とする中本一統の物語と、「岬」(『文学界』一九七五・一〇)を先頭とし、『枯木灘』(一九七七・五、河出書房新社)、『鳳仙花』(一九八〇・一、作品社)、『地の果て　至上の時』(一九八三・四、新潮社)などを含む竹原秋幸系統の物語との、二つの軸を持っている。ただし、『奇蹟』に登場するイバラの留は、秋幸の実父、浜村龍造にあたるので、二つの系統は交錯し、全体として〝熊野サーガ〟と呼ばれる壮大な世界を厳然として構築することになる。

ところで、『枯木灘』『鳳仙花』に続く長編第三作の『千年の愉楽』は、非常に完成度の高い作品であったと言わなければならない。そこにはオリュウノオバの遍在的な視線、アモラルで奔放な男女関係、さらに巫女や天狗が暗躍する説話的な空間があり、これらが強靭にして柔軟な、サスペンションの高い語り口によって物語られる。『千年の愉楽』は、そのようなフィクションの強度という点において、読者をテクスト内部へと誘惑してやまない魅力を持った小説にほかならない。この『千年の愉楽』の緊張度を基準として中上の長編群を読み継ぐことにより、ストーリーの細部は別として、ほぼ中上的なフィクションの一般的図式を把握することが出来るだろう。すなわち、『日輪の翼』(一九八四・五、新潮社)、『紀伊物語』(一九八四・九、集英社)、『野生の火炎樹』(一九八六・三、マガジンハウス)、そして『十九歳のジェイコブ』(一九八六・一〇、角川書店)へと、この印象は持続するのである。

ところが、『奇蹟』に至って、この印象は切断されたと感じられる節がある。『奇蹟』のページには、〝これはいったい何か?〟という〈驚き〉を禁じ得ないディスクールが満載されている。しかもその感覚は、『讃歌』(一九九〇・五、文芸春秋)や『軽蔑』(一九九二・七、朝日新聞社)など、その後の作品によっても凌駕されることはない。この〈驚き〉の印象を言い換えるならば、『奇蹟』は『千年の愉楽』の単なる続編ではなく、また『奇蹟』におけるフィクションの強度は、中上文学の最高の達成であると認められるのではないか。本章の目的は、この印象を理論化することである。

さて『奇蹟』は話題作であり、現代小説としては珍しいほど、発表直後から多くの批評が寄せられてきた。[1] まず、山田有策は、『奇蹟』における仏教的色彩に着眼し、物語がトモノオジとオリュウノオバという二人の語り手によって語られることに注目し、極道たちの「血みどろで凄惨な地獄絵」にもかかわらず、二人の幻覚による「美しい映像」によって、タイチを「仏が現世に遣わした仏の子に仕立てあげていく」と論じている。[2] 次に、柄谷行人は『奇蹟』を、『千年の愉楽』を相対化する小説と見なす。[3]『千年の愉楽』では顕著に認められた説話的幻想の「ウロボロス的円環」や「同一性」は、『奇蹟』では、明瞭に「狂気」や「幻覚」に過ぎないものとされ、その結果として「構造的同一性に回収されない」「多数性の露出」が見られると柄谷は述べる。また絓秀実は、カタカナ表記の「タイチ」という名前に、「互いを否定しさえするノイズの多義性」を読み取り、「一」の回復ではなく、「多」のノイ

ズを肯定しようとする不可能な試みを「奇蹟と呼んでいるのかも知れない」とまとめている。(4)

最終的に救済を発見する山田の読解に対して、柄谷・絓両説はより解体的であり、全く対照的な見地とも受け取れる。ただし、いずれの読みにも一面の理が感じられるとしても、それだけではあの〈驚き〉の十分な説明とは言えない。仏教的救済にしても、「多数性の露出」や「ノイズの多義性」にしても、結局、『奇蹟』のスタイルの豊饒さをひとところに還元し過ぎているように感じられる。むしろ、『奇蹟』のテクスト様式は、物語内容と物語言説との審級を逸脱しつつ、齟齬や確執を内に孕み込みながら運動する、極めて動態的なものではないか。そしてその運動は、言葉とジャンルとの闘争とでも言うべき、小説という文芸形式全般、延いてはあらゆる言語活動の領域に亙る拡がりをも持ちうるものではないだろうか。このような観点から、『奇蹟』というテクストを検討してみよう。

2　『奇蹟』というテクスト

『奇蹟』の登場人物は数多く、また人物関係も複雑である。今村忠純作成による登場人物図は次のとおりである。(5)

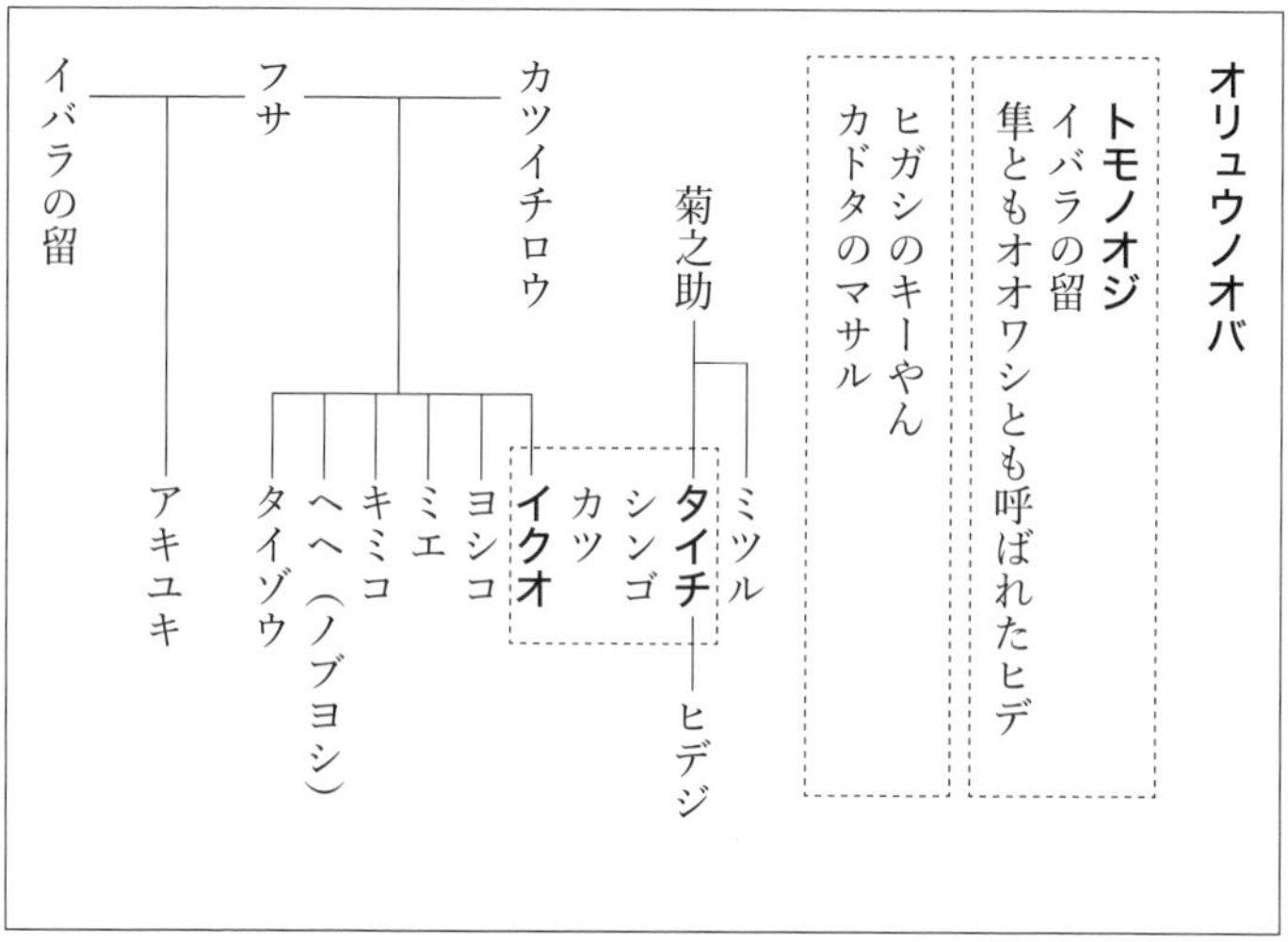

図の右側から、オリュウノオバとトモノオジは、語りが焦点化される二つの人物として設定されている。これは焦点の二つある楕円的な小説、すなわち設定上、あらかじめ〝ズレ〟の生成が企図された小説である。物語の始点において、トモノオジ、イバラの留、隼のヒデは、「路地の三朋輩」と呼ばれ、三すくみ状態で界隈を支配している。ヒデがカドタのマサルの若い衆に殺され、トモノオジが酒浸りになると、次の世代であるヒガシのキーやん、カドタのマサルらが、イバラの留との緊張の中で台頭してくる。タイチの父・菊之助は、イバラの留の女と関係し、この女が縊死を遂げた際に、カドタのマサルに殴られ、その傷が元で失明する。菊之助と別の女との間に生まれたタイチは、これを恨みに思い、こと

あるごとにマサルとの抗争を繰り広げる。たとえばタイチは、マサルの相談役である浜五郎の十五歳になる息子をナイフで襲い、両眼を失明させるが、そのときタイチは何とまだ八歳であったという設定である。

タイチ、シンゴ、カツ、イクオら「中本の四朋輩」は「朋友会」を作って地盤を固め、またタイチは弟のミツルに「蓮池会」を作らせ、より若い連中を取り仕切らせる。イバラの留改め浜村龍造は、地主佐倉の番頭となり、隠然とした勢力を誇る。ヒガシのキーをミツルに射殺させたタイチは、龍造の忠告で宿敵マサルの若衆頭に収まったりもする。抗争したり敵と手を組んだり、暗躍を展開する人物群の中で、イクオだけは暴力を好まず、ギターを愛し、血筋そのものに空虚感を覚え、ヒロポン中毒の幻覚症状の中、柿の木にぶら下がって死を選ぶ。ちなみにこの「イクオ外伝」の章は、文字通り中上文学の原点となった「一番はじめの出来事」（『文芸』一九六九・八）の再話であり、また秋幸系小説群である『鳳仙花』と「岬」の間を埋めるエピソードでもあり、『千年の愉楽』系統と『枯木灘』系統との橋渡しの章とも言えるだろう。いずれにしても、麻薬・女・博奕などを巡って刺したり刺されたりの揚げ句、タイチはイクオの命日である雛祭りの日、路地の人々が磯遊びに出掛けている間に、何物かに襲われ、簀巻きにされてダムに投げ込まれ、二十七歳の若さで命を落とすという結末を迎える。

タイチの生涯という物語内容に的を絞れば、『奇蹟』に描かれているのは、暴力団の抗争以外の何物でもない。二十人近くに上る極道たちの中で、タイチは傑出してはいても、決して英雄ではない。と言うよりも、『千年の愉楽』の登場人物たちが各章ごとに個性豊かに書き分けられていたのに対し、『奇蹟』の人物たちは類型的であり、イクオを除けばほとんど似たようなものである。人物間の関係も同様に類型的というほかにない。たとえばタイチは、父菊之助を失明させたカドタのマサルを宿敵とするが、その菊之助にしてもイバラの留の女を奪って自殺させているわけで、どっちもどっちでしかない。彼らはいずれも、地縁・血縁のしがらみ、組織の秩序、利権の奪い合いによって動いている。この欲望の現象学は、人間の権力の本質を表したものである、などと大仰な主題を読み取ることもできなくはないが、そのような教訓的・寓意的な読みには何の意味もないだろう。このごちゃごちゃした、いつ果てるとも知れない抗争の描写は、あの〈驚き〉の正体ではない。むしろ、以下に論ずる幾つかの物語のメカニズムこそ、『奇蹟』を単なる極道物から区別する徴表なのである。

3　夢幻の叙法

《夢幻の叙法》とは主として、既に指摘されているトモノオジ、オリュウノオバという二重の焦点を持つ叙法（narration＝語り）、また両者とも、タイチの一代記中に人物として登場するとともに、小魚や、クエまたはイルカと化して、ダムの水中にも存在するという幻想的設定のことを指している。ここでの問題は、それについての意義付与にほかならない。展開される物語内容は、柄谷の言うように、アルコール中毒のため入院中のトモノオジが半ば自らも幻覚と知りつつ体験する出来事である。しかし、次のような二つの理由から、これを単純な幻覚として処理することはできない。

(1) 魚／上顎のメタファー

一つは、物語叙述に、三輪崎を「巨大な魚の上顎」と呼ぶ描写が再三登場することである（傍線引用者、以下同）。

どこから見ても巨大な魚の上顎の部分に見えた。その湾に向かって広がったチガヤやハマボウフウの草叢の中を背を丸めて歩いていくと、いつも妙な悲しみに襲われる。
（「タイチの誕生」）

トモノオジは体に広がる悲しみを、幻覚の種のようなものだと思っていた。日が魚の上顎の先にある岩に当たり水晶のように光らせる頃から、湾面が葡萄の汁をたらしたように染まる夕暮れまで、ほとんど日がな一日、震えながら幻覚の中にいた。
（同）

先になったり後になったりして砂浜を走るキミコやミエの声、イクオを取り巻く娘らの足音の向こうに、夜も昼も潮鳴りする新宮の砂利浜同様に三輪崎の湾の磯も鳴っているのを耳にとめ、巨大な魚の上顎のような形の湾がいまにも口をすぼめ、きょうだいや娘らはすっぽり呑み込まれてしまう気がするのだった。

（「イクオ外伝」）

［…］トモノオジ、やっと声が出る。一気に、三輪崎の湾を見下ろす精神病院に入った途端どうして生きながらクエやイルカに転生するようになったか、巨大な魚の上顎の形をした湾、潮の泡、潮の音、タイチが路地から忽然と姿を消した後ささやかれた噂を言い、路地の最後の頼みの綱タイチを哀れむ気持ちを言いたかったが、陸の上で魚に転生した身では一語二語を発するのが精一杯で言葉は喉をふさぎ、呻き声にしかならない。

（「タイチの終焉」）

最初の引用は冒頭の一節であり、以後も傍線を付した比喩が頻出する。いずれも叙述はトモノオジやイクオに焦点化され、語り手が彼らの心理を代弁する体裁を取っている。だが、これらの隠喩・直喩は焦点化される人物に関わりなく点在しており、むしろ個々の人物ではなく、語り手そのものに属する叙述の機構として印象づけられると言わなければならない。

さらにまた、物語の舞台となる三輪崎が魚の比喩で語られることと、二人の焦点人物が魚に変化するトモノオジの幻覚との間には、必然的にアナロジーが働かないわけにはいかない。つまり、物語叙述と物語内容とは、明らかにテクスト的な共犯関係を結んでいるのである。この三輪崎は、タイチが殺された日に、オリュウノオバら路地の人々が遠足に出掛けた場所であり、またトモノオジが入った病院が立つ土地でもある。さらに三輪崎の湾とタイチが投げ込まれたダムも、幻想の中で文字通り通底している。このような時間的・空間的連絡は、三輪崎を人物群の運命を呑み込む「顎」（＝上顎）と見なす類推に誘う材料となるだろう。

　しかも、同様の連鎖過程は物語内容の水準でも認められる。たとえば結末の「タイチの終焉」では、「トモノオジは一言に呻き、この場に及んでタイチと自分を引き裂きにかかると苦しく、呻き声を上げたその口で、タイチの指の肉を喰いちぎろうと身を撥ね廻す柳の葉のような小魚のオリュウノオバを後から呑み込んだ」などの文章がある。クエのトモノオジは小魚オリュウノオバを呑み込み、また腐乱したタイチの肉をつつくのである。人物たちの行為もまた、相互に呑み込み、呑み込まれる連鎖関係にある。すなわち、魚／上顎のメタファーは、冒頭から繰り返し配置されることにより、このテクストに基本的な状況設定を与えている。それは、時間的にも行為的にも、異なる水準を横断した反復・連鎖の運動の過程において、物語が生成する様相を開示しているのである。

(2) 球面的時空間

もう一つは、次の引用に代表されるような、トモノオジとオリュウノオバ、二つの焦点の間の関係である。

床に臥し、開いた仏壇をぼんやり眺め、かすむ眼で若衆の誰かが持ち込んだそれ自体ぼけた礼如さんの写真を見つめてうつらうつらしながらオリュウノオバはすでにその時、トモノオジが三輪崎の精神病院に収容される事も、そこでタイチの訃報を耳にし、生きながら或る時はクエの身になり或る時はイルカの身に転生しながらタイチ誕生からその死まで思い出したどり、アル中の頭にはおぼつかぬ事をオリュウノオバに問うて質している今をも思い出している。(「満開の夏芙蓉」)

ここでオリュウノオバは臨終の床に就いているが、そこで自分の死後に起こるであろう、トモノオジの入院や幻覚、タイチの訃報などを見る。これは予言であると同時に想起でもあり、時間は直線ではなく、いわば球面をなしている。オリュウノオバは、蝶に変身し、イルカのトモノオジの傍らに現れ、声を掛けたりする。いま・この場所と、その時・その場所とが通底する世界——そして、それらの全体もまた、トモノオジの幻覚に過ぎないのである！

ここでも、「蝶の身のその姿もその声も、トモノオジにはイルカに転生して見る幻覚だと分かっているが」と明記されている。それでもなお、過去・現在・未来、あるいは生と死、路地と精神病院、人間と生物との間の、時間的・空間的・カテゴリー的な境界線を撤廃した描写は圧倒的な分量を占めており、これなくしては、『奇蹟』の物語は全く別のものとなってしまうだろう。物語は幻覚を幻覚だと指摘しつつ、その幻覚によって成立しているという以外にないのである。このような二重の焦点間の超時空間的な連続もまた、先の魚／上顎のメタファーと同じく、このテクストの構成力の源泉にほかならない。

この超時空間的な連続において、行為や物語が反復・連鎖を繰り返しつつ、相互に齟齬を生じ、確執を繰り広げること。《夢幻の叙法》の意味はここにある。また、その他の言葉遣いの特徴も同列に見ることができるだろう。まず、中上の他の小説にも共通する文体がある。長いセンテンスによる語り手の叙述は、述語論理を要求する読者の期待を宙吊りにし、読者は世界を引き延ばされた言語的印象として理解せざるをえない。この独特ではあるが流暢な文章の中に熊野言葉の会話文が埋め込まれ、物語叙述と会話文とは各々個性を主張して拮抗する。この多声性は、特に『奇蹟』の場合には、語り手の外に、トモノオジとオリュウノオバという二つの焦点が存在するために増幅されている。当然、これは読者への効果としても変換されるだろう。いわゆる言文一致体に統御された小説に馴染んだ現代の読者は、中上的なテクストの受容において、文体や語りそのものに対するある種の緊張が要求されることになるだろう。あたかも会話を口語体で、地の文を文語体で書くことが一般的であった、初期硯友社や樋口一葉らの時代の文章に接する時のように。

　この文体的対立は、物語内容において、人物がいずれも「路地」の共同性に属し、その一員として「路地」を作り上げながらも、常にそれに対して抗い、この共同性を乱し続ける活動とも照応する。先に述べたように、タイチとカドタのマサル一統との抗争は同じ共同性の表現であり、物語展開の随所で類型的に反復される。彼らは、お互いに相手のレプリカでしかあり得ず、また典型的には「中本の血」と呼ばれるような「路地」の決定論的な系譜に属している。ただし、いわば決定論的共同性・類型性の表出が主眼であった『千年の愉楽』に対して、『奇蹟』の共同性とは、その共同性そのものとの齟齬を来すこと、自分自身の分身である朋輩と抗争することにほかならない。ブラジルなどの「新天地に移住する計画」が「路地」の若者が一度は罹る「熱病」であったとされているが、これは「路地」そのものが、自らへの齟齬によって成立している共同性であることとの傍証となるだろう。また名前のカタカナ表記も、個々に多義的なノイズでありながら、反面、没個性的な類型でもあるという両義的な表意作用を行うものと思われる。

　山田のように、「路地」の共同体の解体を認める論者もある。しかし、そもそも路地的共同性なるものが、産婆であるオリュウノオバと坊主である礼如とのペアーに象徴されるように、死と生を結ぶ円環を構成しつつ、死と生との両極に引き裂かれた齟齬・確執によって運動する、矛盾を孕んだ空間であった。従って、柄谷の言葉を借りて要約すれば、『奇蹟』は

「同一性」と「多数性」のどちらにも収斂せず、その間の確執、反復運動を核心とする小説というほかにない。「同一性」を形成する「路地」の共同性、血統の系譜、叙述の超時空間的連続性と、「多数性」を形成する「路地」の解体傾向、人物の多義性、幻覚であることの自己言及的な叙述。この二つの陣営は、互いに地歩を譲らず、物語言説と物語内容のレヴェルを侵犯しながら、一つのテクストの中で対話的に闘争を繰り広げる。『奇蹟』のいわゆる夢幻の叙法は、何よりも、このような対話的・闘争的なテクスト形態の実現であったと言うことができるだろう。

4　「定型」に抗して

このような『奇蹟』の様式が、小説ジャンルの本質にまで波及力を持つことを見落としてはなるまい。ここで論述の補助線として、中上自身の物語論・小説論を想起してみよう。(6) 評論「物語の系譜」(『風景の向こうへ』所収、一九八三・七、冬樹社)や柄谷行人との対談「小林秀雄をこえて」(『文芸』一九七九・八)に示された中上の文芸観は、概ね次の三項目に要約することができる。なお、この要約は「1『物語』の変容」の章と重なる部分がある。

(1)「文学」／「物語」の対照

中上の文芸論の骨格として、まず「文学」と「物語」との鮮明な対照がある。「文学」とは、「告白」という形式を採る「人間中心主義」のディスクールであり、閉鎖された制度として近代を覆ってきた。だが、「私」や「社会」なるものは、明治期の西欧との「交通」によって制度化されたものに過ぎない。それ以前から「日本の中に流れる」「物語」や「日本語そのもの」の考察が必要である。「文学」の制度化以前から脈々と培われた伝統として存続する「物語」は、不可避の前提であり、これを凝視しなければ言葉の力をつかむことはできないと中上は述べる。

(2)「小説」という挑戦

さらに中上は、「小説」を「物語」に挑戦するジャンルとして規定する。「物語」の顕揚とは、単純な「物語」への回帰ではない。「物語」は「定型」もしくは「法＝制度」であり、「文学」や中上自身をも取り込んでしまう強力で恐るべき装置である。「物語」の側にのみ立つことは、「法＝制度」に「身をすり寄せ」ることと同義となる。従って「小説」は、「物語」の「定型」を摂取しつつ、「物語」を超えて行かねばならない。すなわち、「文学」と対抗しうる「小説」とは、唯一、「物語」との間に緊張関係を結ぶことにおいてのみ定義されうるジャンルとされるのである。

（3）交通・対話の主張

そして、そのような「物語」の超克は、「交通」あるいは「対話」によって可能となる、とされる。たとえば上田秋成は、被差別者の側に身を置き、中国・朝鮮を考慮し、また「漢心」なる外部の視線を所有した「交通」の実践者であった。秋成は自ら「中国人」（＝マレビト）の意識を持ち、各々の出典を持つ『雨月物語』の各編をその出典からの「ズレ」によって構築した。ここで〈物語＝法＝制度〉はその「ズレ」によって顕在化し、もう一つの「物語」へと組み替えられ、自己内部に差異＝闘争の増殖活動を開始する、とされるのである。

以上のような概括から、様々な方向へと連想の糸を伸ばすことができるだろう。たとえば、中上の言語活動が、フィクションの領域のみならず、常にアクチュアルな領域をも覆う理由の一端はここにある。松田修との対談「物語の定型ということ」（『國文學』一九七八・一二）では、「物語の原形は差別・被差別であるという認識」について語り、また吉本隆明・三上治との鼎談『20時間完全討論　解体される場所』（一九九〇・九、集英社）では、自分自身も「負の万世一系」であるという立場から、「天皇の実存」が「肌身で分かる」とも述べている。現実の差別問題や天皇制も、中上にとってはいわば「定型」との闘争であったのだ。なぜならば、「定型」は言葉の定義上、アモルフな対象に区画を施す「差別」の所産であり、また「定型」の定着のためには、一朝一夕ではなく歴史（「万世一系」）が必要だからにほかならない。「物語」すなわち「定型」との闘争とは、差別や天皇の存在を無視や否定せずに自分自身のこととして受け入れ、それを「ズラ」すことである。中上作品の舞台である「路地」の問題は勿論のこと、紀州出身であった大逆事件の大石誠之助を「天子様に弓引いた輩」として言及したり、また『日輪の翼』の結末が皇居前であったり、という細部にも、「定型」との闘争意識が認められる。「定型」との闘争は、中上にとって生命そのものだったのである。

勿論、作者の文芸理論によって作品を説明するほど愚かなことはない。ただし、中上ほど創作に意識的であった理論家は少ない。『奇蹟』においてもまた、「定型」としての「物語」との闘争が行われている。四方田犬彦は先行する作品へ「否《ノン》」を突き付ける「父親殺し」のジャンルとして中上の小説を論じており、傾聴に値する。四方田は、『奇蹟』のオリュウノオバとトモノオジを「二極の語り部」としてとらえ、「男性原理と女性原理の対偶を構成する」設定とする。また四方田は、『大鏡』の語りや三河万歳などのかけ合い万歳、あるいは説経節や文楽の文体など、「遊芸の伝統」と『奇蹟』との繋がりも指摘している。(7)

それとともに、ここでは『雨月物語』の「夢応の鯉魚」を、先行する「定型」の一つとして挙げてみたい。(8)上田秋成は、先述のように中上にとっては特別な作家であった。「夢応の鯉魚」は、三井寺の僧・興義が病で仮死状態にあった折に、琵琶湖の鯉に変身し、漁夫に釣り上げられ、檀家のまな板で切られる瞬間に蘇生するという、いわば臨死体験を語った物語である。これは『奇蹟』における魚への変身の原型として推定できるのだが、それだけではない。まな板の上で叫ぶ「仏弟子を害する例やある。我を助けよ〳〵」という興義の声は、人間界には届くことがない。「夢応の鯉魚」というテクストは、鯉への変身という幻想によって、僧と俗、聖と賤として秩序化された社会の共同性が、差別に基づいた「定型」であることを厳しく証し立てているのである。この「夢応の鯉魚」の僧俗共同性を、『奇蹟』の「路地」共同性に置き換えて読むことはできないだろうか。「路地」の共同性に帰属しつつ、「路地」との齟齬によって成立する物語が、魚の視点で語られているのである。

しかも、「夢応の鯉魚」では、結末で「従者を家に走しめて残れる鱠を湖に捨（て）させけり」と、魚の供養により、外部性の救済がある程度図られるが、『奇蹟』では、円環的な揺らぎの増幅がすべてである。しかも興義一人ではなく、オリュウノオバとトモノオジの二人が魚と化し、かけ合い万歳のように、外部性は他の外部性へと投げ返され、対話は増幅し続ける。秋成においては、人と鯉との食う／食われるの関係性は固定した秩序であったのに対し、中上の場合には、人が人を食い、しかもその関係は永遠に連鎖を重ねていく。タイチの肉をトモノオジが啄む場面は、救済と闘争とが同義であり、しかもそれ以外には存在しえないような、コミュニケーションの一形態を見せつけるのである。

「小林秀雄をこえて」の中で、中上は、短編小説集『化粧』（一九七八・三、講談社）の各編が、「ことごとく日本の古典に出典を求めてある」と明言しており、その通り、説話や謡曲、また秋成などの影が濃厚に見られる。また『重力の都』（一九八八・九、新潮社）は、明らかに谷崎の「春琴抄」や「吉野葛」の物語叙述のパターンを下敷きにした作品集であった。しかし、『奇蹟』をそれらと区別する最大の違いは、テクストの内部における対話・闘争と、テクスト相互の対話・闘争とが、ねじくれながら合体している点であろう。多数のジャンルを参照する四方田の論もあるように、『奇蹟』の「定型」は「夢応の鯉魚」だけには限定されないだろう。しかし、恐らく何にせよ、そのような「物語」＝「定型」との闘争において、『奇蹟』は高いフィクションの強度を誇っていることは確かである。「タイチの終焉」の章に、「巨大な魚の顎の形をした湾の方から五本の指のついた手としか思えない巨大な手が崖の方に近寄って来」てトモノオジの体を載せるという描写がある。ここでも、「巨大な魚の顎の形をした湾」は、一種の運命・摂理の形象であろう。そして、この『西遊記』風の仏の掌、これは運命・摂理をも含めた、「定型」というものの威力を示すイメージではなかろうか。山田説の通り、『奇蹟』には仏教的色彩が濃厚であると言えるが、もちろんそれは単純な帰依の対象でないだろう。なぜなら、当然ながら仏教もまた「定型」の一つとして、数え上げることができるからである。

5　ジャンルとの闘争

ミハイル・バフチンは小説を「他のジャンルを（まさにジャンルとして）パロディ化し、他のジャンルの形式や言語の約束性の正体を明らかに」すること、すなわちジャンル的闘争を本質とする、いわば究極のメタジャンルとして定義した。(9) この小説ジャンルの説明が、バフチンが小説言語の特質として挙げる、対話性やポリフォニー性などと深く関係するのは周知のことである。小説ジャンルの遺産を、まさに「定型」＝「物語」との闘争という遺産相続において追求すること、これが中上の小説論であったのである。そして、たとえば高橋源一郎のアヴァン・ポップ、筒井康隆の「超虚構」、小林恭二の小説形式についての小説、金井美恵子の「書くことについて書く」小説、あるいは荻野アンナのパロディ小説、などなど、多くの現代作家に同様の課題を認めることができるだろう。

　ところで、既成の物への準拠と破壊、そして次なる生成物の準拠と破壊、この連続は、言語活動、延いてはあらゆる人間の活動の基本であるとは言えないだろうか。そのような理由から、中上健次の残した遺産は、決して特殊な事柄ではなく、意味というものに取り憑かれた人間の営為すべてに、密接に繋がっているのである。

【注】

(1)　本稿で言及した以外に、渡部直己「『誕生』のきしみ――『奇蹟』中上健次――」(『新潮』一九八九・六）、落合一泰「『奇蹟』における様式とリアリティ」（『國文學』一九九一・一二）、松村友視「合わせ鏡としてのテクスト――中上健次『奇蹟』をめぐって――」（『文学』一九九二・四）、佐藤健一「『奇蹟』」（『国文学解釈と鑑賞別冊　中上健次』、一九九三・九、至文堂）などがある。

（2）山田有策「作品構造の分析――中上健次――『奇蹟』」（『國文學』一九八九・七）。

（3）柄谷行人「小説という闘争――中上健次――」（『群像』一九八九・六、引用は『終焉をめぐって』より、一九九〇・五、福武書店）。

（4）絓秀実「異化するノイズ――中上健次著『奇蹟』を読む――」（『文学界』一九八九・六）。

（5）今村忠純「中上健次作品登場人物図」（『國文學』一九九一・一二）。

（6）以下の記述は、拙論「『小林秀雄をこえて』――言葉とジャンルとの闘争――」（『国文学解釈と鑑賞別冊　中上健次』、一九九三・九、至文堂）と重複する部分がある。

（7）四方田犬彦・夏石番矢「中上健次の古層」（『ユリイカ』一九九三・三）。

（8）上田秋成「夢応の鯉魚」（中村幸彦校注『雨月物語』、岩波古典文学大系56『上田秋成集』一九五九・七、岩波書店）。

（9）ミハイル・バフチン「叙事詩と長編小説」（川端香男里訳、ミハイル・バフチン著作集7『叙事詩と小説』、一九八二・二、新時代社）。

第二編　笙野頼子

1　闘うセクシュアリティ
――『硝子生命論』と『レストレス・ドリーム』――

1　否定＝生成――夢と変身

つとに「魔術的リアリズム《マジック》」（野谷文昭[1]）とも「境界領域文学《スリップストリーム》」（巽孝之[2]）とも呼ばれる笙野頼子の夢想・変身・異化・ジャンク的テクストには、現在の男女関係の位相を痛烈に解析するセクシュアリティの回路が縦横に配線されている。松浦理英子が、「笙野さんは性のことは直接はお書きにならないけれども、〈私〉は読んでいて、すごく性を感じる。何が書かれてあってもセクシュアリティの表現だ、と思ってしまうんですよ[3]」と述べる所以である。『硝子生命論』（一九九三・七、河出書房新社、「硝子生命論」「水中雛幻想」「幻視建国序説」「人形暦元年」の全四章）、および『レストレス・ドリーム』（一九九四・二、同、「レストレス・ドリーム」「レストレス・ゲーム」「レストレス・ワールド」「レストレス・エンド」の全四章）の二つの連作小説集を中心として、笙野頼子の闘うセクシュアリティに迫ってみよう。

笙野的テクストは、夢に始まり、夢に終わる。『レストレス・ドリーム』は、全編「夢はどんどん〈私〉の生活を浸食し続け、今ではそれに支配されて暮らしている」という「夢見人」の夢語りによって構築される。そしてこの引用の通り、結末に至るまで夢と現の境界線は希薄というほかない。このテクストの場合、その最も可視的な境界線を示すものは、ワープロの筐体である。夢の中で「桃木跳蛇《ももきとびへび》」と名付けられる語り手の〈私〉は、ワープロで夢日記をつけるのだが、そのワープロ（「オアシスライト12ＬＸ」）は夢記録の物語を綴る装置であると同時に、その物語の主要部分を成す、跳蛇自身がキャラ兼プレーヤーであるようなＲＰＧ《ロールプレイングゲーム》のマシンでもある。〈私〉＝跳蛇がこのワープロの外にいるのか内にいるのか、またワープロと一体化しているのか、区別が難しい。「ともかく、変なワープロに〈私〉は取り囲まれている」。しかも、「レストレス・ドリーム」で跳蛇が入り込むのは言語で出来た階段世界であり、ゾンビたちを相手に、言葉の合戦によって繰り広げられるバトルの数々であった。ワープロとはここでは、言葉による夢との共生を可能にする、神話論理的なテクノロジーにほかならない。これこそが、『東京妖怪浮遊』（一九九八・五、岩波書店）ほかの複数の笙野のテクストにおいて、ワープロが夢世界への通路となる理由なのである。[4]

　この笙野的夢世界の第一の理法は、変身である。人間が人間ならざるものへ、言葉が物へ、男が女へ、自由自在に変身を遂げる。初期の「皇帝」（『群像』一九八四・四）には、少年が現実世界の悪意をとらえて、「つまり、彼は彼らではない何ものかにならなくてはいけないのだと気付いた。で、彼はそれになった」という素朴な説明が見られる（傍点原文）。「皇帝」では少年は皇帝へ、さらに女装して巫女へと変身するのだが、『硝子生命論』や『レストレス・ドリーム』では、変身の強度ははるかに甚だしいものとなっている。たとえば「レストレス・エンド」で跳蛇はドラムセットを叩き続けてゾンビと闘う「メトロノームサイボーグ」と化す。さらに、痛快作『母の発達』（一九九六・三、河出書房新社）では、母は縮小したり、死体や虫に変じたりする。その他、例は枚挙に暇がない。何かでなくなり、何かになること。その否定と生成の運動こそが、笙野の物語の基本原理であると言ってもよい。

その意味で『硝子生命論』は、典型的なテクストとして見ることができるだろう。この連作の語り手は一応、女性誌のライター兼インタビュアーであり、後に「日枝無性」という仮の名で自らを呼ぶのだが、第一章の扉などで示されるのは、「私、は一冊の書物である。それも意識のある、生きた声を持つ書物である」という事態であり、その事態の由来もまた「書物自体の中に含まれてしまった」。ちなみに、この「書物」なるものをテクノ化すれば、例のワープロとなるだろうか。ヒヌマ・ユウヒと名乗る女が、硝子以外のあらゆる素材を用いて、少年の死体を象った人形を作る。この「気味悪さ」「懐かしさ」「自己嫌悪」を同時に覚えさせるようなこの人形を求めて、〈私〉をはじめ多くの女たちがユウヒに制作を依頼する。「人魚姫」「イザナミ」「天使」などと命名された少年死体人形は、第一に本物の人体ではなく、少年死体のレプリカであり、擬製の人体である。第二にそれと同時に、本物の硝子でもなく、布など別の素材を用いた「硝子生命」というべき観念の硝子でもあるとされ、そのような二重の意味での媒介となる。

「水中雛幻想」は、かつてゾエアと名乗ったユウヒがユウヒとなるまでの来歴を綴り、「幻視建国序説」では、失踪したユウヒの人形を愛するマニア女性たちの集いを描く。後に詳述するように、ここまで来て、ついに現実の人間と死体人形との区別は喪失してしまう。だが、それは物語の当初から予定されていた融合であったとしか思われない。死体人形と人体との境界の無化は、否定＝生成を本質とする変身運動の、最も尖鋭な形と見ることができる。これについては、笙野自身が、四谷シモンの人形芸術に遭遇した記憶を、「人間でないものを人の形にし、生殖以外の形で、塊ある無生物を産み出してしまう行為の、孕む反逆をその日捕らえたのだ。人形の心臓、人形の鼓動を爆弾だと思った。人形の体の内に、現存の世界と触れ合えば爆発を起こすような暗黒世界を見た」（「人形の王国――『硝子生命論』――」、『言葉の冒険、脳内の戦い』、一九九五・六、日本文芸社）と述べる一節を、このテクストの発想の契機について語る言葉として紹介しておきたい。

2　悪意としての、同一と差異

笙野的世界の出発点には、家族（特に母）、社会（特に男）から一方的に被るいわれのない悪意がある。『硝子生命論』の「水中雛幻想」には、ゾエア（甲殻類の幼生）と名乗っていた若き日のユウヒが、大学時代に皆から嫌われている男につきまとわれた話が出てくる。彼は化粧をしないゾエアに、「化粧をしていないのなら男と同じだろう。それならば男女同権なのだから自分と性交が出来るはずだ」という飛躍した論理でストーカー行為を繰り返す。それ以外にも、自分の思いとは裏腹に両親や家郷から受ける期待、テレビの「決めつけの世界観」への反発などが示される。ちなみに、こうした世界の悪意は、まるで町全体がストーカーであるような『パラダイス・フラッツ』（一九九七・六、新潮社）の物語や、セクハラ紛いの言動を繰り返す『東京妖怪浮遊』の某編集者などでも反復される。ゾエアが、観念を具体化し、水中に何らかの映像を映す装置、アクアビデオを探すことにのめり込んだのは、そのような男をどうにか振り切ってからのことであった。その挙げ句に彼女は、幻想の少年が街頭や部屋の中にたびたび出現するのを見るに至る。

ゾエアは、その少年の服を脱がせる。「封筒のように小さく頼りない兵士の服、一瞬見えた上体に性別の徴は一切なく、乳首さえなかった。そのまま、服がほどけるにつれて彼は溶けた」。この「ただ単に他者であるという要素」だけで出来ている少年は、あの悪意を裏返す観念の上澄みが抽出され、外化された幻なのだろう。それは、あらゆる現実の不均衡なセクシュアリティから隔てられた何ものかである。そしてまたそれは、同じく観念の具体化であったアクアビデオと同じパラディグムに属し、また死体人形の起源でもあるだろう。その証拠に、結末でこの少年はバスタブに沈めたプラスチックの少年人形と同化してしまう。水

―少年―人形のイメージがこうしてきつく結びつき、ゾエアがユウヒになる日が準備されるのである。

ゾンビたちとの間の、言葉を武器としたバトルを描く『レストレス・ドリーム』では、この、世界の性的悪意はもはや、いわば理念化された水準にある。「レストレス・ゲーム」に登場する二人のゾンビ、王子とアニマは、痴話喧嘩めいた「愛と革命」の議論を繰り広げる。

――女は大地《ブタ》で肉体《ウシ》で現実《サル》なのっ。女に哲学は害になるわ、感覚で生きるの、論理は捨てたわ。女の知性は虚栄に過ぎなくて常に子宮で芸術しなくてはならないのです。そうするとぎすぎすした気分にならなくて済むわ。女は男より丈夫で優れているの。だって女は子供を産む事が出来るんですものっ。ねっ、私とっても男性的で論理的な女でしょう。ね、王子様。

王子もまた跳蛇に「ブスのじょーりゅーうー」（女流）と悪罵を投げつけ、「おーんなのひとはさああ、恋愛小説でも書くのがいいと思うんだなああ。恋愛してない女の人は人間として文学的におかしいんだからねー」と妙な論理をまくし立てる。王子もアニマも、あのストーカー学生と同じく、女の行為規範に対して独善的な固定観念を抱き、それを跳蛇に対してぶつけて来る。男女のジェンダー的な二重規範が陰に陽に圧迫として襲う世界において、純粋に自分であることを求める闘いが『レストレス・ドリーム』のRPG的ファンタジーであったし、また『硝子生命論』の死体人形＝硝子生命の追跡であっただろう。とすれば、言葉と変身を武器とした笙野的世界の理法は、性関係においてはヘテロセクシュアルを基本としつつ、そのヘテロ性を制度的常識として疑わないホモソーシャルな社会を、ターゲットとして絞っているということになる。

「夢の死体」（『群像』一九九〇・六）や『居場所もなかった』（一九九三・一、講談社）など多くのテクストで執拗に語られる、女に対する固定観念と自分の行動形態との齟齬から、アパートを転々としなければならない困惑の経験は、ジェンダーにまつわる同一と差異の思考を最終的には拒絶する方向へと向かうようである。「年代や性別で人を仕切るだけの甲斐性があると思い込んでるなら、せめて人間は個別に思考する主題だと理解してくれ」（「作品が全て」、前掲『言葉の冒険、脳内の戦い』）という笙野のテクストは、そのほとんどが、このような「仕切」り方に対する反発と、人間個々の自由なありようの主張とが根底にある。その「居場所」は、言語と身体を徹底的に異化する領域に見出された。「レストレス・ゲーム」では、バトルごとに言葉を変換する階段がそれらのあらゆる規範を無化する。「『女子プロレスはえのお、けけけけけ』の階段に『フェミニズム論争』をぶつけると『フェミニズム論争プロレスえーっ、ノーッ、脳が崩れる、げげげげげっ』に変換され自爆してしまう」。同一を押しつける規範も、差異に固執する規範も、どちらもここでは一挙に無意味なものと化してしまうのである。

「レストレス・エンド」の結末には、「恐ろしい予感に捉えられて」〈私〉がワープロで印刷を実行すると、「強い力で〈私〉は吸い込まれて、プリンターからリボンの中へと引き込まれた。結局〈私〉はワープロの内側に存在して、そこからキーを操作していたのだった。／〈私〉は、〈私〉という文字に過ぎなかった。そして初めてワープロの外に出たのだった」とある。そこで〈私〉は「まだ二十代らしい、跳蛇そっくりの女性」の横たわるのを見る。ここで文字化された〈私〉は、文字へと変換されることによって、同一と差異の螺旋地獄から抜け出し、悪意を被る女であることを脱ぎ捨てたのだと見ることができるだろう。ただし、それは主体が文字にのみ還元されるという犠牲を払ってのことであった。このような文字化・言葉化の変身は、いかなるメカニズムによってていたのか。

3　無化するセクシュアリティ

『硝子生命論』の圧巻は「幻視建国序説」の章である。これは〈私〉が、紫明夫人の主宰するユウヒの人形マニアの会に出席し、双尾金花・猫沼みゆ・電気仔羊・鏡薫子ら人形愛生活者の女たちとともにユウヒの帰還を待ちながら、カーニバル的な饗宴を繰り広げた後、電気仔羊の虐殺に加わる、という物語である。〈私〉は世界を「大きな、接合する二体のアメーバ」のように感じ、平行するそれらの世界間の交換によって意識をずらされていた。「こちら側の世界」は「〈私〉を追い立て」る、あの悪意に満ちた空間であり、「向こう側の知らない世界」は、ユウヒの企てに繋がる世界、人形および人形愛の国である。〈私〉が回想する若き日の記憶は、前章で示されたユウヒの過去とも同じく、男からの嫌がらせの数々であった。「醜貌を罵倒した上にまだ媚を求め、ずかずかと人のプライバシーに入り込んで来るゾンビのような男。喫茶店の相席に後から座って、ブスがいるから汚い、そこを退いてくれ、と被害者顔になって言った若い男の顔……」。それから、それへと。

ユウヒの「模造死体」に強く惹かれ、人形恋愛が先であった〈私〉にとって、ある特定の男との間にかつて生じた関係は、彼の「肉体の素材感」を少年人形に投影するためだけのものでしかなかった。上半身が植物の精で下が竜身の少年人形を、ユウヒから与えられた〈私〉の作った次のような未来物語は、『硝子生命論』ひいては笙野ワールドのセクシュアリティのあり方を凝縮したものとも考えられる。すなわち、ある時代に男は死に、異性生殖は終わり、女は緑色の少年が現れる「共通夢」を見るようになる。

少年は新しい異性生殖を行うが、生殖行為を終えると死んでしまう。女と交わって、子を残すが、女の体から生まれるのは女子のみである。同時に少年自身も体の中に緑色の卵を抱く。両性なのではなく、それは自分自身のコピーである。

この少年が次の少年の保育器となって、一万年もの間、硝子の死体として残るという。この硝子の死体は、ユウヒの少年死体人形＝硝子生命とイメージ的に一つの線で結ばれるらしい。「共通夢」は『レストレス・ドリーム』の基本設定である「共同夢」と同じものだろう。多くの人間が同じ夢に出入りし、同じ出来事を経験するために、彼らにとっての夢と現実とは逆転してしまう。右の未来物語の生殖方法は、夢のまた夢の、そのまた夢の所産とも言うことができ、生物学的次元とはもはや無縁なまでに遠く隔たっている。

そもそも、ユウヒの人形はいずれも生殖器を欠き、性機能を与えられていなかった。にもかかわらず〈私〉は少年人形を「彼」と呼び、それとの関係を「人形恋愛」と呼ぶ。これは、およそ考えられる限りでの、究極の脱ジェンダー的、かつ脱生殖的なセクシュアリティのあり方にほかならない。ユウヒの少年人形が、人体ではなく人形であり、硝子ではなく硝子生命である、という二重の媒体であることを先に指摘したが、セクシュアリティの観点から見れば、それはさらに巧妙にあらゆる価値の規範をずらしていく契機となる。すなわち、性のない相手との恋愛、生殖器を持たない対象への愛情、男ではない他者への欲望、などなど、「……ではない何かとの関係」、これである。それは、性対象（ヘテロ、ホモ、バイなど）、および性目標（生殖器、アヌス、オーラルなど）という、セクシュアリティに関わる同一と差異の伝統的標準を、殲滅的に無意味化してしまう。(5) かつてゾエアの探していたアクアビデオも、実体を欠く観念を映写する夢の装置であり、あたかも、カフカのオドラデクのように、それ自体がどこにも存在しえないメカであった。とすれば、人形愛の行き着く先は、〈無〉との交《インターコース》わりとも呼ぶべき、セクシュアリティの作法だったのではないか。

「幻視建国序説」の後半で、生身の男を憎み人形恋愛に耽る女たちの告白が続いた後、硝子の館と呼ばれるレディスホテルに場所を移し、〈私〉達は参加者を罵倒し続ける電気仔羊を虐殺する。『レストレス・ドリーム』の舞台である「スプラッタシティ」の名がむしろ似合いそうな拷問の挙げ句、電気仔羊は透明な硝子と化し、「埃のように崩れ」、消滅してしまう。「ゲームで殺すとおっしゃるけど国家の死刑なのよ。もともと、国家はゲームなのよ」という虐殺正当化の言葉は、この「呪術」の性質が、少年人形王国の建国のために行われた、共同幻想の共有の儀式であったことを示す。その結果、ユウヒは遍在し、世界となり、世界はユウヒで満たされる。「一体、自分が何を失ったのか、私にはその時、はっきりと判った」とは、あの二つのアメーバのせめぎ合いから、一つのアメーバ、つまり人形の国だけが残ったことを意味しているのだろう。

ただし、「……ではない何かとの関係」は、いかなる実体としてもありえず、ただ言葉としてのみ、書物としての形態を採る以外にない。『硝子生命論』の終章「人形暦元年」(書き下ろし)が付される理由はここにある。そこで〈私〉は、もはや実名も、肉体も喪失し、死ぬことも出来ない語り手としてのみ存在している。「一枚板の大きな硝子」が生き物のように変形し、一枚の布、スクリーンとして物象を映し、そしてそこにユウヒが現れる。結末で、〈私〉は、成員のほとんどが女で、死体人形が生き返った生体人形とともに暮らし、パートナーとして「触感アンドロイド」が制作されている国の物語を知覚するのだが、その国はもはや「その言葉の故にこそそこに存在した」と述べられるのみである。

私は一冊の書物になっていた。生きた、声を持った書物だった。そしていつしか、私の声はかつての、記憶にあるユウヒの声とまったく同じになってしまっていた。
そのくせ、私は決してユウヒではなかった。

純粋な否定は、言葉のメカニズムよってしか成り立たない。セクシュアリティの同一と差異の規範を免れ、ヘテロあるいはホモセクシュアルな関係を拒絶し、次々に休みなき逃走の線を引く生成変化の活動は、唯一、言葉（書物・声）というメディアに収斂することによってのみ、自らの根拠を保証しうる。なるほど、そのジャンク的世界においては、アンドロイド、あるいはワープロと人間との一体化などのような、非人間化＝機械化による身体変形が差し当たり常態の座を占める。しかし、結局のところは、あらゆる存在は言葉の水準においてしか、意味をなしえなくなるのだ。現実世界のセクシュアリティを、ずらしと否定によって逸脱させ、相対化するような企図は、畢竟、言葉によってのみ可能となる行為でしかない。

そしてまた、それは「小説を一通りには考えたくない。心の慰めになり、或いは人々の美意識を魅了し、物語の気晴らしに浸らせてくれる、そういう作品も素晴らしいし私自身もそれらを楽しませて貰っている。が、私個人が文学と言った時念頭に置くのはなぜか実験である」（「言葉の冒険、脳内の戦い、体当たりの実験」、前掲『言葉の冒険、脳内の戦い』）と笙野が述べるところの、テクスト的・言語的な「実験」の根拠ともなる地点だろう。『タイムスリップ・コンビナート』（一九九四・九、文藝春秋）における言葉の変形増殖や、『東京妖怪浮遊』の猫が打ったワープロのテキストなど、笙野による言葉の「実験」は、これからもまだまだ終わりそうにない。

【注】

（1）野谷文昭「笙野頼子論――マジックとリアリズムのはざまで――」（『文學界』一九九七・六）。

（2）巽孝之「箱女の居場所――笙野頼子論――」（『日本変流文学』、一九九八・五、新曜社）。

（3）松浦理英子×笙野頼子『おカルトお毒味定食』（一九九四・八、河出書房新社）。

（4）　武田信明「笙野頼子とワープロ世界――表面の闘争――」（『國文學』一九九七・三）参照。
（5）　性倒錯を性対象倒錯（inversion）と性目標倒錯（perversion）とに区別して論じたのは、フロイト「性欲論三篇」（懸田克窮・吉村博次訳、『フロイト著作集』5、一九六九・五、人文書院）である。

2 夢の技法――「石榴の底」『東京妖怪浮遊』『ドン・キホーテの「論争」』――

1 夢機械、環境に充満する悪意――「柘榴の底」

「柘榴の底」（『増殖商店街』所収、一九九五・一〇、講談社）という短編がある。この短編の初出は一九八八年八月（『海燕』）であり、笙野頼子の創作歴からすると、いわゆる初期の最後のあたりに位置づけられる作品とされる。このテクストを素材として、初めに笙野的文芸世界の資産を展望してみる。

「十四度目の失職」の後、主人公T・Kは、〈底の世界〉と呼ぶ妄想領域において、あらゆる物を切り刻む。たとえば電話機を切断すると、内部から内臓が転がり出る。その内臓は、「レバーで作ったヘビイチゴのようなものが百個以上」「ザリガニの胃石状の物が数個」であり、それから寄生虫まで出て来る。残った「電話皮」を、T・Kはさらに虐待する。同じようにT・KはTV（テレビ）を、さらには人体をも切り刻む。T・Kの〈底の世界〉には、透明な虫、〈透明虫〉がはびこっていて、人に蝟集し、T・Kの体をも這い回る。〈透明虫〉は脳から精神を「吸血」し、T・Kにありとあらゆる悪結果をもたらす。「定住を諦め、職を失い、まともな動作や自由な考えさえ喪ったのも、結局その虫たちのせいだと思った」。かつて家にいた頃、父親と母親から横暴な圧迫と悪罵を受け、感情を爆発させ、幻聴・幻覚に襲われ、職場を休みがちになり、ザクロを暴食するようになったT・Kは、母親の体が変形を始め、波動する粒状の光の集合体と化す有様を目の当たりにする。

またザクロ暴食の結果、T・Kの眼球そのものもザクロ化した。その内部には「ランチュウの頭部か輸入ザクロを思わせる赤く重い果肉が実っていた」。その半透明な肉は、幻想を見、観念のメディテーションを行う触媒となる。その肉をT・Kは〈異肉〉と名づける。〈底の世界〉とは、この〈異肉〉を使ったメディテーションの時間にほかならず、そのメディテーションはT・Kに束の間の癒しをもたらす。そこでT・Kは、人類全体を破壊する〈ツボ〉を見た。身の回りのすべてのものが盛り上がり、崩れ、分解され、流動化して変容する。だが人体と事物に取り憑いた〈透明虫〉を切り刻むと、最終的にそれは〈モチ〉と化してしまう。〈モチ〉は切ろうとしても粘り、すべてのものに粘り付くので、人への敵意を切り刻むことによって昇華しようとするT・Kにとっては厄介であり、恐怖の対象である。粘着力によって支配し管理する〈モチ〉が、今度は脅威になる。だが、〈モチ〉の実在を認め、モチの奴隷である自分を認めつつ、〈モチ〉と向き合っていく道を選び、T・Kは、いわば相対的に治癒してゆく。

短編「柘榴の底」は、人間と世界に関わる変形・増殖・切断・分解・流動を主とする、変容の有様を中核とする幻想小説である。その変容のメカニズムは、笙野のテクストに共通して現れる夢機械、すなわち、いわゆる現実の人間と世界という対象を別種の対象へと変換してゆく幻想の技法を示している。幻想変換の場は全体として〈底の世界〉と呼ばれ、それは大まかな外観だけは現実空間と同じだが、そこで起こる出来事は現実離れした夢的なことばかりである。〈透明虫〉〈異肉〉〈モチ〉などと名づけられたこの世界の素材群は、いずれも軟体的（ゲル状）あるいは流体的（ゾル状）で、本質的に不定形である。世界の外見はかりそめのものに過ぎず、その固定性・確定性は〈底の世界〉という透視フィルターを通して否定される。電話やＴＶなどの機械は、外見は機械であっても、内部には内臓が充填されており、切られることにより、いわば一種の生体機械としての真相が暴露される。

そのような笙野の幻想のディスクールは、デイヴィッド・クローネンバーグ監督の映画、たとえば『ビデオドローム』（一九八二）や『裸のランチ』（一九九一）にも似ている。『ビデオドローム』では人体の腹に女性器様の口が開いてビデオカセットを飲み込み、ＴＶの機械が生物体と化してうごめき、腕と拳銃が液状化して一体化するなど、人体と機械とは境界線を失って癒合する。『裸のランチ』ではタイプライターが変容して巨大ゴキブリとなり、異界への媒介者として振る舞う。境界線が固定し確定した環境が、定住または安住できる場所であるとするなら、クローネンバーグや笙野の世界はまさにその逆であり、主体の安定を常に脅かすような強迫に満ちた場所にほかならない。しかし、ある意味では、笙野のテクストはクローネンバーグのテクストをもまた超えている。笙野のテクストは、単純に幻想文学としてだけ見ることはできない。なぜならそこには、クローネンバーグと共有するような幻想の技法だけでなく、幻想の契機・由来までもが、明確に綴られているからである。

T・Kを取り巻く環境を抽出するなら、たとえばTV切断のエピソードの場合には、次のような出来事が続発していた。下宿を変わる際、「前の大家が独り暮らしの人間に蔑みと疑いと自分の欲望を投影した興味を抱いていた」ことに気づく——失職中、閉じこもった部屋で電話の幻聴・被害妄想（監視・逆探知）が募ってゆく——アパート内での小さな窃盗の反復。大家が白黒TVを無理にくれた——近くの大寺院の警備が自分をマークしていたのではないかという疑惑——「TVの中にまず盗聴器がある。窃盗と見せかけてその工作に来た」という猜疑心。その結果、「暫くして底の世界にTVが現れた。当然の事で、それは包丁で切った」というT・Kの行動が帰結する。自立すること、住むこと、安心することを執拗に不断に脅かす両親や大家の振る舞い、あるいは監視・盗聴の疑惑が、あらゆるものを切り刻み、対象から内臓が流出する現象の起源にある。それは一言で言えば、環境の〈悪意〉にほかならない。

一般的には、眠りが夢の契機となる。クローネンバーグの場合には、眠りではない覚醒状態において変形と癒合が常態となる理由として、たとえば過度のアングラ・ビデオへののめり込み（『ビデオドローム』）や、ゴキブリ駆除薬の摂取による妄想（『裸のランチ』）などの設定が置かれていた。それに対してT・Kの場合、ひいてはほとんどすべての笙野的テクストにおいては、夢は、環境に充満する〈悪意〉によって始動する、いわば〈悪意〉自体の顕現なのである。結局、〈底の世界〉とは、何らかのコミュニティによって常に強迫観念に脅かされなければならない主体が、にもかかわらずそのコミュニティから逃げることもできないという状態についてのメディテーションにほかならない。笙野的夢機械は、夢の起源に対する分析を内に含む、幻想についての幻想なのである。

2 都市の住人、妖怪 ――『東京妖怪浮遊』

変形や増殖、分解と流動などの運動そのものとして現れる、自己と世界との異化を実現する夢機械。それは純粋なメカニズムでありダイナミズムである限り、いつでも、いわば観念的で目には見えない形而上的なニュアンスを醸し出している。笙野の初期作品群（笙野頼子初期作品集Ⅰ『極楽』、Ⅱ『夢の死体』所収、一九九四・一一、河出書房新社）から現在の作風への変化を指摘するとしたら、それはそれらの夢機械が、かなり純粋に抽象的・観念的な思索への引き籠もりから抜け出だし、現実にも存在する具体的な都市や界隈（東京、京都、三重、あるいは八王子、中野、海芝浦……）と、作家の職業に関連する具体的な人物（編集者、論争相手……）、実在するらしい具体的な猫（キャト、ドラ、ドーラ……）、そして、さらには創作された作家自身の虚構の分身・二重化（「八百木千本」「沢野千本」「笙野頼子」）などの具象的なファクターを変数として導入したことにほかならない。

最も顕著に、それらのファクターが触知可能な姿を現した場合、それは妖怪の形を採る。『東京妖怪浮遊』（一九九八・五、岩波書店）は、タイトルの通り、まさに典型的に夢装置を妖怪として具現する。各々の章において、「東京すらりんぴょん」「単身妖怪・ヨソメ」「触感妖怪・スリコ」「団塊妖怪・空母幻」「抱擁妖怪・さとる」「女流妖怪・裏真杉」「首都圏妖怪・エデ鬼」と呼ばれる妖怪は、いずれも現代・東京の街中に突然、姿を現してくる。夢機械を起動させるエネルギーは、家族・職業・住居・性などをめぐる環境の悪意と、その悪意をはねのけようとする精神の反発力であった。妖怪は、その交錯点に現れる幻影であり、あの〈モチ〉の、より具象的な姿なのである。

「すらりんぴょん」は「ぬらりひょん」（「ぬうりひょん」）とアナロジーで結ばれる妖怪で、『ぬうりひょん』の美少年バージョン」である。「すらりんぴょん」は、タクシーに乗ると出現し、車の屋根にはりついてくる。「いつのまにか、そのため片側の窓の外は、あまりにも長い足の、ロングブーツで視界が塞がれている」。その「すらりんぴょん」が出る場所では、タクシーは「化物タクシー」となり、「走れば走る程、道はどんどんワープ、時間はめちゃくちゃ」で、「ついさっきまで明治通りを車は走っていた。それがいきなり五日市街道、小平市に出て、やっと元に戻ったと思った途端に――今度は明治神宮の森を迷走していた」という具合である。妖怪が現れると時空は混乱し、記憶と現実が入り乱れて収拾がつかなくなる。ただし、この要約のみならば、怪異そのものは他の幻想物語（たとえば、あまんきみこ『車のいろは空のいろ』とか）とそれほど大きくは違わないだろう。
だが『東京妖怪浮遊』がいささか特異なのは、まず、多くの幻想ものでは怪異が主体を襲い、主体がそれによって惑わされるというパターン（たとえば「東京すらりんぴょん」がそれだ）であるのに対し、主体自身の側もまた妖怪と呼ばれ、都市環境の中で妖魔として振る舞う有様が描かれるところである。「単身妖怪・ヨソメ」の章が、そのために置かれている。

都会に出た女が結婚をせず、子供を産まず、恋愛もせず、体も売らず、一生勤められるという保証もなく、自活しているかどうかはともかくとして、なんとか、ずっと東京で生きていると四十前後で、急に妖怪になってしまう。その妖怪の種族名を「ヨソメ」というのだ。

ここで主体が妖怪化するというだけではない。「ヨソメ」は「種族」、つまり集団・階層として広く分布しているものとされる。「スリコ」は猫のドラ（または猫妖怪の種族名）、「空母幻《そらぼげん》」は編集者、「さとる」は若い美男子、「裏真杉」は美女の、「エデ鬼」はいわゆる東京人の、各々妖怪である。主体である「ヨソメ」はもとより、「スリコ」「空母幻」「エデ鬼」あたりは実在物のデフォルメと言うべきもので、また「さとる」と「裏真杉」は、主体に様々な妄想語でもって語りかけ、奇異な風体や体躯に変形する都市的妖怪である。しかし、幽霊が出ると言われても「自分も妖怪の身だから気にしなかった」という「ヨソメ」は、「さとる」や「裏真杉」が部屋に現れてもさほど動じない。入浴中にバスルームに出現してヒステリックな呪詛を吐き続けた「さとる」が、蝸牛に変身した「スリコ」ドラに飲み込まれて消えても、「明らかにこの世のものではな」い形をした着物姿の「裏真杉」が廊下に出現しても、「ヨソメ」はほとんど冷静に対応している。すなわち『東京妖怪浮遊』は、妖怪が出現するという現象こそ「東京」の常態である、という基調によって彩られている。それは「柘榴の底」にも既に示唆されていた、土地に対する本質的疎隔の異化された形態なのだろう。

さらに特徴的なことに、「東京すらりんぴょん」では、例によって、というべきか、その妖怪の由来や本質も語られてしまうのである。「ンガクトゥ・佐藤」と名乗る引越センターの手伝いの少年が、「すらりんぴょん」の正体であり、それは「私」が小説に美少年を描こうとした際に編集者と議論にまでなった「足のすらりと長い十代の可愛い少年」であった。しかも「ンガクトゥ・佐藤」の記憶は、八王子・中野と移り住んだ場所の記憶と結びついている。「すらりんぴょん」は「水辺」から来たと言い、中野のプールの思い出も想起される。「すらりんぴょん」はまさしく「東京すらりんぴょん」であり、場所の記憶と密接に関連する幻想である。「東京はひとりひとりの人間の姿を消してしまう」。だから「東京」内部にいる限り、「すらりんぴょん」はどこまでもついてくる。「独身」であるはずの「私」に、存在しない「夫」や「彼」のイメージと声までもを送り、1LDKの部屋に戻ってもなお、「すらりんぴょん」は現れて話しかける。短編「東京すらりんぴょん」の次のような結末は、笙野的夢機械の原理を解き明かして魅力的である。

ふうん、夫はもしかしたらサラリーマンなの、研究者じゃなくて……判らない夫、でも彼はとても足がすらりとしていて……あっ、おまえは。

あーははは、長い足が本当に竹馬みたいにさっと伸びて走りベランダから飛ぶ。商店街の闇に紛れて行く。ああ、これできちんとお話は終わるのだ。怪異ってやつもね。

――ふん、なーんて事になるものかっ、こうしてやるっ。

ベランダの方に向いていた妖怪の足が、今度はクレーンと化し、回転した。華奢なブーツの先は、くっ、と跳ね上がった。ワープロのプリンターの紙を挟む部分をいきなり蹴り上げると、足先がプリンターの中に入っていった。そのまま全身がワープロに吸い込まれる。そして、気が付くと……、この原稿が書いた記憶もないまま、出来上がっていて、私はそれに沢山書き込みをして印刷所に渡し……。

この結末の記述は、ワープロ、プリンター、書き込み原稿などの書く行為や書く道具と、これら夢装置によって支配される幻想世界との間のねじくれた、かつ緊密にリンクする関係を明確に示している。入出力の回路はリゾーム状に拡がっていても、結局、書く行為（エクリチュール）こそが、笙野的夢世界を統括する最終的原理である。すべては書くことと書かれたものに収斂する点、やはり笙野のテクストは、単なる幻想文学というよりは、むしろ〝幻想生成過程文学〟とでも呼ぶべきダイナミズムを帯びているのである。

3　論争についての幻想、メタ幻想——『ドン・キホーテの「論争」』

あらゆる日常（人・物）の入力を受け入れては、幻想（言葉）として出力する夢機械。入力側では、マンションの部屋・猫・ワープロ・電話・街・編集者、その他のトピック群は、語り手の視野に映り、手に触れるもののすべては、いずれもこの夢機械を免れることはできない。それらの環境は、すべてあの〈悪意〉という属性によって収集される。出力側では、変形・切断・流動・妖怪などの強度に満ちた表現が繰り出される。しかもこの機械では、そのような入出力のプロセス自体が幻想の構成要素として算入される。そのような仕方で、出力されたテクストが夢であり、幻想であることが殊更に明示されることから、これは幻想のレベルに対して、そのメカニズムのレベルをも付加する一種のメタフィクションなのであり、幻想の幻想にほかならない。笙野頼子的テクストの様式とは、このような意味でのメタ幻想小説なのである。

さらに付言するなら、特に九〇年代以降の笙野のテクストは、テクスト群が相互に言及し合う関係を構築していて、それらがトピックごとに呼応し合う仕組みになっている。この夢装置の入出力の回路は、テクスト間の回路としても網状の組織となっていて、読者は、その回路のどこから入ったとしても、同様にこの夢世界内部のどこかの界隈に立たされることになる。伝統的な「作品」という概念、すなわち、独立・自立し自己完結した閉域を形作るような実体という概念は、ここでは無効を宣せられる。笙野的夢世界は、全体として一つの世界、一つのテクストをなすのであり、個々の「作品」は、リゾーム状に広がるその領域への入口に過ぎない。

そして九〇年代末期、笙野の営為は、幻想のレベルを超え、小説・小説家とそれらが置かれる場の問題へと活動の範囲を拡げたのである。笙野による純文学論争、すなわち『ドン・キホーテの「論争」』（一九九九・一一、講談社）に収録されたエッセー群に表明された主張は、一九九八年四月、新聞紙上に掲載された、芥川賞・直木賞の「変質」にからめて、多くの読者を獲得しない、分かりにくい、「一人よがりの小説」を批判する記事に反発したものである。「つまりこの本の中で私が攻撃している敵とは――まず、マスコミのシステムの欠陥に巣くうインチキな言説の一種である。『自分たちに理解出来ない、少数者から深く愛される芸術作品』を抹殺しようとする、マスヒステリー的な大声である」と、巻頭の「はじめに――純文学作家はなぜ怒ったのか」で明言されている。左右両極への振幅を孕んではいたものの、近代文学史の流れは、概ねリアリズムを基準として進行してきた。「リアル」というキーワードが、小説評価の基準として、かつてと同じく、現在でもなお通用している。「リアル」でないと判定される様式は、基本的にいつの時代でも少数派であったし、恐らく今後もそうであり続けるだろう。しかし、その少数派が「マスヒステリー」によって圧殺されてよいのか。

笙野の「論争」とは、従って、いわゆる「純文学」と「大衆文学」との区別や、それらいずれかの優位論ではない。それは文学が「純粋」であるべきか「大衆的」であるべきか、何が「純文学」で何が「大衆文学」なのか、などの実体論的な定義のレベルで展開された議論ではない。それは文学（言語、芸術、表象……）における新たな可能性、在来のものとは別種のスタイルの登場と持続の保証を担保する社会的空間が、脅威にさらされている現状に対する反発である。言い換えるなら、アヴァンギャルドな発明を許容し、それを愛好する受容者の存在を許容するだけの、社会の文化的成熟度の要求にほかならない。新聞という、「社会の公器」によって触発された「論争」だからこそ、それは社会的次元における文学場に向けられたのである。

しかし、笙野の強靭でしなやかな言説は、この「論争」を論説の水準に押しとどめようとはしなかった。このような言論社会における脅威が、笙野的夢機械が敏感に感知するあの悪意的環境の好例として、すぐさまとらえ直されたのである。すなわち、そのような「論争」の経緯そのものが、テクストに織り込まれてしまう。『てんたまおや知らズどっぺるげんげる』(二〇〇〇・四、講談社)の巻頭には、次のような前書き「本作使用上の言わずもがなご注意」が書かれている。

(1)この小説はフィクションでありここに登場する笙野頼子は架空の人物です。
(2)そんでもって当然登場するオカルト現象は登場人物の思い込みでありつまり作者の描くフィクションです。
(3)とま、このように今日日では、ここまで「お断り」しておかないとまずいというこのあたりの、難儀な純文学現場事情は——本作全編にもう、溢れております。

——実作者・笙野頼子記す。

このテクストに至って、笙野的小説スタイルにおけるメタフィクション的要素は最大限にまで拡張され、右のような、いささか挑戦的とさえ思われるようなマニフェストとして、明示的に主張されることになる。これは直接には『ドン・キホーテの「論争」』レベルにおける「難儀な純文学現場事情」に向けられているが、より一般的に、「リアル」を尊崇し続ける文学場全体、読者社会全般にまで向けられた理論的挑戦状であるとも言えるだろう。本書は従って、論争的な小説方法論を内在した小説にほかならない。これは太宰治の「創生記」（『新潮』昭11・10）や「春の盗賊」（『文芸日本』昭15・1）など、創作する作家の虚構活動そのものを虚構内容とし、しかもそこに文壇の内情に関する情報を巧みに交錯させてゆく手法を、現代風かつ徹底的に拡充するとこうなるという見本となる意欲的メタフィクションである。

同書所収の諸短編、すなわち「文士の森だよ、実況中継」や「リベンジ・オブ・ザ・キラー芥川」などでは、純文学論争やそれを取り巻く文壇の人間関係などにまつわり、「沢野千本」という創作された作家と、「笙野頼子」というそれを創作した作家とが、お互いに批判的なやり取りをする様子が展開される。これは文士の分身、すなわちドッペルゲンゲルを登場させた幻想小説であることは勿論だが、もはや、幻想自体の水準に主眼が置かれるのではない。ここではあの、幻想生成のプロセスそのもの、作品創造の装置そのものが、完璧に物語内容の焦点にまで昇格しているのである。

すなわち「はっきり言っておくが笙野はもう潰れると思う。とうとう作品世界自体を小説以前の状態に戻してしまうような試みを始めたからだ。その上論争がもう論争小説のレベルをこえ小説を完全にのっとってしまった。これは虚構作者としてぎりぎりのところまで来てしまったという事ではないのだろうか。これも純文学の世界での孤立感故か」云々と、虚構の作中作家「沢野千本」の虚構の作中日記「沢野千本梅雨明け日記」は述べる。それに対して虚構の作家「笙野」による、作中作家「沢野」の「論争」は「つまり本作には作者の分身と作者本人のキャラクターが入れ代わってしまう事で分身の分身性についてより一層のリアリティを持たせたいという文学的意図があって、それ故このようにした」という注解が附される。ある意味ではテクストの構造的メカニズムについて、テクスト自身が必要十分なだけ自己言及しているわけだが、だが今度はその自己言及の言説そのものが虚構の物語内容に繰り入れられることになる。そのため、だからといってこの小説の構造は他よりも明快とはならず、むしろ言説の投げ返し合いが多重化することによって、より複雑で多義的な意味が解発される仕組みなのである。

笙野頼子の夢機械はこうして、入出力の回路を無限に多様に拡張し、貪欲にエクリチュールの磁場に取り込んでゆく。常に「リアル」という固定観念を脅かし、「リアル」を「リアル」たらしめている論理の根底にある事情をえぐり出すもの、それこそが、笙野的幻想にほかならない。「現実と幻想が現前社会では凡庸愚劣に、文学の世界では刺激的に交錯する日々。その中で昔の正直な作家のように書きたいと思う」(「アヴァン・ポップ」、『ドン・キホーテの「論争」』所収)。これは、現代に生きる正攻法の小説家の発言である。

3 猫と論争の神話——『S倉迷妄通信』と『水晶内制度』——

1 夢・悪意・係争——笙野文芸とヴァルネラビリティ

最先端にある現代文芸のテクストは、いつの時代にも難しく感じられるものなのだろうか。笙野頼子の作品群も、その一典型と言えるだろう。本章では、メタフィクションという点で様式を共有する他の作家のテクストとの対比などを交えて、笙野の文業について、『S倉迷妄通信』(二〇〇二・九、集英社)と『水晶内制度』(二〇〇三・七、新潮社)を中心として論じてみたい。まず、二〇〇〇年代に至るまでの、笙野文芸の基調を概説しておこう。

(1) 夢の方法

「夢見人」の夢語りという叙法により、「夢はどんどん〈私〉の生活を浸食し続け、今ではそれに支配されて暮らしている」という状況を基底とする『レストレス・ドリーム』(一九九四・二、河出書房新社)をその代表として、笙野のテクストは、夢を起点とし、夢を方法とする。これについては前章までに見たところである。夢は第一に、変身・変形・変成などのメタモルフォーズを帰結する。人は蛇や猫やワープロや妖怪と化し、世界は虫やモチへと増殖してしまう。第二に、夢は暴力・虐待・虐殺の幻想をもたらし、それはヴァルネラビリティ(vulnerability、傷つけられやすさ)の裏返しとしての力を発揮する。第三に、夢は言語をも変成させ、擬音語・擬態語・感動詞・造語その他の異化を行い、アヴァンギャルド詩にも近い言葉のジャンクをテクストに散乱させる。第四に、夢は近縁のジャンルとして神話を見出し、特に日本神話の中に自らの起源を認め、必要な場合はそれをも変形して取り込んでゆく。

(2)〈環境の悪意〉

この夢の方法の上で展開される物語は、第一に、主として他者から受ける理不尽な悪意による被害、すなわちストーカー行為と、それに対抗する主体の様々な抵抗の様相にほかならない。他者の内訳は親族・母・編集者・隣人その他多様であるが、典型的には、いわゆる〈ブス、独身、女性作家〉と因縁をつけて攻撃してくる人々である。第二には、この〈環境の悪意〉がジェンダーやセクシュアリティなど性に関わる部分が大きく、典型的にはストーカーが男であるために、笙野のテクストはフェミニズム批評と交錯する要素を含む。第三に、悪意は単純なストーキングではない。主体が住居、特にアパートに安住することを妨害され、各地を転々としなければならない事情から、笙野文芸は土地・都市・家にまつわるテクストとなっている。〈パラダイス・フラッツ〉は、パラダイスとは全く逆のフラットであった。このタイトルは、文字通りのアイロニーにほかならない。

（3）メタフィクション性

そして、笙野のテクストは、これらのリソースを単にストレートなメッセージとしては呈示せず、自らの方法論そのものの表明とその検証、あるいは相対化をも内に含む再帰的・自己言及的なテクストである。小説の中で小説論や物語論を展開し、あるいは小説の内部で小説創作を行う類の、小説についての小説、すなわちメタフィクション的側面は、『硝子生命論』（一九九三・七、河出書房新社）以来、笙野文芸には一般的な特徴である。しかも、その錯綜の程度は尋常ではない。笙野のテクストは、非常に多数の要素をそこに挙げることはできても、それらを全体として合理的に、トゥリー状に結びつけることが極めて困難である。さらに、そのようなリゾーム状態は、一つのテクスト内部だけの問題ではない。笙野のテクストは、ハイパーテクスト的に、常に他の笙野のテクストを参照し、言及し、示唆し合っているのである。

（4）論争的性質

九十年代までに、これらの笙野的スタイルは、ほぼその陣容を明らかにしていた。しかしその末期に至り、笙野の営為を、小説家とテクストが置かれる場の問題へと大きく突出させせる出来事が起こった。これがいわゆる純文学「論争」、すなわち『ドン・キホーテの「論争」』（一九九九・一一、講談社）で表明された主張である。これは一九九八年四月、芥川賞・直木賞の「変質」に触れて、分かりにくく、読者の少ない、「一人よがりの小説」を批判する新聞記事に反発したものであった。笙野はこれに対して文学の新たな可能性を封殺する暴論として論争を挑み、さらにそれはあの〈環境の悪意〉の一つとして、テクストのリソースに算入されることになったのである。『てんたまおや知らズどっぺるげんげる』（二〇〇〇・四、講談社）を筆頭とするそれ以後の小説では、この要因が必ずメタフィクションの一角に組み込まれ、さらに進展を見せている。

全体として一言で笙野頼子の様式をまとめるならば、それは夢の手法によって、〈環境の悪意〉との格闘を、リアルに、しかもファンタジー的に描いた言語生成、いわば係争的生成ということになるだろう。二〇〇〇年代に入ってからの作品のうち、『幽界森娘異聞』（二〇〇一・七、講談社）、『S倉迷妄通信』、『水晶内制度』、『金毘羅』（二〇〇四・一〇、集英社）などは、笙野ワールドを受け止めるために、それぞれ重要な内容を持っている。その中でも、右のような課題が顕著に示された二つのテクスト、『S倉迷妄通信』と『水晶内制度』に絞って論じてみる。

2　メタフィクション『S倉迷妄通信』

『S倉迷妄通信』（以後『S倉』と略）は、その内容から見て『愛別外猫雑記』（二〇〇一・三、河出書房新社、以後『愛別』と略）の続きとも言えるが、しかし、これは単なる続編ではない。まず『愛別』では、雑司ヶ谷のマンションに暮らす〈私〉が、ゴミ捨て場に来る野良猫が猫嫌いの住人たちに毒殺されるところを救い、前からの一匹と併せて都合四匹の猫を保護する。しかし執念深い「動物フォビア」の住人たちの監視と干渉を怖れ、千葉県S倉に一戸建てを購入して、そこへ猫ともども脱出する有様が描かれている。笙野作品には猫が頻繁に登場するのだが、『愛別』によれば、むしろ「猫知らず一家で育」ち、「元々三十代後半まで猫恐怖だった身」であったにもかかわらず、「親友は出来れば助けたいものだ」という理由で野良猫を保護するようになったとされる。その結果として、環境における弱者たる猫とのつき合いが、他者への想像力の媒体となったのだろう。「会った事もない他人の飢えや悲しみに対する想像力は猫を媒介にして獲得したものだ」と述べられている。猫は元々、〈環境の悪意〉に晒されている点において〈私〉と同類でもあり、その結果「人外の魔境」にあるというほど、〈私〉の環境を悪化させ、〈私〉はそのために極度の人間不信と妄想の殺意を募らせてゆくのである。

次に『S倉』の方は、ドーラ、モイラ、ルウルウ、ギドウの（森茉莉ゆかりの名前を含む）四匹を連れて、東京からS倉に移った〈私〉に降りかかる新たな〈環境の悪意〉、すなわち一戸建に一人暮らしをする女がまたまた遭遇する陰口・中傷・不便を描き、その点では〈雑司ヶ谷編〉に対する〈S倉編〉と呼んでもよい。特に、自家ではうるさく吠える犬を飼い、子どもがピアノで「猫踏んじゃった」を叩き続けるのを棚に上げ、猫がうるさい、猫が嫌いと苦情を訴え続ける裏の豪邸との対決が描かれている。しかし、『S倉』は『愛別』とは大きく異なっていて、そこには猫と土地にまつわるエピソードや物語だけでなく、社会・人間・小説その他についての、理念的あるいは思索的な要素が大きく導入されているのである。その要素を数え上げると、第一に「細民」の概念、第二に夢と神話の意義、第三に男性性の問題、第四には小説論とメタ小説論、そして第五には、それらが合流する具体的な生命のあり方についてである。

(1)「細民」の定義

まず、「細民」はここでは〈環境の悪意〉との抗争を続ける一戸建て住人のことと定義されている。

細民――それは（後に述べる事情で）土地持ちとの抗争に負けて、一応の安住出来る地を持たざるを得ず、仕方なく土地を買った人間である。［…］資産の有無ではなく、何

> か「生きる事に負けている」人間、それが細民だ。そして生きる事に勝っている人間達というとどう見ても千葉のさるところの細民の近所に住んでいる猫嫌い一家だ。［…］細民、それはばかで弱い人間、「こうしたら負ける」と判っていて負けの方を取らざるを得ないような環境にある、或いはそういう美学、モラルを持っている人。細民は人を殺したくとも、決して殺さない。余程の事がなければ殺人など出来ない癖に物凄く人が殺したいだけだ。（傍点原文）

伊勢、京都、東京、そして東京各所と、ストーカー行為に追われるように転々とするこのキャラクターは、ホームレスではないが観念的には常にホームレスであり、精神的に定住する場所を持ち得ないという意味で、〈難民〉とも名づけることができるだろう。ここには、かつて原民喜の「火の子供」（『群像』一九五〇・一一）など『原爆以後』（未刊）に見た、戦後の住宅難の折に次々と部屋を追われ、安らかな部屋を願望し続ける人物像を、やはり〈難民〉と呼ぶことができるのと通底するものがある。[1]

さらに言えば、幻想作家としての笙野頼子の先駆者としても、同じく夢と変身の幻想作家であった原民喜を挙げることもできるだろう。戦前期のコント集『焔』（一九三五・三、白水社）や『死と夢』（未刊）には、人が虎や石や木に変わる生成変化が描かれ、『原爆以後』所収の「氷花」（『文学者会議』一九四七・一二）では、セルバンテスからの連想で、体が硝子でできた「新びいどろ学士」の構想が述べられる。『夏の花』（一九四九・二、能楽書林）以外の作品群は一般には有名ではなく、笙野における原の影響なども想定外ではあるが、原民喜—筒井康隆—笙野頼子という幻想小説の様式的な系譜を考案することもできる。

ともあれ「細民」とは、「『こうしたら負ける』と判っていて負けの方を取らざるを得ない環境にある」人である。それは常に負け、負ける以外になく、負けることが美学であり、にもかかわらず他者に対して物凄い殺意を抱いているというイデアル・テュプス（典型）である。笙野的「細民」と原の〈難民〉にあい通うものがあるとすれば、それは原のみならず、あらゆる弱者、特に反抗的弱者の立場に通じる部分を共有するからではないか。笙野文芸は「細民」の反逆なのだ。とすれば、笙野のヴァルネラビリティが、単なる弱さではないこともまた明白だろう。

(2) 夢と神話

さて、ひとたび悪意の充満した環境で「細民」となった者は、その殺意を現実に移さぬために、また殺意を内向させて発狂しないために、夢および・あるいは神話によって、その殺意を昇華しなければならない。これが夢と神話の意義である。猫が妖怪化する手法は『パラダイス・フラッツ』や『東京妖怪浮遊』（一九九八・五、岩波書店）でも見られた通りであり、一見エッセー集かと見紛う『S倉』でも所々で採られている。『S倉』では、告白気味に、占い・方位・家相などは単なる「方便」であり、自分はオカルトは信じていない、「プチ信仰」に過ぎないと述べられる。しかし、いかに「方便」であるとしても、笙野の小説が夢や神話、特に日本神話と深く結びつくのは自然の成り行きである。『S倉』では出雲神話に言及し、「出雲系代表神が実は女だ」という説が、小説内小説の形で展開されている。ちなみに、このテーゼを全面化したテクストが、後段で取り上げる『水晶内制度』にほかならない。

(3) 「いない夫」とジェンダー

この殺意の問題は当然、ジェンダーの問題に繋がってくる。いわゆる〈ブス・女流・独身〉を口実に監視・介入し、ストーカー行為を働く男たちによる迷惑という、笙野テクストにつきものの悪意の刃は、『S倉』でも容赦なく襲いかかってくるのである。電車で「ブス」と言われて関西弁で「殺したろか」と反撃する話、カップルまたは男ならば問題ないのに、女一人で入ると白い目で見られる地元レストランや喫茶店の話……。しかしこれらは、既に他のテクストでも存分に書かれていた。『S倉』で興味深いのは、未婚なのに常に「奥さん」と呼ばれ、どこでも「お連れさん」の幻と同行するように見られ、ついにはそれを「いない夫」と呼ぶ挿話が、重要な作中作として語られている点である。

「独身の女が家を買うとその家はいない夫の買った家になってしまう・そして女がひとりで本を書くと、それはいない夫が作家で作家の夫が書いた事になってしまう・いない夫に私は呪われている・ああこれを私はいない夫がいる祟りと呼んでやるぞ・さあこれでもう担当交代の意味は全部判った・ずーっと考えていてついに閃いた」と。

それが彼女のまず最初の「読み」だったのだ。「いない夫」というわけの判らない存在には社会的な、村人全員が見る同種の幻想のようなリアリティがあるという風にまず笙野は思い込み脅え、共同体の呪いに参りそうになった。何をしても自分のした事は夫のした事になってしまう。いない夫を通してしか自分は存在出来ないのだ。

「いない夫」とは何か。もちろんここには、〝女は男で決まる〟という俗説の共同幻想、あるいはジェンダー的な性の二重規範に対するアイロニー的告発が、第一に含まれている。だが、それのみに単純化することはできない。その理由は、「男の自分」や「男性性」や「マッチョな男」と呼ばれる何ものかが自分の内部に同居していて、「いない夫」はその表象ではないかと縷々述べられるからである。女と男というヘテロセクシュアルな対立図式こそ、あの数々のストーカー行為の基礎をなすと考えるならば、両者の同居するバイセクシュアリティにこそ、その図式を超える突破口があるかも知れない。この観念が、神話の再解釈、または神話的自己分析によって可視化されてゆく。そしてこれもまた、『水晶内制度』の一大トピックとなるのである。

（4）小説論とメタ小説論

さらに、これは「私小説」ではなく、「非現実的に見えて実は理性の彼方で白熱している実際の切実な心の動きを『ありのままに』書く小説」とし、「幻想小説」に近いとも述べる。また作中作においては、「現実離れした設定つまり虚構を取り込めば取り込む程、必ずどこかで深層のリアリティや夢の生々しさ、と言った現実感の支えを必要とすると私（笙野）は信ずる」とも説明している。すなわち「切実な心の動き」や理念を核心としつつ、それにありうべき幻想・虚構の場を与え、しかし、どこかで、たとえば猫や業界や母や街やマンションなど「現実感の支え」が介在する小説として、笙野的スタイルを自ら言明するのである。

それは、幻想で充足しない幻想小説、現実で完結しない現実小説であって、両者が交錯し合い、全体として超虚構（虚構の強度の高い虚構）となるようなマジック・リアリズムにほかならない。この事情を、森敦の文芸理論ノート『吹雪からのたより』に示された「密蔽小説」と「非密蔽小説」との区別に準えることができる。(2) 森によれば、「密蔽小説」は「至るところ連続するもの」であり、一種の純粋小説であるのに対して、「非密蔽小説」は現実からの密輸入を含み、カットバック的に非連続なものである。笙野のテクストは、一冊で何冊分もの小説を含むように思われ、一冊で複数のジャンルを含むように感じられ、それが読む者の苦痛でもまた快楽でもあるわけだが、それこそ森の言う「非密蔽」の典型としての形式をなすからだろう。またここが、同じく一般にメタフィクションである金井美恵子の初期小説と笙野とを分けるポイントでもある。初期金井は完全な「密蔽小説」であり、まさに〝岸辺のない海〟(3)であって、金井はそこから上陸することによって『文章教室』(一九八五・一、福武書店)以後の作風へと移った。笙野の場合もまたかなりの程度、初期作品から九十年代以降の作風への移行を、このような「密蔽」から「非密蔽」への飛躍として理解できるだろう。

従って猫写真満載の『S倉』は一見、猫物エッセー集のようだが内実は全然違って、これは実に笙野的〝小説総論〟、または〝文学概論〟なのだ。このテクストに二つの小説内小説が挿入されているのは、その理論の試行とも見られる。一つは沢野千本作の「s倉迷宮完結」、この小文字のsは、もし小説内小説内小説が書かれたら、さらにスモールのsになるだろうと書かれている。(ちなみに、そのようなことを実際に行ったのは、小林恭二のメタフィクション『小説伝』(4)であろう。)これはローラを捨てた元飼い主を化け猫ルルとともに呪殺するストーリーであるが、未完のまま中断されてしまう。次いで二番目の小説内小説は「小説笙野頼子」と銘打たれ、先に述べた出雲神=女説や「男の自分」論は、ここに現れている。こちらは一応完結するが、その後に付された「解説」では、その完成度が相対化される。小説内小説によって他のテクストとの対話または論争が展開されるメタフィクションの手法は『てんたまおや知らズどっぺるげんげる』(以後『てんたま』と略)とも共通する。ただ『てんたま』ではターゲットが純文学「論争」であったのが、『S倉』では夢と神話であるという違いがあるだけである。

おまけに、『てんたま』で巻頭に掲げられていたのと似た注記が、『S倉』では奥書に置かれている。すなわち、「作品中の笙野頼子も含め、登場猫、登場人物は全て架空のものである事をここにお断りしておきます。——作者・笙野頼子」というものである。この注記に出てくる二つの「笙野頼子」の関係は、二つめの「作者・笙野頼子」も(奥書という)テクストに記載された、いわば「作品中の笙野頼子」にほかならないと考えるならば、もはや不明と言うほかにない。これによって『パラダイス・フラッツ』や『てんたま』と同じく、テクスト内部から超越的視点は消滅し、すべての部分は互いに飲み込み飲み込まれるウロボロス的循環構造として繋げられてしまう。かつて太宰治の「春の盗賊」(『文芸日本』一九四〇・一)などに、素朴な形で行われていた虚構性の自己暴露が、笙野の場合にはいっそう複雑で、挑戦的かつ係争的となっているのである。

(5) 具体的な事態の尊厳

しかし、猫と論争のメタフィクション『S倉迷妄通信』が、その上に成り立っているのは、個別的・具体的な事態や言葉の尊厳なのである。これが明確なメッセージとして記述されているために、このテクストはむしろ、分かりやすい一面をも持っている。それは、十四歳の殺人事件の際に問われた「なぜ人を殺してはいけないのか」という問いに対する反発である。この問いは「そこにいて生きている具体的なものを全部踏みにじっていく」「自分が当事者でないふりをして言う言葉」として拒絶される。その契機となったのが、あの猫とのつき合いであった。すなわち、「全部の猫を助ける事が出来ればいい」という言葉が、一見正論だが実際には無意味なほどに空虚であるという認識である。

それらは、発想自体が具体性を欠いた超越的な地点から出ている。現代文学史上、同じような問題は、他者に対して無限責任を取りうるかを問うて自己否定した有島武郎の態度、同じく高橋和巳に対して小松左京が責任は常に有限だとした批評(5)、さらには「飢えて泣く子に文学は有効か」の類の議論などなど、色々なところで見られたように思われる。「『人類』だの『世界』だ『環境破壊』だの『動物愛護』だの『単身女性の人権』だの、そういう大きなものが原因で今の自分がこうなったとは私は考えていない」と述べられている。あらゆる全体論に抗して、個別的・具体的なものを優先させること、それこそ、テクストに一貫して流れる、笙野頼子のメッセージならぬメッセージではないだろうか。

3　トランス・ジェンダー『水晶内制度』

ところで、この「大きなもの」のカテゴリーに対して、ほかならぬフェミニズムはどのように位置づけられるのだろうか。『S倉迷妄通信』が様々なトピックを積載していたのに対して、『水晶内制度』はジェンダーとセクシュアリティに関する物語として、一応は掌握できるだろう。しかし、こちらは夢と神話の手法が『S倉』以上に全開とされており、決して読みやすいテクストではない。その舞台はウラミズモ（裏の出雲）であり、「前の国」「旧本国」とも呼ばれる日本から独立した、基本的に女だけから成る国である。その国是は男尊女卑ならぬ女尊男卑であり、国民は一致派と分離派の両派に分かれて対立していて、その対立は両派に所属する国民のセクシュアリティに由来するものとされている。

すなわち、一致派とは「建前上の性と恋愛とが一致した」同性愛つまりレズビアンであり、分離派は非レズビアンであるが、さらに分離派は正常派と異常派の二つに区別される。分離派正常派は人形愛者、異常派はいわゆる牧場愛好者で、牧場とは「異性保護牧場」のことで、日本などから連れて来られた僅かな数の男たちが、ここで保護の名目で監禁され、女からの数々の虐待・拷問を自ら好むように調教されるというのである。人形は、「男性不在人形」（男性人形ではなく）または「仮夫」とも呼ばれるロボットである。ただし、そのようなセクシュアリティは「建前」であって「本物」ではなく、「ただ表現形としてそれを選択した立派なヘテロばっかりの演技集団、マスゲーム国家」とも言われている。ちなみに、ウラミズモではほとんど女しか生まれないとも述べられるが、レズビアンや人形愛でどのように生殖するのか、そのメカニズムについては明記されていない。

女尊男卑のこの国では、「前の国」である日本で女が受けていた以上の、あらゆる陰惨冷酷な虐待・拷問・処刑を男に対して行うことが認められている。後半部分の圧巻とも言える、「金花高校」という女子高の、「執行式」と呼ばれる卒業発表で行われた男子虐殺場面は、実に甘美な残酷さで染め上げられている。幼女愛好癖を持つ設定を与えられた男が教材とされ、少女のフィギュアパーツを模した処刑装置によって圧殺され、切断される執行式を、参観者が観賞する公開授業である。男は赤ん坊の産着にくるまれ、幼女の手・足風のクラッシャーで潰され、カッターで轢断され、そこに詰め込まれたかき氷が参観者に振る舞われる。これが「理想の実現したきったない国」という所以であり、このブラックユーモアとアイロニーに溢れかえったテクストが、レズビアニズムや女性中心主義をストレートに主張しているのでないことは、はなから明らかであろう。

さてこのウラミズモで、〈私〉こと女性作家はどうやら日本から亡命して、病院に入って昏睡していたが、当初からその目覚めは期待されていた。なぜなら、作家として建国の神話を探して、それを記述することが求められていたからである。勿論、歴史すらない新興国ウラミズモに神話などはなく、〈私〉は『古事記』『日本書紀』からの剽窃・捏造・反転によって作り上げた架空神話を語るほかにない。そのため〈私〉には新たなペンネームとして、火枝無性（ひえだなくせ）（稗田阿礼のもじり）の名が与えられ、教祖の夢に降臨した建国の神は、イザナミを反転して女神ミーナ・イーザと呼ばれる。水晶夢と呼ばれる夢は、開闢の時、教祖がトランス状態で見た夢を起源としつつ、火枝も含めて国民すべてが体験する神託と考えられ、さらにこのテクスト自体も、この水晶夢のお告げとして成立したものとされる。

それは水晶夢だと言った。水晶夢については何度も聞いていた。［…］これはこの国では大事で、もしふざけて水晶米みたいなどと言ったら銃殺されそうだ。というのも、――幻覚、夢を語る事でこの国の人間、つまり、女性達はプライベートなコミュニケーションを計《ママ》るからである。しかもそれは時に公にも議論される程社会的なものだ。特に人間性、つまり女性性の問題について語るためならば国会の資料や裁判所の証拠にまで採用される。これは感覚面で言えばこの国の一番判らない制度ではある。

ミズハノメ、ワクムスビ、オオナンジ、オオクニヌシ、ヒルコ、スクナヒコナなどが奇怪に暗躍する、この偽造建国神話を逐一検証することは荷が重すぎる。第一に、教祖・龍子は原発のある場所に国を造れというミーナ・イーザの神託を得て、ヒタチの国に拠点を構えたとされる。ちなみに、その結果ウラミズモは原発を中心として発達したとされ、その原発の

「原」の字には妙な作字（「厡」）が当てられているが、それらの詳しい経緯や理由の説明は見当たらない。第二に、教祖は日本では専らケガレの媒体とされてきた女が逆に主体の座に座り、あるいはケガレを徹底して男の側に付着させることによって、理想の女人国を造ろうとしたと述べられる。そして第三に、これらの事項も含め、〈私〉は日本神話を翻案する仕方で、これと表裏一体の物語として裏出雲神話を創作し、そこに男女逆転の発想を一々注入することによって、ウラミズモの建国精神、つまり女尊男卑を表現しようとするのである。いつか四十年が経過し、〈私〉は九十六歳となり、自作の神話を読むことによって自分自身のセクシュアリティを知った彼女は、最後に懸案であった常世の概念の実体化を果たして死んでゆく。しかもその時、〈私〉の中に、このとんでもない国への祖国愛の芽生えと、またそれに対する一抹の疑念とが同居したまま、である。

この『水晶内制度』には、旧作『硝子生命論』（一九九三・七、河出書房新社）への示唆が見られる。教祖一派の教典代わりに読まれていたのが「ガラス生体論」という小説の一部であり、それは作家・火枝無性の描いた人形作家ヒヌマ・ユウヒによる国家創造の物語であり、彼女はこの功労者の名前を与えられてペンネームとしたのであった。『水晶内制度』は、人形やスプラッタ場面からも『硝子生命論』の系列と言える。また、排泄物を神格化する教祖・龍子の物語は、『二百回忌』（一九九四・五、新潮社）所収の「アケボノノ帯」（『新潮』一九九四・五）で先取りされ、また蛇と竜の神話は、『太陽の巫女』（一九九七・一二、文藝春秋）および『時ノアゲアシ取リ』（一九九九・二、朝日新聞社）所収の「使い魔の日記」（『群像』一九九七・二）にも類似の物語が見られる。『水晶内制度』はこのように、九十年代の自作を素材としつつ、新たな地平へと飛躍しようとする創作態度を示す作品である。

この小説は『太陽の都』（カンパネッラ）や『ユートピアだより』（モリス）のように、理想国家の見聞録というスタイルで出発する。ただし、その国家は逆ユートピアと言ってもよく、それは島田雅彦の『ロココ町』（一九九〇・七、集英社）や、村上龍の『五分後の世界』（一九九四・三、幻冬舎）または『ヒュウガ・ウィルス』（一九九六・五、同）などにも近い印象を受ける。[6] しかも、見聞録として出発したにもかかわらず、途中で架空神話語りへとスタンスをずらし、すべての物語内容が、袋を内側にめくり入れるように、語られつつあるテクストに包摂されてゆくという構造となっている。これは、ガルシア＝マルケス『百年の孤独』（一九六七）、エンデ『果てしない物語』（一九七九）、森敦『われ逝くもののごとく』（一九八七・五、講談社）などの先蹤がそれぞれの仕方で試みた、強力なメタフィクションの処方にほかならない。『硝子生命論』の結末「人形暦元年」に、語り手の〈私〉自身が「一冊の書物」と化したとする記述があったが、『水晶内制度』もまた、書くことによって自分自身を発見してゆく、火枝無性と呼ばれたある作家の存在そのものであるという比喩も成り立つように思われるのである。

さて、『水晶内制度』を二つのトピックに切り分けてみると、第一にウラミズモ国家のジェンダーとセクシュアリティについて、第二にはウラミズモの文芸および神話理論である。

(1) ジェンダー、セクシュアリティ

まず第一のトピックは、例によって単純な命題としては取り出すことのできない、錯綜した構造となっている。

一つの水準としては、現代日本のジェンダー、セクシュアリティ状況の認識を前提とし、それに対する批判・否定をグロテスクなまでに誇張したテクストであるということができる。

自分が女の小説の影響を受けたりした事は完全に忘れ、自分が独自に開発した技法だと思い込み、気にくわない事があると美人にはすべただと言いブスにはぶすだと活字にし、公の場所でまで言った。要するに女の作家が何をしていても見ようとせず普段からずっと女の作家がいない事にし、仲間外れにしながら、都合のいい時だけ「文学は」という言い方でずっと仕切って来た。

ジェンダー、セクシュアリティとも、男性優位のセクシズムによって牛耳られている「前

の国」日本。ウラミズモの社会・文化構造は、それを痛烈に撃破し、辛辣に裏返しにすることによって表象してゆく。まさに「うらはらの国」である。

しかし、ウラミズモは、ジェンダーやセクシュアリティの規範をまさに反転した、単なるカリカチュアに過ぎないと見る水準もありうるだろう。これは男の代わりに女が、ヘテロの代わりにホモが圧政を敷く全体主義国家にほかならない。ジェンダー的には、現実の男性優位の二重規範に代わって女性優位のノーマリティが支配し、セクシュアリティ的には、同性愛と人形愛のみが肯定され、ヘテロセクシュアルは抑圧される。あの拷問・虐殺のシーンは、この性的反転の強度を最大限に呈示する場面であった。

だがさらに別の水準では、それらのセクシュアリティの選択は「本物」ではなく、単なる「表現形」の「演技」「マスゲーム」に過ぎないとも述べられる。「お間違えなきように私達は決して本物の同性愛者でもなければ、人形愛者でもなく、ただ表現形としてそれを選択した立派なヘテロばっかかりの演技集団、マスゲーム国家、そこに自由参加した嫌味好き原発保有国国民にすぎないのです」（原文ゴチック）。この水準では、本気でなくゲームだから許されると言うべきか、むしろだからこそいっそう罪深いと言うべきか、その最終判断は最後まで宙づりとならざるをえない。

言い換えれば、まず第一に、この性的反転によってこそ、現今のジェンダーとセクシュアリティ状況は陰画として浮き彫りとされ、強烈に告発される。だが第二には、だからといってこのような反転による「制度」は、決して肯定すべきものではないというメッセージとも読める。そして第三に、最終的には、ジェンダーやセクシュアリティのあらゆる規範について、肯定や否定の主張を行うのではなく、ひたすら、それを語り続ける幻想のエクリチュールの自己顕示の水準のみが、専ら、その表象の強度において印象づけられるとも思われるのである。こうしてジェンダーやセクシュアリティの問題は、エクリチュールの問題、すなわちウラミズモ文芸・神話理論の領域へと接続されるのである。

(2) 文芸理論、神話性

ウラミズモ文芸理論は、男性中心で商品性優位の日本文学状況に対して、例によってアンチテーゼとしてこの国に流布したもので、内容は多分に『ドン・キホーテの「論争」』風のものと感じられる。「当代の売れる文化」に迎合して「女の文学」の新しさを封殺する男性文学者たちへの批判、一貫した物語を要求する文芸風土に抗して、「タコがぐにゃぐにゃする時の動き方」や、「猫ノミが蔓延して部屋をはね回るよう」なスタイル、すなわち超強度のモンタージュ・パスティッシュ・反転・メタフィクションの連続を求める方法論は、まさにこのテクスト、ひいては笙野文芸自体に妥当するものと言わなければならない。実際、この方向において笙野頼子は『優雅で感傷的な日本野球』(一九八七・三、河出書房新社)や『惑星P13の秘密』(一九八九・一一、角川書店)を書いた高橋源一郎と双璧をなすのだが、しかし、ノミのように跳躍する源一郎になくて笙野にあるのは、タコのぐにゃぐにゃ、つまりジェンダー、セクシュアリティに関する反主流文化のコードと、そして、それが究極的には語る主体そのものへと回帰し飲み込まれてしまうような回路にほかならない。

それこそが、内部的な夢と、夢の外面化である神話の導入の意味なのだろう。それは、徹底的な戯れを演じる表層に向けて穿たれた、深層からの通路である。ここに、一見極めてパフォーマティヴな身体性に彩られた笙野のテクストが、本質的には決していわゆる肉体派でも身体性突出でもないことの証拠が認められる。それは表現様式であり、むしろ笙野とは、実は極めて理念型の作家ではないか。そもそも、水晶夢に導かれながら、出雲神話を反転およびモンタージュしてウラミズモ建国神話を構想する行為は、裏セクシュアリティ、つまり女尊男卑の理念を、神話的起源に遡って正当化することであった。「私」火枝無性は、その書き手として期待され、剽窃と捏造に最後まで半信半疑で、しかもこの全体主義国家において真の表現の自由などないことを承知の上で執筆を進め、そしてその途中で、「自作の神話を読み私自身を知」るに至るのである。

保護牧に行った直後、恐怖感から私はウカに一層頼った。頼る事で神話の執筆はよく進行した。が、蜜月的な日々はさして続かなかった。書き上げた事で、私は自分の性愛の対象を見極めたのだ。夢の中で神話の構想を一瞬に感じる事と、言語化してそれを我が言葉で確かめる事の間には大きなへだたりがあった。そして結局、私の作った神話には私が入っていた。国民が神話と捕《ママ》らえるものの中に私は私を残しただけなのだ。自作の神話を読み私自身を知った。自分で作ったものから学んだのだ。身を投げうって書くというのはそういう事だ。結局、——。

その自己発見の具体像は、自分に内在する、どこにもいない「理想の男」の自覚であり、また恐らくそれが実現される常世の現実化である。この「私の男」は、『S倉迷妄通信』の「いない夫」とほぼ同様と考えてよいだろう。ペンネームの無性とは、〝性をなくせ〟とも読める。常世とは、女でありつつ女を超えた存在、もはやジェンダーやセクシュアリティによって規定されることのない、ある種の精神的強度の固まりとしての存在形態が許されるような、真のユートピアなのだろうか。しかし逆ユートピアとしてのウラミズモの架空神話執筆という「神話的行為」の中から、わずかな約束の土地としての常世が望見されるとはいえ、それは「私の死と引き替え」かも知れず、つまりは実現しても認識されることはない。語りは最後まで宙づり状態の両義性の中にあり、あらゆる可能性と不可能性とが混在したまま、この小説は幕を閉じるのである。

結論を述べよう。トランス・ジェンダー、トランス・セクシュアリティとは、本来は固定した文化的性差や性行動を逸脱し、反対の行動を取る性行を指すのだろう。ウラミズモ、つまり裏の出雲を標榜するこのテクストは、まさにそれにあたる。しかし、それは表象はされたけれども、決してストレートに主張はされていない。このトランス（trans-）は、忘我状態（エクスタシー）のトランスでもあり、さらにはラテン語の原義（across）のように、常にそれらを横切り、超えてゆこうとするものなのだろう。すなわち、『水晶内制度』のテーマは何々、思想は何々、フェミニズムに対しては何々など、固定した言説はもはやすべて無効なのだ。このようなメカニズムが、森茉莉への論争的なオマージュである『幽界森娘異聞』や、憑依し転移する神仏習合の金毘羅との一体性を語る架空の自伝『金毘羅』などにおいても、共通に働いている。結局のところ、言葉の積極的な意味におけるトランス状態、越境し攪乱するノイズの固まりこそ、テクストとしてのこの小説のスタイルであり、そしてそれはまた、笙野文芸のスタイル一般にも通じるものではないだろうか。

【注】

（1）中村三春「レトリックは伝達するか――原民喜と不条理への投錨――」（『フィクションの機構』、一九九四・五、ひつじ書房）参照。

（2）中村三春「〈ジャンル〉と〈構造〉の旅――『月山』と森敦のテクスト様式――」（『花のフラク

タル　20世紀日本前衛小説研究』、二〇一二・一、翰林書房）参照。

（3）金井美恵子『岸辺のない海』（一九七四・三、中央公論社）。金井美恵子のメタフィクションについては、本書の第三編「金井美恵子」、および「フィクションとメタフィクション」（『係争中の主体　漱石・太宰・賢治』、二〇〇六・二、翰林書房）参照。

（4）小林恭二『小説伝・純愛伝』（一九八六・三、福武書店）。

（5）「文学の果し得る対人間存在的な責任もまた、『無限存在』にかかわるが故に、『有限』であり、またそうあるべきである。それぞれ一個の外部からは到達不可能な『無限存在』である他者に対して、文学者が『無限に責任がとり得る』ごとく働きかけ、ふるまう事は、不可能なばかりでなく、倨傲な『干渉』になるのではないか、と私自身は考えているからである」（小松左京「壮大な『第二歩』への期待」、『高橋和巳作品集』第一巻「月報」、一九七〇・一、河出書房新社、引用は『文芸読本　高橋和巳』、一九八〇・五、河出書房新社、149ページ）。

（6）中村三春「島田雅彦全小説戯曲事典」（『島田雅彦のポリティック』、『國文學解釈と教材の研究』一九九九・七臨増）、および「村上龍編年体年譜」（『村上龍特集』、『國文學解釈と教材の研究』二〇〇一・七臨増）参照。

第三編

金井美恵子

1　虚構の永久機関

──「兎」──

1　少女、書くこと、主体

〈書くことについて書くこと〉を一貫して課題とした初期の金井美恵子の言説は、小説と評論とを問わず、文芸の根幹をなす虚構についての原理論的な追求を核心としている。たとえば「記述者たちの躓き」（『手と手の間で』、一九八二・六、河出書房新社）では、あらゆる言葉が「その本質的な性質として」現実と一義的に対応しない虚構であることは当然であり、それを誇大視することは「作者の〈体験〉のリアリティを過大に評価するのとほとんど同じにみだらなことではないのか」と逆説的に問い掛ける。虚構についての究極の洞察を示す金井のテクスト様式は、現代、虚構を問題とする際に避けて通ることができない。『愛の生活』（一九六八・八、筑摩書房）以来の長きに及ぶ金井の創作歴において、〈書くこと〉のトポスは様々に変奏され、『文章教室』（一九八五・一、福武書店）では作風を大きく転じた。本章では、初期の佳作である短編「兎」を焦点としつつ、ひとまず金井のテクストを虚構の論理という観点から定位してみたい。

「兎」は『すばる』（一九七二・六）に掲載され、短編集『兎』（一九七三・一二、筑摩書房）に収録された。「私」が兎の縫いぐるみを被った少女小百合の話を聴き、その後彼女の最期の姿を発見する物語である。少女の話は、家族の去った家で父と共に兎を殺して食べていた彼女が、ある日冗談で兎の縫いぐるみを被ったところ、父が恐怖の余り彼女を襲って心臓発作のために死んでしまった、という内容である。エッセイ「兎の夢」（『添寝の悪夢　午睡の夢』、一九七六・八、中央公論社）によれば、金井が花巻旅行の際、兎の夢を見た翌日に雑貨屋で兎の皮を見たことが着想の源泉らしく、同じエピソードは短編「プラトン的恋愛」（『プラトン的恋愛』、一九七九・七、講談社）でも利用されている。

さて、「兎」は、初期の金井作品の中では最も多くの批評を寄せられたテクストの一つだろう。秋山駿は、この小説の内容が「現実的な意味に換算されるのを拒んでいる」とし、[1]また磯田光一は「兎を殺すという行為」に「不思議に祝祭的なリアリティ」を認めている。[2]これら非現実・非日常という読み方に対して、吉田健一は、本来人間にとって親密な対象である「血の匂い」を描いていることから、これを「童話」と見なし、それが残酷に映るのは「実際に行われたらば」という感覚が読者に働くからであると説明する。[3]こうして当初から「兎」は、現実／非現実の対立、あるいは童話／小説というジャンルの法則を喚起させるテクストとして受容され、金井初期の代表作として評価されてきた。清水徹によれば、金井文芸には、「兎」の濃密な父・娘関係のように「愛」の形と「書くこと」の形とが各々鏡像関係をなし、「合一・融合」を求めながらも結局は挫折する構図が見られる。この「鏡」の効果により、「金井美恵子の小説は書くことの始原へとひたすら遡行をつづける」ことになる。(4)初期の金井文芸全般に共通する様式特徴として、従来の「兎」読解のコードを、〈少女〉〈書くこと〉〈主体〉の関連し合う三契機として要約してみよう。

(1)〈少女〉

まず、金井文芸における〈少女〉は、自らを子供時代に封印することによって、成長を拒絶するアリス的な要素を持つ。ルイス・キャロル『不思議の国のアリス』(一八六五)からの引用をエピグラフを持つ「兎」は、後述の通り構造的にも「アリス」を下敷きにしたテクストである。少女は父と娘だけの世界に自らを幽閉し、結果的に父を殺し、両眼をガラスで貫いて、自己懲罰的な死を迎える。これはフロイト的な象徴読みを適用すれば、性的成熟と父親からの自立による成長の拒絶であり、またフォン・フランツがサン＝テグジュペリの『星の王子さま』を評した言葉をもじって流用すると、いわば〈永遠の少女〉ということになるだろう。(5)端的に、大人世界・現実世界の拒否とも言い換えられる。作品集『兎』では、記憶と言葉を失った父をあたかも息子のようにして暮らす「母子像」や、凌辱者を殺害する少女を描いた「耳」などが「兎」と同系列のテクストであり、逆に「海のスフィンクス」や「山姥」では、成長によって子供たちのユートピア的世界から離脱する少女が描かれている。金井自身も「基本的なことについて」（前掲『添寝の悪夢　午睡の夢』）等で、この「子供らしさに対する固着」が周囲から裁かれる機構について語っていた。とはいえ、極めて多面的な相貌を呈するテクスト「兎」においては、〈少女〉は数々の局面のうちの一つを占める定型的な物語に過ぎない。ここに安易に着地することは、テクストを矮小化することに繋がるだろう。

（2）〈書くこと〉

次に、『書くことのはじまりにむかって』（一九七八・七、中央公論社）という評論集の題名が示すように、金井は〈書くこと〉そのものをテーマとした希有な作家である。三浦雅士によれば、「物語るということは我を忘れるということ」であり、自己の同一性を「物語る」ことによって証明するのは矛盾であるから、ここで呈示されているのは、私意識が私自身からの隔たりとしてあるという事態にほかならない。(6) 三浦は『兎』所収の「耳」を例としてこれを論証したのだが、「兎」に横溢する自己破壊行動も、いわば「私が私でない」ことの確証でありながら、その瞬間、逆説的に「私が私である」ことを証明してしまう。これは先の清水説に言うところの、「合一・融合」の挫折とも通ずる事柄である。

(3)〈主体〉

また、日記・手紙を〈書くこと〉について論じた「書いていない時の作家」(『夜になっても遊びつづけろ』、一九七四・二、講談社)によれば、《私》《あなた》の〈主体〉が構成されるのは、相手に「語りかけること」によってのみである、とされる。〈主体〉は物語行為によって存在するが、しかし一度物語られた言葉には既に〈主体〉は不在である。同様の論法により、〈書くこと〉が成就した場合、それは既に〈書くこと〉それ自体ではありえない。これこそ「はじまりにむかって」の遡行が、永遠に到着しない漸近線となることの所以である。この思想は、後述のモーリス・ブランショの著作と関わり、また『岸辺のない海』(一九七四・三、中央公論社)、『プラトン的恋愛』、『単語集』(一九七九・一一、筑摩書房)、さらには『言葉と《ずれ》』(一九八三・五、中央公論社)などの金井の著作においても、各々の形で追求されている。渡辺正彦が、到達不可能な「欠如を言葉によって表現」するという二律背反について(7)、また絓秀実が「兎」冒頭の一文に触れて「『書くことについて書く』ことは永遠にやって来はしない」と述べたことは(8)、いずれも同じ事情に関することだろう。

以上、自立的アイデンティティの拒絶としての〈少女〉への自己封印が、また〈主体〉の在り方の様態とも見なされ、さらに〈書くこと〉の主題という初期金井文芸の核心へも接続される。これが金井的なテクストの研究史における公約数である。ところで、〈書くこと〉という金井初期の専心のテーマは、ブランショ流の文学空間論と同様に、どこか秘教的な趣があり、魅力的ではあるが理解容易なものではない。特に、その問題を具体的なテクストの仕組みに即して論ずる手続きが怠られている。「兎」についても、〈少女〉のトポスにまつわる父―娘（小百合）の関係には注意が払われるのに対し、より大枠を形作る小百合と「私」との関係については無視されるのである。金井自身は、評論「書くことの始まりにむかって」（前掲『添寝の悪夢　午睡の夢』）において、「書くことについて書くという魅惑的なポリフォニーは、自己循環の閉じられた世界を作るどころか、真に開かれた作品の空間を多声部の、いくつものインベンションで響かせるだろう」と論じた。これまでの金井論において抜け落ちていたのは、〈書くことについて書くこと〉を「開かれた作品」として読むこととは何なのかという、テクストにおける読者の役割ではなかっただろうか。

2　額縁構造の様相

読書論的作用の観点から見れば、このテクストにおいて重要な装置の一つとして額縁構造（枠物語）を挙げることができる。〈額縁〉（frame）とはこの場合、虚構の深度の異なる複数の物語的要素が存在し、それがテクストの構成上、機能していることを言う。具体的には、語り手の交替、聞き語りの構造、ドキュメント（手記・日記・書簡など）の挿入などの多様な手法がある。典型的には、太宰治の『人間失格』（『展望』一九四八・六〜八）のように、「はしがき」と「あとがき」との間に手記の物語本体が嵌め込まれた構造が挙げられる。ただし、額縁構造は、結局解体されるために設定されるとも言える。読者はこの装置によって、いかなるアレゴリー的な読解にも収斂することのない、〈額縁〉と〈絵〉との間の絶え間ない往復運動を要請されることになる。

グレゴリー・ベイトソンの情報論的文化論によれば、芸術のスタイルにおいて重要なのはメッセージそのものよりもメッセージの変換規則＝コードであり、それはメッセージのランダム性・冗長性に制御をかけることにほかならない。[9] コードこそ、有名なダブル・バインド理論において決定的な役割を果たすメタコミュニケーション（暗黙の含意）であり、それは一般にメッセージとは次元を異にするコンテクスト（文脈）もしくは〈枠組み〉の形で与えられる。小説における額縁構造をジャンル的な法則として重視する必要性は、それが小説のメッセージ内容に対してメタコミュニケーションとなる〈枠組み〉の典型として、テクストの読者に対する語用論的な方向性を指定することに基づくのである。

だが、言語芸術としての文芸においては、ベイトソンがダブル・バインドを援用して論じた精神病以上に、この論理階型は容易に逸脱・混同され、テクストを錯綜した多面体的な表面として現出せしめる。小説の場合、〈絵〉と同じく言葉によって設定される以外にない〈額縁〉は、その同レヴェル性ゆえに、メッセージの確定に資するどころか、逆にそれを撹乱する。いわゆるノンセンス文学やメタフィクションは、このような言葉のレヴェル侵犯を本質とする様式なのである。高山宏が『鏡の国のアリス』（一八七一）の白の騎士による「歌の名」について、フレーゲのパラドックスを応用し、「内も外も［…］未決状態」にある言葉と評したのはその好例である。[10]「兎」もまた、ほかならぬ「アリス」を下敷きとしたテクストであり、小百合／姫百合／鬼百合という少女の名前をめぐる言及は、「歌の名」のパラドックスの記憶を宿すものかも知れない。そして、読者を否応なくそのような言葉のレヴェル侵犯による「メービウスの環」（高山）の世界へと誘引するために設定された、額縁構造の要諦をなす機構は、次のような「兎」冒頭部分の一節である。

書くということは、書かないということも含めて、書くということである以上、もう逃れようもなく、書くことは私の運命なのかもしれない。と、日記に記した日、私は新しい家の近くを散歩するために、半ば義務的に外出の仕たくをした。（傍線引用者）

傍線を付した一文は、テクストを構成する言葉すべてを、常に〈書くこと〉（エクリチュール）という生成の根元へと回付することを余儀なくさせる。すなわち、一度はテクストから読み取られたある寓意を、その都度否応なしに、言葉の生成の現場、あるいは生成された言葉の配列の現場としてのテクストの字義的表面へと回付する。そのことは、それらの寓意の

「歌

特権化を拒み、未決状態において別の読みを再開させるための装置となるだろう。読者は、テクストの各レヴェルを走査し、そこに生ずるパラドックスを玩賞することになる。これは、あらゆる寓意を常に言葉そのものへと投げ返す運動にほかならない。これこそが、望んでいた「真に開かれた作品」としての読み方ではないだろうか。「兎」その他の金井的テクストは、〈書くこと〉へと自己幽閉されるのではなく、むしろそれによって読書の永久機関ともなるものなのである。

まず、額縁構造を概観しよう。冒頭の〈額縁〉で「私」は、「新しい家の近くを散歩する」途中、「雑木林に囲まれた空家の庭」に迷い込み、小百合の物語を聴く。結末の〈額縁〉でその後の「私」はその「空家」が見つからず、「あの奇妙な経験を、夢だったのだと思」い始めていたが、突然、あの家への道を思い出す。日常と非日常との境界線がテクストの空間によって引かれるのは、幻想小説の定石である。これは泉鏡花の『天守物語』(『新小説』大6・9)や村上春樹『世界の終りとハードボイルド・ワンダーランド』(一九八五・六、新潮社)などに顕著な、幻想の領域と現実の領域とが、テクスト的あるいは地理的境界線を挾んで併存する、いわゆる平行世界(パラレル・ワールド)の構造であり、幻想を生成せしめるのは二つのワールドの接触である。

特に、鏡花「高野聖」(『新小説』明33・2)や佐藤春夫「西班牙犬の家」(『星座』大6・1)を挙げるまでもなく、また堀切直人が恐怖に満ちた「夢魔の森」と、生命を生成する「始原の森」の両面から探求したように、森・林は幻想空間の舞台である。[11]これらは好んで深層心理学の鍵とされてきた。精神分析ならばフロイトのドラ症例のように、森の中の家を女性器の象徴として理解するだろうし、小百合や兎が眼球を失うのは一種の去勢の象徴と見なされることだろう。[12]またユング派ならば「見るなの座敷」のような内面の自我、エゴの象徴として解読するだろう。[13]しかし、それらは〈永遠の少女〉という説話論的磁場から一歩も出ることはない。こうした定型的な寓意に着地せず、いま一度〈額縁〉に戻ってみよう。

3　言葉のアレゴリー

「私」は「空家の庭」で出会った大きな兎を追いかけ、「突然、穴の中に落ち込んでしまう。言うまでもなく、穴にはまるのは『不思議の国のアリス』の基本的構造の引用にほかならない。ちなみに日本の昔話にも「鼠の浄土」系の「穴にはまる」話型がある。[14]地下世界（浄土・冥府・黄泉など）は平行世界幻想の代表格である。先行する少女幻想文芸からの顕著な引用によって、読者がこの物語をそのミュートス（神話＝物語の類型）のメンバーとして受容する扉が開かれる。そのことはまた、〈書くこと〉は既に他人によって書かれたことを再び書くことであるとする、『単語集』等のテーマの先取りともなる。

ところで『不思議の国』はアリス自身の体験が物語の主眼であるが、その物語は結末で目覚めたアリスが姉に語ったものであり、その後姉がアリス自身の姿と、アリスが見た夢を再び夢見るという筋であった。[15]また『鏡の国』第四章でも、トゥィードゥルダムとトゥィードゥルディーから、アリス自身が赤の王様の夢で夢見られた夢であり、夢が終われば消滅する存在に過ぎないと言われるのであり、これらには幻想文学固有のパラドックスが感じられる。「アリス」が夢／現による額縁構造の、逸脱的でパラドキシカルな変奏を主たる構造とするテクストであるとすれば、「兎」が心憎いまでに消化している「アリス」のパターンは、〈少女〉のテーマとともに、実はこの額縁構造そのものなのではないだろうか。

額縁構造においては、〈額縁〉と〈絵〉との関係が重要となる。「兎」では、初対面の「私」に対して小百合は「誰かにお話しなければなりませんし、そうでなければ、あたし、落ち着きませんの」と告げ、身の上話を始める。この告白・聴取の設定は、『不思議の国』で姉がアリスの物語を聴くパターンの反復とも言える。しかも、結末で死んだ少女の縫いぐるみに「私」自身が入るという意味深長な場面も、「アリス」の結末を、アリスと姉との夢における合体と読むとすれば、これも巧みな引用変形と言えなくもない。つまり、一見無関係の「私」と小百合との間に、何らかの赤い糸が結ばれていると見ることに無理はないだろう。ここから後述のように、従来閑却されてきた、コミュニケーションの問題系が開かれるのである。

「私」の側はどうか。「私」はこの日極度の「いやな気分」で、「眼をさましている時でも悪夢を見ているような感覚」に襲われ、またデジャ・ヴュのような「匂い」＝「一種の吐き気」を感じ、それが自分の「肉体の内部から発している」ものと述べている。サルトルを援用するまでもなく、「吐き気」は存在の不安の表明であり、いま・ここに自分が存在することへの違和感の表現だろう。それに限らず、このテクストは同心円状に展開する違和感もしくは他者性の集合体である。小百合においては、世間的な規律の遵守を求め、父との兎殺し＝兎食いのラブレー的快楽主義を認めてくれない家族との間の距離であり、また幸福な結末を迎えるはずの縫いぐるみの冗談を真に受けて、頓死した父との違和感もここに算入される。小百合の物語は、家族・肉親などによる一見自明な共同性の解体を語り出していく。これは他者と概念枠を共有しえない状況である。他方、「私」においては、その「吐き気」＝違和感の原因は冒頭の〈額縁〉においては未だ理解されてはいない。だが、「以前、その影をはっきり見たことがあるはずだという確信」から、小百合の物語が、「私」に「その影」の実体を想起・再発見せしめる性質を持ち、構造的な共犯関係にあることが推測できる。

ただし、違和感の裏には一体化もしくは共同性への願望が必ず存在する。それは小百合の兎との一体化であり、また私の小百合との一体化とも考えられる。つまり、冒頭の〈額縁〉の「匂い」は、読者の受動的総合によって、中ほどでの父―娘の蜜月における「動物のあたたかい血の臭い」や、結末の〈額縁〉で「私」が被った兎の「獣臭い匂い」との呼応関係が認知される。ここで「匂（臭）い」は、「私」・小百合・兎による一体化への志向性の記号となる。だからこそ「私」は結末の〈額縁〉の初めに、「動物の帰巣本能のように、眼に見えない匂いか信号に導かれて」、あの「空家」を再訪するのである。小百合は片目を失った自分が「ぞっとするほど綺麗でした」と述べ、「薔薇ガラスみたいな兎の眼を」すべて刳り抜き、最後に恐らく自ら残りの目を貫いて死ぬ。「私」は結末で小百合の「兎の毛皮」をまとって内部にこもり、「彼女と私の周囲に盲目の兎の群れが集り、兎も彼女も私も、じっとしたまま動こうとしなかった」と結ばれる。これは究極の一体化の形態であるが、しかしその一体化は死と同義であり、達成されても持続しえない。死という絶対的他者性においてしか、「私」・少女・兎の絶対的共同性を実現しうる道はない。このように読み解くならば、「兎」のテクストは端的にコミュニケーションの暗喩ではないかと思われてくる。これはディスコミュニケーションとコミュニケーション、伝達と断絶とが同型をなしている事態である。このテクストは、全体としてそのようなパラドックスを孕む、言葉というもののアレゴリーとなっている。

そして、この言葉のアレゴリーは、もう一度冒頭へと送り返されるだろう。この「私」が、「日記と原稿用紙に向かっている」作家らしき人物であるとすれば、もはや次のように推測することも奇矯ではあるまい。この物語は、この「私」がこの「原稿用紙」に書いたフィクションなのではないか。しかし、それは「私」にとって現実以外ではない。「書かないということも含めて」と「私」は書く。このテクストの末尾に、「書かない」ままに断念された最後の一行を想定することができる。それは、「と、私は書いた」、これであろう。ルイス・キャロルにおいては、額縁構造が夢と現実との決定不能状態を作り出すことにより、言葉のみが跳梁跋扈する純粋虚構の世界としてテクストは調整された。「兎」の場合は、〈額縁〉を最終的に閉じる最後の一行の〝抹消〟のために、テクストは一種の開放系のままに放置され、虚構と現実との間の境界線は廃絶されてしまう。これによって、テクストは読書行為において永遠の往還運動を帰結する永久機関となる。

作品集『兎』の「あとがき」で、金井は「小説を書くことの快楽」に触れ、「まぎれもない書くことの快楽の破片を」「つづりあわせてくれるのが読者」であり、「それが読者にとっても快楽でありえるとしたら、非常に嬉しい」と述べた。テクストの破片を綴り合わせ、幾重にも折り重なるトポスを錯綜させるのは、読者に課された甘美な責務である。こうした操作は、原理上幾らでも続けることができる。「兎」とは、終わりのないテクストなのである。

4　虚構・幻想・現実

「兎」に限らず、『文章教室』以前の金井文芸は、全体として概ね幻想小説のジャンルに属すると言えるだろう。その一要素を挙げれば、金井作品で活躍する「猫」である。虎猫が人間同然に暗躍する「迷宮の星祭り」(『兎』)、また『アカシア騎士団』(一九七六・一二、新潮社)

の「暗殺者」では、女性がエロティックな歓喜のうちに猫に食べられてしまい、同じく「永遠の恋人」では死神が黒猫として登場する。『文章教室』以後の『タマや』（一九八七・一一、講談社）の比較的普通の猫に対して、これらの猫たちは幻想の所産と呼ぶことができそうである。しかし、金井自身は「アダルト・ファンタジーへの疑問についてのメモ」（前掲『手と手の間で』）で、「幻想物語」や「ファンタジー」は「うさん臭い」と述べている。これは前述の虚構観とも関連する事柄だろう。これらのテクストにおける幻想・虚構を、どのように理解すべきだろうか。

ここで、印象批評に流れがちな幻想文学に一定の基準を導入した、ツヴェタン・トドロフの論を参照してみる。[16] トドロフによれば、幻想の定義は、超自然的な出来事に対して、それが「現実か夢か、事実か幻覚か」不明であるような〈曖昧さ〉〈ためらい〉に求められる。信じられぬ出来事を幻覚と見る場合には、現実の理法は無傷のままに残り対象は単なる〈怪奇〉となるが、それが真実であった場合には、現実の法則が従来の認識とは異なるものへと変更され、この現象は〈驚異〉と呼ばれる。幻想は両者の中間領域を占めるのである。

この定義は単純であるだけに応用範囲は広い。たとえば、「西班牙犬の家」を「曖昧語法」のスタイルとして論じた野口武彦の論は、[17] この〈ためらい〉の文体論的究明であり、また夢野久作『ドグラ・マグラ』（昭10・1、松柏館書店）に、自らと同型の物語を内部に抱え込む究極の自己言及構造による「物語の魔法」を見出した山路龍天の説は、〈曖昧さ〉のトポロジー（位相空間）的な追究と見なすことができる。[18] ひとたび幻想が認定されれば、後は〈曖昧さ〉の機構を検証すれば十分となる。トドロフ自身は幻想の機構を、精神と物質との〈融合〉をもたらす《わたし》のテーマ群と、〈エロティシズム〉を帰結する《あなた》のテーマ群とに分類する。「兎」もまた、物語の真実らしさに関わる〈ためらい〉、また兎と人間との〈融合〉、あるいは父―娘のエロス的関係などから見て、トドロフ的な幻想の性質を分有したテクストである。一般に渾融的と評される日本文芸には、トドロフの規定は相応しいとさえ言えるだろう。

しかし、この定義の厳格な適用は、即座に不都合を生ずる。たとえば、鏡花の「天守物語」は亡霊たちが〈曖昧さ〉の余地なく活躍するから、幻想ではなく〈怪奇〉に分類されてしまう。また、澁澤龍彦の「犬狼都市」（『聲』一九六〇・四）も、女が金剛石の中でコヨーテと交わるストーリーには、〈曖昧さ〉のかけらもない。幾何学的厳密を愛した澁澤の幻想は、〈曖昧さ〉とは無縁である。金井もまた、その澁澤論「メビウスの輪」（『國文學解釈と教材の研究』一九八七・七）において、「読者は、澁澤龍彦の作品を読んで、それをそのまま、本当のことと信じてしまえばいいだけである」と言う。金井のファンタジーへの不信感は、この辺の事情と関係が深いだろう。

だが、そのことは既にトドロフによって先取りされていた。『幻想文学』は巧妙なテクストであり、結論において論旨を自己解体してしまう。「幻想文学とは、それが体験せしめるためらいによって、まさしく、現実と非現実という抜きがたい対立の存在を疑問化しているものなのだ」[19]。その好例とされるブランショやカフカの小説では、幻想はもはや例外的ではなく「普遍化」された法則となり、作品そのものが超自然と全面的に統合する。その場合〈曖昧さ〉は法則へと転化し、〈ためらい〉は消滅する。澁澤や金井のテクストは、まさにこの「普遍化」された幻想にほかならない。そして、トドロフは幻想文学の本質を件の〈書くこと〉(エクリチュール)の不可能性という、ブランショの論へと接続して論を閉じるのである。

『文学空間』に代表されるブランショの思想の起点となっているのは、〈書くこと〉を行為や手段ではなく、自立した一個の運動体、いわば〈機械〉としてとらえる態度変更だろうか[20]。書き手が〈書くこと〉によって書き手となる限り、〈書くこと〉の方が書き手の主体を生成する。この時、逆に書き手の方こそ〈書くこと〉の函数となり、〈書くこと〉において書き手は自らにとって他者となる。これが「本質的孤独」なのだろう。これは主体としての書き手の〈死〉を意味する。「詩人は作品の創造の後に生き残ることはない。詩人は作品の創造に於て死につつ生きるのだ」。〈作品〉とは書き手の死と引き換えに成立する以外になく、書き手は決して作品には到達しえない。オルフェウス神話は、文字通りこの事情の典型的なミュートス(神話=物語の類型)とされる。ここにおいて〈作品〉の空間は〈死〉の空間と照応し、〈作品〉とは変形された〈死〉であり、それらは現実における〈孤独〉や〈死〉の純粋化された形態となる。〈作品〉はその内部に、このような書き手の〈死〉、つまり〈彼方〉への通路を宿し、それが作品の核心となる。こうしてマラルメ、カフカ、リルケらの作品は、いずれもこうした事情を顕著に語るものとされるのである。このブランショの思想は、金井のほか、特に天澤退二郎の『宮澤賢治の彼方へ』（一九六八・一、思潮社）によって馴染み深いものである。

このエクリチュールの〈機械〉の内部では何が起こっているのか。発話された文は、現実の事態や主体とは次元の異なる独自の存在となる。文の基礎的なあり方が文自体の呈示であるとすれば、文はひとまず実在の事態や主体とは関わりのない虚構として現れる。この段階では、文における幻想と現実とは未分化である。つまり虚構は本来、文の特殊な使用ではなく最初の状態にほかならない。逆に虚構ならざる使用方法、たとえば〈記述〉や〈伝達〉のための意味作用こそ、社会的な慣習によって文を規範した結果の産物である。この言語使用の慣習が、ある言葉遣いを以て事態の〈記述〉や、意思の〈伝達〉と見なす基準を提供し、また現実と幻想との境界線を初めて引くのである。このような発想は、いわば〈汎虚構論〉と呼ぶことができる。さらに敷衍するならば、言葉が現実や主体と次元を異にする限り、〈記述〉や〈伝達〉は決して事態や意思に厳密に妥当することはありえない。それは深い断絶であり、いわば〈死〉なのである。また幻想と現実とを画然と区別することもできない。こうして、〈書くこと〉も〈読むこと〉も、原理的には到来しえず、可能なのは「はじまりにむかって」という漸近運動以外にないという結論が導かれる。そして、コミュニケーションの暗喩としての「兎」のテクストは、この論理を背景とするのである。

〈伝達〉(communication)や〈表象〉(representation)と呼ばれるものは、それが現実であれ主体であれ、不断の解釈と同定作業の繰り返しである。それは決して完結することのない暫定的な決定に過ぎないはずだが、日常的には、そのことが不問に付され、いわばロシア・フォルマリストが呼んだように〈自動化〉されている場合が多い[21]。もちろん、日常言語の自動性や言語使用の慣習には、当然それなりの有効性もある。しかも、言語における日常的使用と虚構的使用とを厳密に区別することは、両者が同じ言葉である限り困難である。単語や文法のレヴェルにおいては、いかなる幻想文学といえども、通常、意味の社会的規範からそう大きく外れることはない。表意作用に関する過度の純粋主義は、思弁や閉鎖的な思考に陥りやすい。「現前の不純性という主張がいかにもっともらしいとしても、実用上の現前は言葉の決定的要因の一つなのである」と、ロバート・スコールズはデリダを批判して主張する[22]。

しかし、現代の文芸テクストから、言葉と虚構に関わるこのような根元的な問題系を捨象することはできない。金井的なテクストにおける〈書くこと〉のテーマは、その様式的な徹底性により、不断に言葉自体への立ち返りを要請してくる。メタフィクションはフィクション一般の代表形態であり、フィクションの占める全域をメタフィクションは対象化しつつ包含する。またこの観点から、金井美恵子の文芸を、虚構についての虚構というメタレヴェルの問いかけを作品化した、たとえば石川淳・太宰治・立原道造・横光利一らの系譜へと位置付けることができ、さらにそれらを凌駕して徹底したテクスト様式として処遇しなければならない。その意味では、評論「書くことの始まりにむかって」をはじめとして、金井自身が多くの文章で敬意を表明してきた石川の諸作品、特に『佳人』（『作品』昭10・5）を、「アリス」とともに「兎」の隠れた引用元と見なすこともできるだろう。作品集『兎』の後、『アカシア騎士団』『プラトン的恋愛』さらには『単語集』などで、このテーマは幾つかのヴァリエーションに分かれて追求され、やがて『文章教室』の転機が訪れると思われる。『文章教室』に代表されるいわゆる目白四部作以後のテクストは、あたかも日常言語の体裁を借りて、この課題を遍く個々の言葉に全面化したものと言えるだろうか。それらに、「兎」などと同じく、引用やパロディ、仄めかし（allusion）が陰に陽に横溢しているのは偶然ではない。金井文芸は今後も変貌を遂げるだろう。だが、そのテクスト様式を、現代小説史の重要な動因力として評価することに、もはや〈ためらい〉は無用なのである。

【注】

（1）『東京新聞（夕刊）』（一九七二・六・二八）。日本文芸家協会編『文学1973』（一九七三・六、講談社）、402ページ。

（2）『サンケイ新聞（夕刊）』（一九七二・六・二六）。前掲書（1）、同ページ。

（3）吉田健一「解説」（集英社文庫版『兎』、一九七九・二）、255ページ。

（4）清水徹「鏡の国の兎　金井美恵子」（『鏡とエロスと――同時代文学論』、一九八四・一、筑摩書房）、281ページ。

（5）フォン・フランツ『永遠の少年――『星の王子さま』の深層』（松代洋一・椎名恵子訳、一九八二・八、紀伊國屋書店）。

（6）三浦雅士「金井美恵子または物語の作者と作者の物語」（『私という現象――同時代を読む』、一九八一・一、冬樹社）、167ページ。

（7）渡辺正彦「新しい寓話を求めて――金井美恵子と大庭みな子――」（『國文學解釈と教材の研究』一九八〇・一二）。

（8）紅秀実「金井美恵子・人と作品」（『昭和文学全集』第31巻、一九八八・一二、小学館）、964ページ。

（9）グレゴリー・ベイソトン「関係性の形式と病理」（佐伯泰樹・佐藤良明・高橋和久訳『精神の生態学』上、一九八六・一、思索社）。

(10)　高山宏「パラドキシア・ファンタスティカ」(『アリス狩り』、一九八一・五、青土社)、122ページ。
(11)　堀切直人『日本夢文学志』(一九九〇・七、沖積舎)。
(12)　ジグムント・フロイト「あるヒステリー患者の分析の断片」(細木照敏・飯田真訳、『フロイト著作集』第5巻、一九六九・五、人文書院)。
(13)　河合隼雄『昔話と日本人の心』(一九八二・二、岩波書店)参照。
(14)　柳田国男『海上の道』(一九六一・七、筑摩書房)などを参照。
(15)　マーチン・ガードナー注、石川澄子訳『不思議の国のアリス』(一九八〇・四、東京図書)、および同注、高山宏訳『鏡の国のアリス』(一九八〇・一〇、同)参照。
(16)　ツヴェタン・トドロフ『幻想文学——構造と機能』(渡辺明正・三好郁朗訳、一九七五・二、朝日出版社)。
(17)　野口武彦「雑木林の洋館——佐藤春夫『西班牙犬の家』——」(『文化記号としての文体』、一九八七・九、ぺりかん社)。
(18)　山路龍天「〈物語の魔法〉の物語——『ドグラ・マグラ』をめぐって——」(『物語の迷宮——ミステリーの詩学』、一九八六・六、有斐閣)。
(19)　トドロフ前掲書(16)、252ページ。
(20)　モーリス・ブランショ『文学空間』(粟津則雄・出口裕弘訳、一九七六・三、現代思潮社)、320

ページ。

（21）ヴィクトル・シクロフスキー『散文の理論』（水野忠夫訳、一九八二・四、せりか書房）。

（22）ロバート・スコールズ『読みのプロトコル』（高井宏子ほか訳、一九九一・一、岩波書店）、115ページ。

2 姦通小説の終焉
――『文章教室』まで――

1 姦通小説ジャンルと姦通タブー

姦通小説（adultery novel）を、一つの小説ジャンルとしてとらえてみよう。ジャンル（genre）は、読者および読者の共同体における経験や慣習によって構築され、テクスト読解に関与するコードの一つである。言い換えれば、テクストをそれとして認知する読者側のフレーム（経験や慣習に基づく概念図式）が、テクストに働きかける際に、自らと相互的に見出すものがジャンルにほかならない。またジャンルの枠組みによって発見される言葉の配置の特性は、テクストの様式（style）と呼ばれ、ジャンルからの逸脱や隔たりをその一つの実質とする。従って、ジャンルは特定のテクスト読解のコードとなると同時に、特定のテクストの読解によって必ず変容を被る。テクストと読者の相互作用において、言葉とジャンルとは闘争を繰り広げ、その様相そのものもテクスト様式として記述される。その結果として、ジャンルは勝利し、もしくは敗退し、あるいは駆逐される。これこそ、ジャンルが歴史性を持ち、誕生から死へと向かう栄枯盛衰の道程を刻むと言われる所以である。日本の代表的な姦通小説において、いかに言葉とジャンルとの闘争が闘われたのか。あるいは、姦通小説は、今日までにジャンルとしての生命を全うしたのか。本章は、その概略についての見取り図である。

さて、文芸ジャンルとしての姦通小説が、社会における姦通（adultery）と深い関わりを持っていることは言うまでもない。その関わりを端的に要約すれば、姦通小説は姦通の禁忌（taboo）に抵触する物語を軸とする小説である、ということになるだろう。その軸は必ずしも主軸である必要はなく、従って、姦通小説は他の小説形態と同居することができ、それはジャンルが一般に複合可能であることと同様である。ただし、姦通という概念は、単に異性間の婚外性交や、それに付随する婚外交渉の現象を意味するのではない。歴史的に見て、姦通のタブーは男女両性に均等に働くのではなく、直接には女性を拘束する慣習として通用してきた。その社会的な理由は、家父長制（patriarchy）による秩序の維持である。すなわち姦通タブーの第一の局面は、個人に期待される行動パターンの性的な不均衡を意味する、性の二重規範（double standard of sex）の一つの表現にほかならない。ここに、差し当たり姦通および姦通小説を、フェミニズム的な問題系として論じる通路が開けるのである。

近代における姦通タブーの存在について語った啓蒙的な記述として、漱石の小説群に対する荒正人の解説を挙げることができるだろう。まず、『三四郎』（『東京（大阪）朝日新聞』明41・9〜12）の冒頭に、三四郎が女と名古屋で同宿し、女が風呂で背中を流そうというのを断り、一枚の布団の真ん中に仕切りを設けて一夜を過ごすと、翌朝「女は『あなたは余つ程度胸のない方ですね』と云つて、にやりと笑つた」とするシークェンスがある。荒は、「三四郎が衝撃を受けたのは、九州の田舎に生れ、高等学校を卒業したが、地主の若旦那として、男女の倫理に関しては、厳しく育てられてきたためである。また、『有夫姦』が法律で禁止されていたこともあろう。若い男が人妻と通じることは、社会的禁忌《タブー》となっていた」と指摘する。[1] また、『それから』（同、明42・6〜10）の物語展開についても、「なお、明治四十年代の姦通は、戦後の感覚で云えば、近親相姦と似たような禁忌《タブー》であった。『それから』の三角関係は、おなじ三角関係でも、姦通である。この点も忘れてはならぬ」と強調している。[2]

姦通の禁忌性についての荒の見解を、ここでも前提としよう。ただし、姦通を近親相姦の禁忌（incest taboo）と同一視する見解には、この解説が現在とは隔たった時期のものであることを割り引いても、やはり同意できまい。ミシェル・フーコーは、「近親相姦の禁止は、婚姻のシステムと性的欲望の体制とを同時に思考することを可能にするような、そのような絶対的に普遍的な原理として立てられている」と述べ、それをあらゆる社会・個人に通用するものと見している。[3] しかし、姦通タブーはそこまで「絶対的」なものではない。むしろ歴史的に大きく変化する、相対的な慣習であると言うべきである。事実、初心な三四郎ですら、あの後で「思ひ切つてもう少し行つて見ると可かつた」などと独り言を言うのである。姦通はタブーであると同時に、だからこそ誘惑ともなりうる行為に過ぎない。もちろん、三四郎の純情らしさは美禰子のコケットリーと相関的に設定された小説的なトリックであるが、全く同じように近親相姦の可能性をトリックとして用いることは一般的ではなかっただろう。

それはさておき、周知のように、明治四十年四月制定の刑法第一八三条のいわゆる姦通罪の条文には、「有夫ノ婦姦通シタルトキハ二年以下ノ懲役ニ処ス其相姦シタル者亦同シ」とあり、第二項には、これが夫の告訴によって成立する親告罪であることが規定されている。この条項は昭和二十二年の刑法改正の際、他の多くの条項が残ったのに対し、全文削除された。姦通を専ら女性の犯罪と見なし、夫に妻の支配権を認めている点に旧憲法の家父長制的側面が色濃く、新憲法の平等主義に反するとされたためである。当時、規定を存続させ、男女同罰とするか、規定そのものを廃止するかを巡る法曹界での議論があった。現在でも、民事訴訟によって慰謝料を請求する権利は残されているが、刑法の条文削除は、基本的に姦通という現象が国家の介入する犯罪ではなく、個人の自由の領域に参入されたことを示している。ちなみに、近代、国家によって許可されていた売春(prostitution)が、戦後昭和三十三年に禁止されたのとは、姦通は逆の道をたどったと言うことができる。姦通と売春との関連については後述しよう。

姦通罪の規定は、明治政府が継承・強化した近世封建制における姦通タブーの明文化であった。江戸時代の武家社会では、姦通は死に値する重罪であった。近松のいわゆる姦通三部作と呼ばれるのは『堀川波鼓』(宝永4、一七〇七)、『大経師昔暦』(正徳5、一七一五)、『鑓の権三重帷子』（享保2、一七一七）である。このうち『大経師昔暦』は町人の奥方と番頭の物語、他の二つはいずれも武家が舞台となった。その先駆となった『堀川波鼓』は、夫が江戸詰の留守中に妻が不義密通を犯す物語である。不義を犯した妻を夫は斬殺するだけではない。四方に相手の男を捜し求めてこれも殺す、これがいわゆる女敵討である。封建的家父長制秩序およびその表現である武士・町人の面目を犯す姦通は極端な制裁によって報いられなければならず、特に女敵討はその様式化された表現である。それは秩序感覚と恥の文化とが結び付いた、近世的美意識の結晶であった。近代は制裁を軽減する一方、それを法文化することで制度化したのである。そして、姦通罪の廃止を間に挟み、近世から近代、さらに現代へと下る性関係の歴史は、姦通タブーの顕著な希薄化の歴史でもあった。ジャンルとしての姦通小説は、そのジャンルとしての歴史のうちに、姦通タブーにまつわる性関係の歴史をも刻印されているのである。

2　姦通の理論 —— 姦通・結婚・売春

姦通小説について初めて体系的な研究を行ったトニー・タナーは、姦通を結婚および売春との関連において論じている。(4) 以下、タナーの説を私流に敷衍・展開し、姦通問題を整理してみる。まずタナーは、「結婚は人間が境界を設定する能力を得たことに結びついている」

と定義する。世界内への境界の設定、すなわち分節化は、結婚に限らず、あらゆる意味の起源に過ぎない。しかし、境界は不断に侵犯される危険があり、それを監視する必要が生まれるが、四六時中実際に監視するわけにはいかず、そこに境界を守るという契約が成立する。従って結婚は、本来は自発的な契約の一種にほかならない。だが、社会全体がほぼ結婚という制度によって満たされている限り、この契約は暗黙の強制となり、それに従わない者に不利益をもたらす制度と化す。しかもその強制はフーコー的な権力、すなわち、表面上は強制とは認識されず、構成員を、内部から、内在的に拘束する契約となる。

タナーは、このような社会規範と結び付いた結婚契約は、ブルジョア市民社会の成立と並行する現象であると指摘する。そしてタナーによれば、姦通とは「結婚の契約の違犯」であり、この契約が社会全体の構造の根幹に根差しているからこそ、市民社会はあれほど姦通を忌み嫌うのである。すなわち、姦通という現象は、自然的な恋愛（そのようなものがあるとして）、つまり内なる本能や情熱の発露などというロマンチックな概念では語りえない。タナーは「結婚こそがブルジョア小説の中心テーマである」とし、「結婚は、情熱のパターンと財産のパターンをうまく連携させようとして社会が利用する手段だ」と看破している。これはマルクス主義フェミニストの上野千鶴子による、人間の再生産に関わる家父長制と、価値の生産に関わる資本制という本質的に性質の異なる二つの制度が、近代において結託し、家事労働を舞台として性の二重規範を巧みに利用したとする理論と一致するところがある。(5)

契約としての結婚そのものは、親子・兄弟などの血縁関係とは全く異なるカテゴリーであり、本来世界内に特定の対応実体を持たない幻想・虚構の所産に過ぎない。しかし、それがブルジョア社会において他の機構がすべて依拠する中心的な契約であることが認識されるや否や、「姦通は社会構造からの偶発的逸脱ではなく、社会構造に対する正面からの攻撃となる」(タナー)。これこそ、姦通が市民社会を揺るがす犯罪とされ、不道徳な行為と見なされる最大の理由である。

このようなタナーの姦通理論は、極めて啓発的である反面、家父長制的な二重規範と結婚契約との関連について十分に述べているとは言い難い面もある。姦通は少なくとも一対の男女によって行われるから、姦通タブーは両性に平等に適用されてもよいはずであるが、姦通罪の規定にも明らかなように、主として女性が罰され、男性は従とされる。その理由は、家父長制が女性を家庭内に拘束し、家庭内秩序に従属せしめるよう働くのに対し、男性は社会的存在と認められるために、家庭内秩序を破壊しない限り、浮気も売春もおおめに見られるからである。この理由から、姦通や姦通小説において重要な役割を果たし、典型的な場合には主役を演ずるのは、概して女性(妻)であるという帰結が得られる。

前掲の上野のように、家父長制に資本制的経済効果を認め、セクシズムを物質的・経済的要因によって解明しようとするマルクス主義フェミニズムの立場に対して、落合仁司・落合恵美子はリベラル・フェミニズムの見地から否定的な論拠を提示した(6)。また江原由美子が、セクシズムを下部構造とは独立に機能する権力作用、すなわち性的カテゴリーやジェンダーを利用した性支配の装置としてとらえ、上野との間で論争が行われたこともある。[7] 姦通に限って見れば、それは家父長制に対して、短期的に直接の経済的不利益を与えるわけではない。つまり姦通を原因として家財を蕩尽したり、家事労働を放棄することを主たる理由として、妻が制裁を受けるのではない。『それから』の結末近く、平岡の手紙によって代助の事件が露見した時、兄・誠吾は、代助に「お前は夫が自分の勝手だから可からうが、御父さんやおれの、社会上の地位を思つて見ろ。お前だつて家族の名誉と云ふ観念は有つてゐるだらう」と言う。この一節に典型的に見られるように、姦通は即効的には専ら精神的な損害を家父長制に対して与えるのである。姦通タブーは、第一には徹頭徹尾、幻想(共同・対・個)の領域における家父長制の表現である。ここから、幻想についての幻想であるフロイトのエディプス・コンプレックスの理論や、その小説的理解であるファミリー・ロマンスの構造によって、姦通小説を読む道も現れるのである。

だが遅効的には、姦通は再生産の根幹をなす生殖支配の装置たる結婚に対する挑戦であり、結婚における「財産のパターン」(タナー)、すなわち経済的条件を揺るがす危険をも家父長制に予見させるだろう。専ら家督と財産の継承を支配する家父長制にとって、姦通のような無秩序は、恐るべき撹乱源となるのである。その意味で、姦通は、売春と対比することができる。売春もまた、姦通と同様、一般的に性の二重規範が通用する領域である。バーン

&ボニー・ブーローによれば、世界的に見ても男性売春はほとんどありえず、あったとしてもそれは女性売春に比してごくわずかに過ぎない[8]。日本における昭和三十三年制定の売春防止法でも、その保護の対象は女性に限られている。売春は、専ら女性の肉体を用いた男子の性欲処理のための機構である。タナーは姦通を、結婚と売春との中間に位置づける。タナーは、ロラン・バルトが、人間関係において契約は安堵感をもたらすものであり、「その点で［…］よい契約のモデルとは、〝売淫〟の契約である[9]」と述べた一節を引用する。売春と結婚とは対照的であるが、契約という点においては共通するのである。

売春は、徳川幕府による江戸吉原の容認や、北海道開拓使による札幌薄野遊郭の建設などによって明らかなように、権力による秩序維持のために利用されてきた。従って、結婚は正しく、売春は悪であるとする良識的な見方だけでは、為政者が歴史的に両方をペアーとして民衆を支配してきたという事実を理解することができない。売春は、外部へのカタルシスを行うことによって家庭内部を安泰にする機構であった。特に近世・近代において、売春とは、結婚制度のみによっては十分に男子（特に独身者）の性欲を統御しえない家父長制が見出した、専ら女子を性的商品として取り扱う、もう一つの制度として認識しなければならない。それは結婚制度の補完物であり、しかも、それが現代においても依然として存続していることからも、その補完物としての強力さは窺われるだろう。言い換えれば、売春は結婚とメダルの両面をなすのである。

そして姦通の存在は、売春にせよ婚姻にせよ、「完璧なブルジョア的契約などというものは不可能であること」（タナー）を証し立てる。姦通は、売春と婚姻の中間に位置し、いずれの秩序維持にとっても障害となる。従って、現代でもなお長いこと、週刊誌やスポーツ新聞や写真誌などで、不倫の現場をスキャンダラスにとらえ、あたかも社会の良心を代弁して攻撃する同じ号に、風俗産業の穴場記事や、ポルノグラフィー的企画が、これみよがしに掲載され続けていたことは何ら不思議ではない。その思考方法は、明らかに姦通を巡る社会の慣習を代表するものである。再び『それから』で誠吾は、「御前だつて満更道楽をした事のない人間でもあるまい。こんな不始末を仕出かす位なら、今迄折角金を使つた甲斐がないぢやないか」と言う。結婚は勿論のこと、金銭的契約によって行われる買売春は容認されるが、姦通だけは公序良俗に反する。極言すれば、売春は、姦通防止のために存在したのである。なお、両ブーローは、「最終的には、あらゆる社会で売春の砦となっている性の二重規範を取り除くこと」が売春問題の解決策であるが、それがない限り売春の一方的な禁止は無意味であると結論する。これもまた、日本近代文学との関わりにおいても興味深い事柄であるが、今はまず本題に戻らなければならない。

3 破滅型姦通小説――『或る女』

自らも姦通小説の傑作を書いた大岡昇平は、日本と西洋の姦通小説を概観して、「要約すれば十八―十九世紀の姦通小説は、一、姦通そのものを描いたものではなく、それを取り巻く状況を描くことによって成立している。二、権威としての父親の役割の重さは次第に減少し、シニカルな姦通肯定論をぶつ人物が登場する。三、現実の事件は離婚で終るけれど、小説はそれで終るものはない」とまとめている。[10] 非常に的確な概説であるが、これを姦通小説のジャンルとしての構造に変換すれば、およそ次のようになるだろう。

(1) 三者関係論

姦通小説は、姦通行為そのものよりも、むしろ姦通状況、すなわち主として「有夫ノ婦」を含む三者関係の様態を物語内容の軸とする。つまり、姦通小説は一面から見れば、あらゆる三者関係小説の突出形態であり、その意味で恋愛小説一般と交わりを有する。だが他面、結婚契約で結ばれた夫婦の契約そのものの違反を描く点において、姦通小説は必ずしもそのような制度的規範を持たない恋愛小説一般とは、決定的に異なることを強調しなければならない。いずれにせよ、ルネ・ジラールによる、モデル兼ライヴァルたる媒介者の欲望を模倣し、主体が客体に働きかけるとする三角形の欲望説は、いささか通俗的に流布し過ぎた感も

あるが、姦通小説の全体および細部の読解には、依然として有効なコードとなるだろう。(11)

（2）姦通タブーとの対応

姦通小説は、家父長制的な性の二重規範を伴う姦通タブーに対する侵犯であり、家父長制を対象化するジャンルである。そのため、時代が下り家父長制の拘束力が弱まるにつれ、姦通タブーも希薄となり、顕著な対決も少なくなる。その行き着く先は、姦通小説というジャンルの終焉だろうか。後に詳述しよう。

（3）破滅するヒロイン

姦通小説の物語的定型は、結末における女性主人公の破滅である。姦通タブーを破ったヒロインたちは、物語の最後に死、特に自殺によって最期を迎える。これは、特に西洋近代の姦通小説においては顕著に認められるパターンである。フローベールの『ボヴァリー夫人』（一八五六）のエマは、夫のシャルルに飽き足らず、華やかな社交界にあこがれてロドルフ、レオンらと密通を重ねるが、以前より幸福になったわけでもなく、華美に費やした借金の始末に苦しみ、砒素を飲んで自殺する。トルストイの『アンナ・カレーニナ』（一八七八）もまた、俗物の夫カレーニンの黙認のもと、アンナは青年将校ヴロンスキーと恋に落ちるが、良心の呵責から、駅で汽車に身を投じる。トルストイの『クロイツェル・ソナタ』（一八九〇）

は、妻の姦通を疑った男が、妻を刺し殺す物語を含んでいる。その他、姦通の直接的帰結ではないものの、ルソーの『新エロイーズ』（一七八一）のジュリーは湖に落ちて命を落とし、ゲーテの『親和力』（一八〇九）のオッテーリエは絶食によって死ぬ。

もっとも、すべての姦通小説がヒロインの死で終わるわけではなく、死がテクスト全体の収斂点であるとも限らない。しかし、個別の問題を度外視して言えば、ヒロインの破滅は、女子が規範から逸脱する行為である姦通に対する、家父長制社会からの懲罰意識の表現にほかならない。勿論、それは決して作者の懲罰意識ではなく、伝統的に家庭内に閉じ込められた女性の存在と、それを強いる家父長制そのものを鮮明に前景化するジャンル的でフィクショナルな設定なのである。日本近代にこのような西洋流の破滅型姦通小説の代表を探すとすれば、それは有島武郎『或る女』（大8・3、6、叢文閣）をおいてほかにないだろう。そこでは、家父長制は、早月葉子に再婚を迫る親族・俗物キリスト者集団として明示され、男性的手管の使い手としての倉地によって骨抜きにされた葉子が、自らの体内に血肉化された家父長制の枠を超えられないままに、性と生殖の中心として位置づけられた子宮を病んで自滅する有り様が、まざまざと描き出されていた。『アンナ・カレーニナ』の構成にも影響を受けた『或る女』は、細部はともかく、大枠としては最も定型的な姦通小説にほかならない。また、同じ有島の「石にひしがれた雑草」（『太陽』大7・4）も、姦通を繰り返した妻を破滅に追い込む夫の執念を描き、かすかに遠く『クロイツェル・ソナタ』の旋律を響かせた破滅型姦通小説の傑作として評価することができるだろう。

だが、定型は必ず破られ、定型を破るテクストの出現によってジャンルは劇的に変化また は交替する。D・H・ロレンスの『チャタレイ夫人の恋人』（一九二八執筆）の主人公コニーは、エマやアンナと同様の境遇におかれるが、その記述はより即物的である。つまり、夫クリフォードは第一次大戦の負傷による性的不能者であり、コニーの夫婦生活は虚ろだった。そこに密猟監視人メラーズが現れ、コニーは彼との姦通によって、生命的な一体感を初めて体験する。結末は、離婚を主張するコニーに対して、クリフォードが男の沽券を盾に拒み続け、ついに自主的に別居するというものであった。生命の要求に従った姦通には罰せられるべき理由はなく、世俗の過ちについては世俗の修正がある。それこそが、誤った結婚の処方箋としての離婚である。確かに負傷したクリフォードには罪はない。だがまた、コニーにも全く罪はないのである。ロレンスが、自覚的に破滅しない道を選ぼうとするヒロインの造形によって開いた姦通小説の新たな一ページとは、家父長制からの女性の自立への一ページを意味していた。だがまた、それは姦通タブーがより希薄となり、姦通小説というジャンルが慣習批判の有効性を失ったものと化して行く、現代という時代への扉でもあった。大岡の言はやはり適切であったと言わなければなるまい。離婚で終わる姦通は、厳密な意味では、姦通小説を構成しえないのである。

4　メタ＝姦通小説——『それから』『武蔵野夫人』

『それから』を論ずる際、「この小説は何よりもまず、日本の近代小説中まれにみる、純乎とした一篇の恋愛小説である」という猪野謙二の評価が、賛否にかかわらず起点とされることが多い。(12)この一節はその後で「より大きな意義」として、知識人の自我、社会的および人間存在の不安などの各論に展開する枕に過ぎず、多少一人歩きしている感もある。しかし、右の論旨から明らかなように、『それから』を単に恋愛小説として読むことは、その衝撃力を十分に汲む道とはなるまい。しかも、姦通小説としての『それから』は、代助の自我や不安だけでなく、彼に対する語りや周囲の人物との相互関係によって展開する点が大きな様式特徴となっている。端的に言って、それは代助に対する批評にほかならない。すなわち、姦通が犯罪であった時代、それを何らかの思想、たとえば「自然の昔」の論理において超克しようとする活動は是認されてよい。だが、職業否定論者たる代助は、その制度を遵守する者(父・兄・嫂ら)に経済上完全に甘えて生きてきたのではなかったか。そして同様の不徹底さは、代助の姦通(まがいの)行為そのものにも認められる。

今後の生活の物質的困難を訴える代助に対して、三千代は「希望なんか無いわ。何でも貴方の云ふ通りになるわ」、「漂泊でも好いわ。死ねと仰しやれば死ぬわ」と答え、代助を「竦と」させる。ここで姦通の主役として三千代は、現今の世界では行き場のない、破滅へと続く自らの運命を熟知している。それに対して「自然の昔」のロマンチスト代助は、当初、女性に対してこそ厳しく働く姦通タブーを理解していない。だが、この三千代の決死の言葉を最大の契機とし、平岡との会話、また兄の訣別の言辞などを経て、代助はようやく求職活動に赴き、『それから』は破滅型ではない結末を迎える。代助は、平岡が三千代の死体を渡すのではないかと疑って取り乱すが、それは何よりも、姦通以後の生命を追求するからにほかならない。すなわち、《それから》である。『それから』は、姦通以後の男女の生命のあり方を課題として示唆する要素を持ち、それは一般の姦通小説にはほとんど見られない問いかけである。またそれは、『門』（『東京（大阪）朝日新聞』明43・3～6）が書かれる所以でもある。

小谷野敦は、「『それから』で漱石は、恋愛という物語の生成過程そのものを、そして主人公たちの『演技』を露呈させるような書き方をしている。だから『それから』は、『メタ＝恋愛小説』なのである」と的確に批評する。[13] これを本章の論旨に即して言い換えれば、『それから』は姦通や姦通小説の類型的パターンを内包しつつ、そのパターンが主たる領分とする家父長制の対象化、あるいはその具体的形象としての破滅を超えた、より高次の問いを投げかけている。従って、これをメタ＝姦通小説と呼ぶことができるだろう。亀井秀雄は、「恋物語や恋愛小説の全くない社会のなかではおそらく人は恋愛することを知らない」と述べるが、同じことは姦通にも言える。[14] 特に現代の姦通小説は、西洋近代的な姦通小説のジャンル的な枠組みを取り込み、それを差異化する仕組みで構造化されている。『それから』は、そのようなメタ＝姦通小説の先駆にほかならない。

大岡昇平『武蔵野夫人』（『群像』一九五〇・一〜九）について、大岡が影響を受けた西欧中世の『トリスタンとイズー』物語、スタンダールの『恋愛論』、それにコクトーの『悲恋』などの姦通・恋愛物と対比し、永遠に反復される「永劫回帰」の姦通小説的枠組みに範を取りながらもそれに組み込まれない、ヒロインが「姦通しない姦通小説」として、ジャンル論的視点から見事に看破したのは花﨑育代である。[15] この小説の登場人物は、ヒロインの秋山道子を除いては、夫の忠雄をはじめ、道子の従兄・大野、その妻・富子、さらに勉までもが、姦通に対して全く道徳的罪悪感を持っていない。道子の父・信三郎も、出張先で不倫を犯していた。それと呼応するかのように姦通罪廃止に関する議論が置かれ、俗流スタンダール学者の秋山は、自分の姦通の正当化のために姦通罪廃止論を肯定する。

愛人の富子と一緒になるべく秋山は道子に離婚を申し出るが、道子は一夫一婦制に固執する古風な道徳に従って、離婚を承諾しない。結末で道子は、勉に遺産を相続させる遺言状を残して睡眠薬を仰ぐ。ここでは、もはや姦通タブーは道子以外においてはほとんど存在しない。逆に、道子においてのみにせよ、姦通タブーと交差する局面があるからこそ、それはなお姦通小説と呼びうるのである。だが、姦通あるいは離婚・再婚しないために死を選ぶという道子の潔癖さは、姦通してから破滅を迎える姦通小説の定型からは大きく逸脱する。もはや姦通の是非ではなく、それに対するヒロインの心理状態のみが注視される。これは姦通小説ジャンルそのものに対する反措定である。スタンダールやラディゲらの先行テクストの要素の再構成と並び、そのような意味でも、『武蔵野夫人』は現代的なメタ＝姦通小説なのである。

花崎は、スタンダール的小説の現代における不可能性を論じた大岡の「小説の効用を疑う」（『文学界』一九五一・一二）などの小説論に言及している。姦通小説の社会的効用の失墜は、家父長制の相対的弱体化と、それに伴う姦通タブーの希薄化に伴う事柄だろう。花崎が論証した文芸ジャンル史における定型の無限反復に対する反発と、このような社会的コンテクストの変化とは、並行して姦通小説ジャンルの失墜を帰結したのである。従って、福田恆存の批判に答えて書かれた「『武蔵野夫人』の意図」（『群像』一九五〇・一一）において、「結果はしかし失敗でした。社会的条件は観念として作者の裡にあるだけで、字面に現れたのは、なまじそんな下心があるだけに、ラディゲの自由を失った、まずい心理のキャッチボールにすぎませんでした」とする反省の内容は、むしろジャンルとしての姦通小説の行く末について真実であったと言わなければならない。「事故」による道子の自殺が配置されなければ、『武蔵野夫人』は少なくとも物語内容に関しては単なるメロドラマで終わったかも知れない。その設定によって、それは微妙な偏差を孕みながらではあるが、破滅型姦通小説ジャンルの縁にとどまったのである。

繰り返せば、「姦通」という語は、より封建的な「不義密通」のニュアンスを残し、家父長制的規範への挑戦というコノテーションを帯びていた。だがそれは、家父長制が希薄化し続けた戦後から現代に至るまでの間にほとんど用いられなくなり、「不倫」「よろめき」「フリン」「密会」などと言い換えられ、現在では「不倫」なども大仰に過ぎ、極端な話、単に「お泊まり」などと呼ばれることさえある。「よろめき」を流行語とした三島由紀夫の『美徳のよろめき』(『群像』一九五七・四〜六)では、夫との倦怠がもとで結婚前からの友人の男と不倫に陥り、何度も妊娠中絶を繰り返した女が、最後に自分の意志によってその関係を断ち切ろうとする。『武蔵野夫人』や『美徳のよろめき』のヒロインに認められる自己懲罰とも呼ぶべき願望は、エマやアンナの自殺に示されたような内在化された姦通タブーの権力の尾を引いてはいるだろう。だが、これら、特に後者では、対決すべき確固とした形を備えた家父長制の影は消え、問題は姦通行為そのものよりも、ライフスタイルや避妊のテクノロジーなどにまつわるジェンダー的な細部の不均衡へと移されてしまっている。そして、姦通からあのようなコノテーションが完全に剥奪された場合、後に残るのは何だろうか。それは、婚外の「性交」にほかならない。

5　姦通小説の終焉――『文章教室』

金井美恵子の『文章教室』(『海燕』一九八三・一二〜一九八四・一二)は、不倫の百貨店である。佐藤氏は会社の「部下の女の子」から、男に捨てられて泣きながらの訴えを聞いた後、「その夜、実は、妻以外の女と初めて性交をし」てしまう(傍点引用者)。佐藤氏は妻の絵真に告白して詫びるが、実は絵真の方も、以前から肉体関係のあった吉野というグラフィック・デザイナーの男と再会し、不倫を始めていた。また佐藤氏が部下の話を聞いて思ったのは、妊娠中絶の揚げ句、男に捨てられたという佐藤氏の娘・桜子の同じような打ち明け話であった。桜子はめげずに次のターゲットとして、自分の通う大学の英文科の助手、中野勉をものにしようとする。さらに、絵真の通う文章教室の講師を務める現役作家と、バーのホステス・ユイちゃんとの不倫を併せて、これはあたかも不倫の一大相関図と言うべき小説である。

右の要約をすべて取りあえず「不倫」で通したように、『文章教室』は、とても姦通小説とは呼べない。この小説の登場人物すべてが、ほぼ姦通タブーとは無縁の人々である。唯一の例外は妻に告白して許しを乞う夫の佐藤氏であるが、しかし、その告白の後も佐藤氏は不倫関係を続ける。姦通を一応タブーと見なしている佐藤氏にとっても、そのタブーは姦通を禁止するほどの強度は持たず、当然また父の権威などというものも存在しない。定義上、顕示的に家父長制と無関係な小説は、いかに婚外性交が描かれていても、ジャンルとしての姦通小説には含まれないのである。もっとも、姦通は全く公然化しているわけでもない。

佐藤家では三人ともが、それぞれにうわのそらだったので、各々が他の二人のうわのそらに気づかぬまま、それぞれの〈おもい〉に沈みながらむしろ陽気にすごした。他の二人に自分の〈おもい〉を気どられぬよう、各々がいつもより陽気に思いやり深く振舞ったからである。一家は彼岸の墓参りも兼ねて長野の杏の里に一泊旅行をしたりした。それぞれが恋人に、死んだ母の、姑の、祖母の墓参りなので、その日は会うことが出来ないと連絡した。（傍点原文）

この共同体は、家父長制にせよ何にせよ、個人の行動の規範を提供するような拘束力をもはやほとんど持っていない。この「うわのそら」は、直接には新しく現れた魅力的な恋愛対象に夢中になっている状態である。だが他方では、「佐藤家では」とあるように、初めから個人の集合体でしかないのがこの家族のあり方なのだ。共同体的なあらゆる幻想の共有感が欠落し、「それぞれの〈おもい〉」、すなわち個幻想のみが個人を支配しているのである。絵真の作文帳『折々のおもい』は、〃折々の個幻想〃とでも言い換えることができるだろう。同様の事情は、「それぞれが恋人に」という言葉遣いにも顕著に現れている。ここにおいて、姦通（不倫）は結婚や、結婚以前の恋愛などと区別される現象ではない。「性交」を伴う男女関係はすべて恋愛となりえ、その相手は「恋人」にほかならない。結婚契約にどれほど違犯していても、またどれほど一過的な関係であったとしても、それらはすべて「恋愛」なのである。家父長制などの共同幻想によって作り出された区別は、そこには生じない。

絵真の恋人吉野が、妻に残酷に裏切られて離婚したという話を絵真が夫にしたところ、「佐藤氏は『人妻の浮気はいけないことだ』と答え、『吉野さんに限らず、おれにだって起きてはいけないことだ』と真剣に言う」という場面がある。これは、この小説におけるほぼ唯一の姦通論議である。しかし、佐藤氏はそう言うそばから「部下の女の子」との関係に入り込んでしまう。またこの記述の後に、「と真剣に言うので、その夜は、実に久しぶりに——具体的にどのくらいの日数だったのかわからないが、絵真の気持のうえでは、ほとんど数カ月ぶりに——〈夫に抱かれ、燃えた〉のだった」と書かれている。すなわち、この姦通論議はタブーの表明そのものではなく、むしろ姦通（不倫）の危険が彼ら自身にも存在することを示唆することによって、倦怠期に達した夫婦の間に緊張感を作り出し、それによってお互いの欲望を高め合うという媚薬的効果以外には何もない。姦通は、多少危険で刺激に満ちた、恋愛あるいは情事のファッションに過ぎないのである。

絵真は佐藤氏の浮気が露見した後も、吉野と「性交」を続けていたのだが、吉野から別れ話を聞いて、逆に「すっかり、最初から自分は死ぬ気で彼を愛していたのだという気持になりきった」と語られる。すなわち、本当はどこにも恋愛など存在せず、ひいては、主体なるものも決して存在しない。右の絵真の状態は、絵真が自分で拵えた小説、つまり個幻想の主人公になりきったということである。絵真は現実の吉野氏や現実の絵真自身との関係を実践しているのではなく、架空の姦通（不倫）小説を模倣している。絵真の主体は、架空の関係によって構築された架空の主人公の主体性を、投影して形成されている。ここでは、自我なるものは二重に虚構的である。それはそもそも虚構の小説の主体であり、さらに、その虚構の主体を借りることによって、絵真の自我は自我たりえている。絵真のノート『折々のおもい』などからの引用のパッチワークは、そのテクスト的実践にほかならない。

この機構は、マダム・ボヴァリーはパリの社交界の欲望を模倣して姦通に走ったとジラールが解釈する『ボヴァリー夫人』の、はるかな延長線上にあると言える。金井はインタヴューにおいて、「『ボヴァリー夫人』をある意味で下敷きにいたしました」と語っている。(16)確かに右の事情を念頭に置くとき、『文章教室』と『ボヴァリー夫人』、絵真とエンマとの間には、テクストや人物が生成される局面における、重層的な回路における「下敷き」、つまり引用や参照の運動を想定することができるだろう。もちろんその引用や参照は、決して単純な受け売りやコピーを意味しない。まさにその逆である。これは、アナトミーやパロディの意味におけるメタ＝姦通小説が、その極点に達した姿にほかならない。むしろ『文章教室』は、本格的に姦通小説ジャンルのコードを受け継ぎつつ、そのほとんどすべてを完膚なきまでに無化することによって、このジャンルに最終的な引導を渡す、この上なく秀でたテクストとなりえたのである。それはまた、初期から一貫して虚構のメカニズムを深く探究し続けてきた金井ならではの所産であったとも言える。

もっとも、家父長制的不均衡が問題とされなくなったとは言え、結婚にまつわるジェンダー的な規範は依然として存続している。桜子が中野を結婚相手として確保しようとする経緯にも、それは明らかである。だが、それは対峙の形式ではなく、自我を無化し、制度と折り合いをつけて最大効率を挙げる仕方で処理される。種田和加子が「この小説では、季節のめぐりとともに日々の突出や陥没をたえず均質化していく女たちの無限抱擁の力が、現役作家や中野勉など主体の幻想を拭いきれない男たちをひたひたと侵食していく姿が明らかになってくる」と述べたのは至言である。[17] 勿論、テクストにおいてそれは肯定されているのでも否定されているのでもない。ただ一つ確言しうるのは、姦通タブーの消滅、個幻想の全面的な支配、恋愛のファッション化、引用と模倣の所産としての主体など、このテクストのあらゆる要素は、すべてジャンルとしての姦通小説の終焉を如実に語っているということだけである。

もちろん、文化には健忘症もつきものである。林真理子『不機嫌な果実』(一九九六・一〇、文藝春秋)や、渡辺淳一『失楽園』(一九九七・二、講談社)などの古典的な不倫物の流行は、このジャンルが大衆レヴェルでは根強く受け入れられ続けていたことを如実に示している。姦通小説ジャンルの運命は、小説ジャンル全体の領域と性関係全般の領域との交わりに存する。従って、姦通小説は結婚制度とそれにまつわる性関係が続く限り、今後も書かれ、また制度や関係に大きな変化があれば、ジャンルとしてそれに応じた意義を回復することもあるかも知れない。しかし、家父長制の希薄化という近代全般の流れを逆行させるのでない限り、それは以前とは全く異なった様相において展開されるほかにないだろう。

【注】

（1）荒正人「『三四郎』」（『漱石文学全集』5、一九八二・一一、集英社）、680ページ。

（2）荒正人「『それから』」（同書）、711ページ。

（3）ミッシェル・フーコー『性の歴史』Ⅰ（渡辺守章訳、一九八六・九、新潮社）、164ページ。

（4）トニー・タナー『姦通の文学――契約と違犯　ルソー・ゲーテ・フロベール』（高橋和久・御輿哲也訳、一九八六・六、朝日出版社）。以下の引用は同書「序章」より。

（5）上野千鶴子『資本制と家事労働――マルクス主義フェミニズムの問題構制』（一九八五・二、海鳴社）、および『家父長制と資本制――マルクス主義フェミニズムの地平』（一九九〇・一〇、岩波書店）。

（6）落合仁司・落合恵美子「家父長制は誰の利益か——マルクス主義フェミニズム批判——」（『現代思想』一九九一・一二）。
（7）江原由美子『フェミニズムと権力作用』（一九八八・八、勁草書房）、および『装置としての性支配』（一九九五・一、同）。
（8）バーン・ブーロー、ボニー・ブーロー『売春の社会史——古代オリエントから現代まで』（香川檀・家本清美・岩倉桂子訳、一九九一・六、筑摩書房）。
（9）ロラン・バルト『彼自身によるロラン・バルト』（佐藤信夫訳、一九七九・二、みすず書房）、78ページ。
（10）大岡昇平「姦通の記号学」（『群像』一九八四・一）。引用は『大岡昇平全集』19（一九九五・三、筑摩書房）による。
（11）ルネ・ジラール『欲望の現象学——ロマンティークの虚偽とロマネスクの真実』（古田幸男訳、一九七一・一〇、法政大学出版局）。
（12）猪野謙二「『それから』の思想と方法」（『明治の作家』、一九六六・一一、岩波書店）、111ページ。
（13）小谷野敦「『メタ＝恋愛小説』としての『それから』」（『夏目漱石を江戸から読む』、一九九五・三、中公新書）、134ページ。
（14）亀井秀雄「制度のなかの恋愛——または恋愛という制度的言説について——」（『國文學解釈と教材の研究』一九九一・一）。

(15) 花﨑育代「〈永劫回帰〉を超えて――『武蔵野夫人』――」(『大岡昇平研究』、二〇〇三・一〇、双文社出版)。

(16) 金井美恵子インタヴュー「『文章教室』では何を習うべきか?」(聞き手・蓮實重彦、『文章教室』、一九八七・九、福武文庫)、330ページ。

(17) 種田和加子「金井美恵子『文章教室』――〈幸福〉な女たち――」(『國文學解釈と教材の研究』一九八六・五)。

第II部

現代小説の〈変異〉

第Ⅱ部では、戦後から現在に至る小説を中心とし、エッセーおよび評論も併せて、読み方における〈変異〉とも呼応する現代的な〈変異〉の様相をたどる。

1　反エディプスの回路
――安岡章太郎『海辺の光景』――

1　エディプスの軛

小説という、未だ生成途中にある未完成なジャンルの、しかも最も新しい時代に属する文芸として、現代小説は既知のあらゆる趣向をしつらえるだけでなく、以前のジャンル的法則を破壊し、新たな要素を注入してくる（バフチン）[1]。そのジャンル的革新あるいはパロディ化は、素朴に自立した芸術的旗印の下にではなく、テクストの周りに蝟集する様々な批評的言説との、不断の相互交錯、対決、対話の中で実行される。テクストにおける現代性の条件とは、客体としてのテクストに付与された現代性には局限されず、そのテクストをそれとして読みうる読者との共同作業の成立にあるからである。あるテクストは、その批評史をも、いわばメタテクストとして保有するとも言えるだろう。このようなウロボロス的状況の解明に向かわない限り、テクストは視野から脱落し、制度的な言説空間のみが残る結果となってしまう。本章では、安岡章太郎の『海辺の光景』を取り上げて、この課題に迫ってみよう。

安岡章太郎の小説『海辺の光景』は、前半が『群像』（一九五九・一一）に、後半が同誌翌月号に掲載された。前半と後半の区別は改ページとして、講談社刊（一九五九・一二）の同名の初収単行本でも踏襲されている。初出本文と単行本のテクストとを比較すると、誤植の訂正やわずかな文章の手直しを除く異同としては、まず、母の入院している精神病院の名前が、初出の「清澄園」「セイチョウエン」から、単行本では「永楽園」「エイラクエン」と改められた。これは、モデルと推定される実在の病院名「精華園」との類似性を排除したものであろう。[2] また、結末の叙述が、次のように大きく変更されている。

【初出雑誌】人が死ぬのは干潮のときだ、といふ変哲もない言ひ伝へを想ひうかべながら、信太郎はいま海底から浮び出た異様な光景に、眼をひかれたまま動くこともできなかつた。

【初収単行本】……一瞬、すべての風物は動きを止めた。頭上に照りかがやいてゐた日は黄色いまだらなシミを、あちこちになすりつけてゐるだけだつた。風は落ちて、潮の香りは消え失せ、あらゆるものが、いま海底から浮び上つた異様な光景のまへに、一挙に干上つて見えた。歯を立てた櫛のやうな、墓標のやうな、杙の列をながめながら彼は、たしかに一つの〝死〟が自分の手の中に捉へられたのを見た。

亀井勝一郎は作品発表直後、初出の「『人が死ぬのは干潮のときだ』という言葉は要らない」と述べ、その直前の「黒ぐろと」した「杙」を「無理に干潮に結び付けたのは失敗だと思う」と評している。[3] 確かにこの「言ひ伝へ」は既出の言葉の反復で、いささか通俗的で詩趣を殺ぐ感があり、現行の本文の方が多義的ながら情趣において優る。またこの小説は、「昭和三十年に発表した短編『故郷』を中編に膨らましたもの」[4]と安岡自身が述べるように、既発表の幾つかの短編を利用して創作されたものである。これらの事情については、後にまとめて検討しよう。

この小説は、主人公浜口信太郎が、高知湾に臨む精神病院に入院中の母チカの最後の九日間の看病を父信吉とともにし、母の死に立ち会う経過を物語内容とする。石原千秋の研究史[5]によれば、発表直後、まず平野謙が「これが人生というものだ」という感銘を与える作品として評価し、山本健吉、亀井勝一郎、平林たい子らには、「青年の無力感」や「一種の虚無的な気持」を表現したものとして受け取られたという。[6] しかし、その後の本格的な論及の開始とともに、『海辺の光景』は主人公の母に対するエディプス的感情という批評のパラダイムに攻囲され、この評価は『海辺の光景』論の通説となっている。平林たい子が「この母親と息子との結びつきは父親を寄せつけないほど非常に緊密なもの」[7]であると述べた後、この視座を決定的に制度化した批評として、江藤淳の著名な『成熟と喪失』（一九六七・六、河出書房[8]）を挙げなければならない。

江藤は、アメリカでは息子が母からの拒絶によって自立の経路をたどるのに対して、日本では相互の依存が継続し、その結果「成熟」の契機が流失すると見なし、これを彼我の文化的背景の差に根差すものとする展望から、そのことを「第三の新人」の諸作品において検証した。『海辺の光景』については、母の死によってこの依存が断ち切られ、「成熟」の機会が訪れたにもかかわらず、結末で主人公が海辺の「自然」により自己救済を図る設定によって、その通路が閉ざされたと見る。これに続いて江藤は、母の「喪失」という事態を負いながら、社会において自由人として生きて行かなければならない、いわばその後の信太郎を描いたものとして、小島信夫の『抱擁家族』（『群像』一九六五・七）を取り上げ、その分析が『成熟と喪失』の主要部分を占めている。そこで江藤は、「母」イコール「自然」はすでになく、「父」イコール「秩序」も未だないような、戦後日本社会の基本図式がより顕著に描き出されていると言う。この認識が、「秩序」、特に「日本文学と『私』」（一九六五・三）に言う「朱子学的秩序」の待望へと傾斜し、その後の戦後批判論者としての江藤の論調が形成されたのである。

江藤の論の全体や細部についての検討はここでの課題ではない。ただし、ここで問題としたいのは、江藤の論の根底にあるフロイト的視座である。『成熟と喪失』においては、アメリカのカウ・ボーイの比喩で語られる母からの自立が、娘ではなく息子だけの問題とされている。その前提は、「母」すなわち女性イコール「自然」、「父」すなわち男性イコール「社会」という、ジェンダー的な性別分業的世界観である。その基底となる、引用符付きで語られる「母」という観念の起源を、江藤はE・H・エリクソンの『幼年期と社会』（一九五〇）[9]に求めているが、さらに深層的には、これはエリクソンが同書で全面的に依拠している、フロイトによるエディプス・コンプレックスの家族関係論を想起させるものである。[10]江藤の言う「喪失」による「成熟」とは、「母」との疎隔によるエディプス的秩序の内在化、言い換えれば、自己の外部に存在していたエディプスの三角形を、「父」的権威の獲得という意味での「自立」の形で、自己の内部に移し変える儀式にほかならない。いわば、エディプス的機制は、江藤にあっては「朱子学的秩序」の一ヴァリエーションに過ぎないのかも知れない。

目を研究史に戻せば、江藤以後も、村松定孝は作品の結末近くで「息子のマザーコンプレックスが手ばなしで語られている」とし、「ギリシャ神話のエディポス」を例に挙げて「母子となった者の悲劇」の「明確」な造形と評した。[11]また吉田凞生も「『海辺の光景』の中で最も〈ずれ〉ていないものは何かと言えば、母親をめぐる父親と息子とのフロイト的な対立である」と断言した。[12]さて、方法論が多様化し、容易に妥協点を見出せなくなっている現代の文芸研究において、これほど画一的な評言が定着している作品とは何だろうか。これら従来の研究は、必ずしもエディプス・コンプレックスの理論を厳密に援用していると言うわけではない。だが、男児の母親憧憬および父親敵視として、単純化かつ通俗化されたエディプス的三角形の構図が、自明の理として思考的枠組みとなっていることは明らかだろう。確かにテクストそのものが「エディプス読み」を導く要素を含んではいる。しかし、過度に固定観念化されたエディプスが、テクストの実体に即した議論を妨害しているように見えなくもない。以下、エディプス的な解読格子に注意を払いつつ、テクストを再読してみよう。

2　反エディプスの回路

『海辺の光景』の構成は、現在と過去とを往還する顕著な時間的振幅を示している。語り手はある年の夏に語りの基点を置いて語りつつ、過去の出来事を語りの中に混在させる。これはジュネットのいう〈錯時法〉(anachronie)[13]の一種と言えるだろう。〈錯時法〉とは、物語言説（物語の語られ方）の順序と、物語内容（語られる物語）の順序とのずれの、様々な配置の形式である。便宜上、全三十七章に冒頭から番号を振れば、十八章までが前半で、十九章からが後半となる。物語内容は、病院における九日間の出来事（現在の物語）と、十数年前の終戦直後から数年間の出来事（過去の物語）の二種類に区別できる。これらはプルーストの〈無意的記憶〉(mémoire involontaire) にも似た、現在の出来事に触発されて過去を追憶する物語言説の技巧によって連結されるのである[14]。

現在の物語で信太郎が経験するのは、母の看病と、病院での家族・職員・患者等との交渉であり、前半では最初の三日間、後半では数日後から最後までが順序通りに語られる。過去の物語は終戦後の日々の生活の回想であり、父の復員から、母の発病・入院までの十数年間の出来事である。十二章までの過去の挿話は順不同であるが、十三章の父の帰還から三十二章の母の入院までは、間に現在部分を挟みながら、時間展開通りに配列されている。さて、過去部分最後の入院の場面は一年前の事柄であるから、折り返し冒頭の回想へと連続する。従って物語内容は、終戦直後の十数年前から現在までの事件経過の総体であり、読書過程の終了後には、時間的に一貫したイメージとして再構成されることになろう。だが、プルーストにおいては、過去と現在とが調和・融合する所に「自我の連続性と統一性」（マイヤーホフ[15]）とが復元されるのに対して、『海辺の光景』の場合にはその事情は大きく異なるものと言わなければならない。

過去の物語の主要部分は、確かに従来の評言のように、信太郎と母との親密な関係への父の介入として要約できなくはない。父の従軍中に培われた濃密な母子関係の中断以来のエピソードによって、信太郎の母親思慕と父親嫌悪というエディプス的構図が認知され、それが一度は読書のコンテクストとして固定される。しかし、この初期状況は、現在の物語における大きな変容の予兆を孕むものとして設定されたのである。たとえば、信太郎が母の体に「女」を感じ、その時「はつとして自分がいま父の眼を盗んでゐることに気がつく」十四章の場面を、江藤は「ほとんど incestuous な感覚」と見ている。だが、同時に語られる母の「肥つてシマリをなくしたその体」に感じる信太郎の「ウトマシさ」は、いわば〈他者〉としての「女」への嫌悪感（いわゆるアブジェクシオン）ではないか。これは近親相姦的な親密性が、既にひび割れを来しつつある場面として読む方が妥当だろう。

また、同様にしばしば問題とされる、「をさなくて罪をしらず、むづかれては手にゆられし」以下の、母と子のきずなを強調する「テーマ・ソング」の歌詞に対して、信太郎が「無意識なだけに、母親の情緒の圧しつけがましさが一層露骨に感じられた」と語られる箇所がある。大久保典夫はこれを「他人の介在しない母子だけの根源的な情緒的世界」ととらえ、「都会生活者」である「信太郎の、母を中心にした共同体的秩序にたいする違和感とそれにともなう罪悪感」を読み取っている。(16)概ね妥当な解釈と思われるが、都会人云々は副次的であり、また信太郎が嫌悪を示すのは、「情緒」自体以上に、その「圧しつけがましさ」、つまり一種権力的な態度に対してではないだろうか。「故郷をしたふ」という観念に対する困惑も、「故郷」という絶対的公理が自分に強制してくる役割への反感に由来する。すなわち、ここに示唆されているのは、暗黙のうちに個人を規定しようとするエディプス的な物語、あるいは《物語》一般への反発であり、母はそのような《物語》の「無意識」の行使者の一人であったのだ。大久保は母子の「一種 incestuous な世界」を、「形而上的な意味での『故郷』の原型」と見たが、これらは他者が自己に対して使用する権力的な《物語》という意味で共通しているのである。

この言わば大文字の《物語》の拒否こそ、現在部分において一層鮮明に前景化される核心的問題にほかならない。そこで信太郎は、決して愛着や憎悪のような単純な感情に盲目的に衝き動かされているのではない。彼の思考の特徴は、目前の事態から一旦メタレヴェルへと離れ、他者の態度から他者による自己規定を了解し、自己と他者たちとの間に作り出される関係を対象化して認識し、しかもその関係全体に対する批評を伴うような、いわば関係論的自己認識である。その最初の予告は、三章で病院に到着した信太郎が、「男」（看護人）の案内で母と対面した際に込み上げてくる「笑ひ」だろう。この「笑ひ」は、末期の母と再会した息子が取るべき行動という、自分に割り当てられた役割を意識し、しかもその役割に同意できない違和感の表現であり、その後の数日間は、この違和感が次第に昂揚しつつ整理されて行く過程にほかならない。

五章で彼は看護人や父、あるいは医者の自分に対する反発を感じ、それを突然理解する。「彼等は、おれが〝孝行息子〟ぶらうとしてゐると思つたのではないか？」。この顕著な例において、信太郎は決して父に対する疎隔感や競合関係を感じているのではない。むしろ逆に彼の狼狽は、父や看護人を含む他者が、「孝行息子」という類型的な評価の枠組みを自分に対して使用し、しかもその枠組み以外ではいかなる行動も為しえない状況、つまりまさしくエディプス的構図自体に向けられている。信太郎の行動様式を規定しているのは、息子と母の近親相姦的関係でも、それに父を含めたエディプス的関係でもない。母に関して、自己が周囲の他者と取り結ぶ関係こそが、彼にとっては重要なのである。病院滞在中の記事が、母の看病よりも、病院のスタッフや患者との接触に多くのページを割かれることは偶然ではない。その中でも彼の関係認識の重要な補助線として用意されているのが、看護人と医者の存在である。

江藤が母による「決定的な」拒否を描いた箇所とした、十八章の母が「おとうさん」とつぶやく前半最後の場面で、江藤はこれが信太郎と母との一対一の対面ではなく、「おまさんの手を息子さんが握つちよるぞね」と言う看護人が介在することに触れていない。例の「笑ひ」の一件でも、彼がしつこく「東京から息子さんが来たぞね」と繰り返したことが想起される。これは一種の尋問ではないか。初めから一貫してエディプス・マニアであったこの看護人と、エディプス的尋問が次々と不調に終わったことに対して「何となく嫌つてゐる」否定的評価を下す医者とは、浜口一家におけるエディプスの検証者の役割を付与されている人物なのである。従ってこの精神病院は、エディプス、すなわち秩序的家族関係の順守（習得）の成否が審判される法廷として読み換えることができるだろう。[17]だが、信太郎の方は、エディプスの解体地点へと到達する。「何か落し物でもしたやうな気がした」とか「三十年間ばかりも背負いつづけてきた荷物が失くなつた」と評されるこの「不思議な出来事」は、母の愛情の喪失と言うよりも、看護人が尋問的に設定し、以前より違和感を募らせていた、《物語》に対する信頼の喪失を「不思議」なほど「決定的」にしたのである。この章が例の「テーマ・ソング」への反発の章の次に置かれているのは偶然ではない。前半は最後の二章によって、このような信太郎の反エディプスの回路を確保して幕を閉じるのである。

後半、まさにその看護人が飲ませたジュースが原因で、母はあっけなく息を引き取るが、信太郎の方は、伯母の嗚咽の声に非常に驚き、「人が死んだときには泣くものだといふ習慣的な事例」に対して「不愉快」すら感じる。これは明瞭な反《物語》の態度と言うべきではないか。さらに、最終章に現れる、母と息子との間の「償ひ」についての自由間接文体風の問い掛けの一節から、信太郎は決して母を「喪失」したのではなく、むしろ母と自分との結び付きの感情は、別の形態でより強化されていることが読み取れるだろう。息子と母親はただそれだけで、「既に十分償つてゐるのではないだらうか?・」「外側のものからはとやかく云はれることは何もないではないか」とは、母子の相互の結び付きを無償の行為とし、他者の介在するエディプス的構図から解放しようとする、関係の純粋化の夢想なのだ。それは、以前、母子を結ぶ「習慣」に含まれている「それなりの内容」、あるいは「何か想い出すものの」と呼ばれていた事柄の内実であろう。母親と息子という組み合わせに付き物のいかなる世間的な取り決めも、彼は拒絶しようとする。こうして結末の、「彼は、たしかに一つの〝死〟が自分の手の中に捉へられたのを見た」という一文は、母親の死の実感とともに、死別を契機として初めて成立しえた、母と自己との、個対個の純粋関係の獲得を意味するのである。

鳥居邦朗は、この箇所はテクスト冒頭の「高知湾の海」と照応して「小説の枠」を形成し、また十二章の「〝景色〟という概念をそつくり具体化したやうな景色」、二十四章の「まるで童話の絵本でも見るやうな、ある典型的な眺め」などの光景からの「変貌」をも印象づける叙述として適切に位置付けした。[18] さらに鳥居は、「信太郎が風景に拒まれていることは、信太郎が『母を理解』できないでいるということである」と述べ、「風景」と「母」とのアナロジーを認めている。だが、むしろこのテクストにおける絵のような「風景」とは、「母」や「家族」そのものというよりは、不可触なまでの〈完全性〉あるいは〈完成されたもの〉の表象であり、すなわち、「母」や「家族」という《物語》の表象ではないだろうか。同じように、江藤が、結末で主人公は「自然」と「死」によって「母」の空洞を埋め、『純潔』を選んで、『悪』から眼をそらした」と言う時、江藤の批判が向けられていたのはまさにエディプスの内在化の欠落であった。しかし、「墓標のやうな」「杙」が林立する、この不毛極まる「光景」の意味は、自然に「純潔」や治癒や救済の役割を負わせ、「母」の代理を務めさせようとする呪物的な自然感情の拒否ではないのか。エディプスの内在化、すなわち秩序的家族〈社会〉関係への馴致を要求し、それによって何か〈完成されたもの〉に達しうるとする「成熟」のイデオロギー自体こそ、ここでは決定的に廃棄されているのである。結末の「光景」は、〈完全性〉の《物語》としての、家族〈母親〉幻想というパラダイム解体の瞬間なのである。

課題にもどろう。図式的に整理すれば、往還的〈錯時法〉は、過去のエディプス的エピソードをその都度、精神病院という関係のデフォルマシオン（変容と緊張）の場に持ち込み、自明と見なされてきた《物語》とともに解体するための装置である。ストーリー全体としてもエディプスは、現在部分の前半で《物語》として次第に対象化され、後半に及んで明瞭に分析されて行く。従って、これは反調和的時間構成と言うべきであろう。そして、このことと並行し補強する事情として、「剣舞」および「故郷」から『海辺の光景』への改作という成立の経緯を取り上げることができる。

3 『海辺の光景』の生成

川嶋至[19]は『海辺の光景』に利用された先行テクストとして、安岡自身が述べた「故郷」（『文藝』一九五五・七）のほか、「愛玩」（『文學界』一九五二・一二）と「剣舞」（同一九五三・七）とを併せて考証した。内容はともかく、文章の直接的な継承から見れば、「愛玩」は除外することが許されるだろう。川嶋の指摘通り、安岡は自己模倣による再構成という創作手法を駆使する作家であるが、「剣舞」および「故郷」と『海辺の光景』との間には、単なる改作や完成とは異なる、文芸的レヴェルの本質的な相違が認められる。

「剣舞」は主として父に焦点を合わせ、養鶏の失敗を中心とした戦後の混乱期の思い出を語ったいわゆる一人称小説であり、『海辺の光景』では十三章の父親の帰還から、二十六章の勤め先の解雇までの過去部分にほぼ相当する。同じく一人称小説「故郷」では母が主役であり、発病から便所の挿話までの、『海辺の光景』では二十六章から三十一章に相当する部分と内容的には重なる。この改作の意義について、川嶋はいわば倫理的観点から詳細な検討を加えている。すなわち、「故郷」の語り手が母の病気の原因を無理に高知へ移転したこと、つまり自分たちの責任として明確にとらえているのに対して、『海辺の光景』ではそれが消滅したとする。また「剣舞」では愛情の対象として描かれていた母が、『海辺の光景』では「決定的」な「ウトマシサ」を抱く対象として「おとしめた存在」となり、「罪悪感」が希薄化されたと見る。これらの根拠から、例の「自然の意志」に従い、「みずからの分身である主人公の救済を図ったのであろう」とし、このような点を「瑕瑾」と呼んでいる。

少々手厳し過ぎるきらいはあるものの、[20] 二短編と『海辺の光景』とで、母に対する主人公の態度が変化しているとする川嶋の指摘は妥当である。しかし、それだけを取り出して倫理的尺度で評価すべきだろうか。母に対する部分だけでなく、改作にもかかわらずほぼ受け継がれた物語内容全体に対する、主人公および語り手の態度にも注目しなければならない。すなわち、「剣舞」では父の養鶏の悪戦苦闘が回想された後、「僕」が友人Kと渋谷の外食券食堂に行く挿話へ移るが、「僕」はそこで聴いたラジオの「暗いドイツ語の歌」が幼い日の「剣舞の詩吟」を呼び起こし、それを契機として次々と思い出に襲われ、感傷の涙が「ぼたぼた落ち」、それを見たKが「お巡さんのやうに僕を慰めた」場面で結末を迎える。「故郷」

の末尾では、母の狂態を語った後の「僕」は、郷里の「家」の未来について、「やがて、この家も伯父伯母の死んだあとには誰も住む者はなくなるだらうに」と、虚無的な感慨に耽る。従ってこれら二短編は、作品の規模は小さいながら、そこで語られる過去や母に関してのストーリーは、一人称によるその想起・感傷・嘆息の普遍性ゆえに権威を持つ、いわゆる大文字の《物語》として完結されていると言えるのではないだろうか。

『海辺の光景』におけるこれら二短編の利用状況を確認すると、「剣舞」も「故郷」も、そのストーリーはすべて例外なく過去の物語の中に配分されている。換言すれば『海辺の光景』において全く新しく創作されたのは、病院における数日間の現在部分なのである。すなわち両作品は、現在のプロットによって、その《物語》的な態度への相対化を加えるために利用されたのだ。また二短編では全体としてそれぞれ父の仕事、母の発病という一貫した物語として完成していたストーリーは、『海辺の光景』の物語言説においては、寸断され、連続性を撹乱されて、現在のプロットの中に再配列されている。従って「剣舞」と「故郷」からの『海辺の光景』の生成は、過去のエディプス的な物語を、物語内容においても物語言説においても、その完結性を否定し、権威を剥奪する形で、解体的にテクスト化する作業であったと言えるだろう。改作の経緯は、このような反エディプスの回路を、テクスト相互関連的な運動としても呈示するのである。

結局のところ、『海辺の光景』とは、批評に現れるエディプスという〈大きな物語〉の権威を、逆に対象化する語りの過程自体が、物語内容を構成するテクストである。[21]〈無意的記憶〉による〈錯時法〉という心理小説の手法は、過去に収斂するような調和的時間ではなく、家族主義の神話を現在の批判にさらし、《物語》としての完結性を否定する反調和的構成を実現する。

そこでは、「家族」や「成熟」などの、イデオロギーに満ちた権威的な〈大きな物語〉が、再び端的な小さな物語として問い直しされる。それは、論証抜きの必然性を伴って発せられる「家族」や「成熟」やエディプスとはいったい何なのか、というポスト・モダン的な問い直しである。ここから、文壇用語としての「第三の新人」の一員と見なされてきた安岡のテクスト様式を、より現代的な意味で明確にとらえ直す道も開けてくるだろう。[22]

『海辺の光景』の執筆動機として、安岡自身、「故郷」出稿後に再び長編を「書いて母のなかに封じ込められている〝戦後〟を自分の手でときほぐさなくてはならない、と考えた」[23]と語るように、彼にとって母との絆は疑いもなく重大な課題であった。「ガラスの靴」（『三田文学』一九五一・六）でデビューした安岡は、以後数多くの短編で、家族と自分の生い立ちの記憶を追跡したが、それらとその集大成である『海辺の光景』との間には、決定的な不連続面が認められる。自らの家族関係を、あらゆる《物語》の枠組みから離れた地点から見直すとこそ、『海辺の光景』というテクストに課された使命にほかならない。これはいわば物語構築の意志が常に物語構築を裏切り、解体に導いてしまうテクストである。『海辺の光景』

の主人公に見られた、個対個の純粋関係への意志が、このようなテクストの（反）構成力の一露頭であることは言うまでもない。昭和という近代の読み直しである『昭和史』Ⅰ～Ⅲ（一九八四・七～一九八八・九）に至る安岡の創作史において、この要素が形を変え、通奏低音として響き続けていることについては、もはや紙幅の外とするほかにない。

【注】

（1）ミハイル・バフチン『叙事詩と小説』（川端香男里訳、『ミハイル・バフチン著作集』7、一九八二・二、新時代社）。

（2）山田一郎「安岡章太郎と郷土空間」（かのう書房編『安岡章太郎の世界』、一九八五・一一、かのう書房）の指摘による（同書317ページ）。

（3）阿部知二・平林たい子・亀井勝一郎「創作合評『海辺の光景』」（『群像』一九六〇・一）。

（4）安岡章太郎「後書」（『安岡章太郎集』5、一九八六・八、岩波書店）、466ページ。

（5）石原千秋「安岡章太郎研究史展望」（日本文学研究資料叢書『安岡章太郎・吉行淳之介』、一九八三・一一、有精堂）、300ページ。他に、松村友視「安岡正太郎　海辺の光景」（『國文學解釈と教材の研究』一九八七・七臨増）も参照した。

（6）平野謙「解説」（『新日本文学全集』36、一九六三・五、集英社）、山本健吉「文芸時評」（『読売新聞』一九五九・一一・二五）、亀井・平林前掲書（3）。

（7）平林前掲書（3）。

（8）河出文芸選書版（一九七五・一二）を使用した。

（9）仁科弥生訳『幼児期と社会』1・2（みすず書房、一九七七・五、一九八〇・三）を参照した。エリクソンには、幼児期の心的外傷から性格形成への短絡、幼児性欲の諸段階論から社会的同一性への飛躍など、フロイト理論の直接的な応用が目立つ。

（10）エディプス・コンプレックスは言うまでもなく、ジグムント・フロイトが一九〇〇年頃に到達し、「性欲論三編」「精神分析入門」「トーテムとタブー」などで展開した理論である。『精神医学事典』（弘文堂、一九八五・一一）の記述（馬場謙一執筆）などから要約すると、幼児は三～四歳から六～七歳までの間に男根期を迎えて性の区別に目覚め、異性の親に興味を抱くようになる。特に男児は母親に性欲の兆しを覚え、父親に敵対心を抱き、女児では逆になる。このエディプス・コンプレックスは、男根期を過ぎると男児では主として父親からの去勢恐怖によって消滅するが、精神分析では幼少期の心的外傷を重視するので、成人においても精神病や性格を規定する重要な要因とされる。これを、個体発生は系統発生を繰り返すという、現在では否定されている進化論の反復説に従い、人類の幼少期である未開社会の心性にも当てはめ、近親相姦の禁止の発生を論じたのが「トーテムとタブー」である。こうしてエディプス・コンプレックスは、幼児の発達心理学の理論から一躍フロイト主義の文化・芸術・社会論の原理となった。これが心理学の理論として正しいかどうかの判断は保留するが、既にレイン、ドゥルーズ、ガタリ、イリガライ、アイゼンクらの批判が紹介された今、その信頼性にはかなり疑わしい部分があると言わざるを得ない。特にドゥルーズとガタリが厳しく告発した、あらゆる状況をパパ—ママ—ボクのイメージに還元する家族主義（familialisme）に代表される精神分析の思考方法は、ファルス中心主義とも呼ばれ、象徴的中心によって現象の表面性を弥縫し、全体をトゥリー状に秩序化するコード化的思考の典型とされる（ガタリ『分子革命』、杉村昌昭訳、一九八八・三、法政大学出版局）。何よりも問題なのは、文芸研究の領域において、この概念が男根期や去勢不安などの核心部分には無頓着に、母親思慕と父親敵視という三角形に単純化され、余りに自由に無謬の真理として広く通用している現状である。エディプス・コンプレックスが対象に対する妥当性によってその都度判断されることを止め、単なる理論の域を超えた、反証をも巧妙自在に吸収する一つの権威的言説、制度的物語として君臨している格好の見本がここにある。

(11) 村松定孝「安岡章太郎——『海辺の光景』を視座として——」（『國文學解釈と教材の研究』一九六九・二）。

(12) 吉田凞生「『海辺の光景』」（『国文学解釈と鑑賞』一九七二・二）。

(13) ジェラール・ジュネット『物語のディスクール』（花輪光ほか訳、一九八五・九、水声社）。

(14) プルーストの〈無意的記憶〉については、中村三春「意識・無意識・時間——堀辰雄の小説理論――」(『花のフラクタル　20世紀日本前衛小説研究』、二〇一二・一、翰林書房)参照。

(15) ハンス・マイヤーホフ『現代文学と時間』(志賀謙・行吉邦輔訳、一九七四・九、研究社)。

(16) 大久保典夫「安岡章太郎における母子関係の主題」(『国文学解釈と鑑賞』一九七二・二)。

(17) 『海辺の光景』の「法廷」的性格は、タバコをめぐる挿話や母親の年齢忘失などの細部の類似と並び、この小説が実際の影響・受容関係は別として、アルベール・カミュの『異邦人』(一九四二)と極めて同様のミュートス(神話=筋の類型)を分有することの傍証となろう。

(18) 鳥居邦朗『鑑賞日本現代文学　安岡章太郎・吉行淳之介』(一九八三・四、角川書店)、八八・九九〜一〇二ページ。また鳥居は、安岡の自筆年譜の言葉を引いて、結末で自然が「人間に死をもたらす『自然の意志』を信太郎に示し」、さらに信太郎が母子関係の成立根拠をも「自然の意志」に見出したことが、先の「償ひ」の内実であると言う。有力な説であるが、自作解説で安岡自身は、「自然の大きな法則」により「人は干潮のときに死ぬ」という説について、「私にはたとえ目の前に見えているものでも、どうしてもわかりたくない事柄があるのだ」として確信を保留している(〈4〉と同じ、469〜470ページ)。しかも前述の通り、当初その説の反復であったこの箇所を現行の文章に改めており、「干潮」の語さえ抹消された。むろん作者の意図は不問に付すとしても、何よりもこの記述自体から、「自然の意志」を読み取ることはできないだろう。

(19) 川嶋至「安岡章太郎私論」(『群像』一九七〇・九)。

(20) 母の発病の原因については、『海辺の光景』では戦後の混乱期の生活条件の困窮にあえぐ家族関係の全体が漠然とながらそれに当たるという推定として、母の正気が「崩れはじめる最初の要因は、そのころに築かれたのかもしれなかつた」と述べられている。これは人間を関係の中で見る信太郎の思考方法の一端である。「故郷」においては、確かに高知移転が「シンバリ棒をはずし」た、すなわち決定的であったと書かれてはいるが、それが原因や責任として明確にとらえられているわけではない。また、川嶋は「一時的なもの」と評しているが、「剣舞」においても、「母をうとましい」という言葉が既に見られるのも事実である。結局、精神病の原因など簡単に特定できるものではなく、これらを根拠として信太郎の責任を論じても益は少ないのではないか。

(21) ジャン＝フランソワ・リオタール『ポスト・モダンの条件――知・社会・言語ゲーム』(小林康夫訳、一九八六・六、水声社)。

(22) 周知のように「第三の新人」の呼称は、山本健吉の評論「第三の新人」(『文學界』一九五三・一)に由来する。

(23) 安岡章太郎「後書」(『安岡章太郎集』第二巻、一九八六・七、岩波書店)、448ページ。

2 パラドックスの変奏
――三島由紀夫小説構造論――

1 メッセージの裏切り――語りの強度

〝表層への回帰〟の観点から執拗に三島文芸を追究した青海健は、三島的テクストに対して、「言葉を殺すこと、言葉から逃走すること、すなわち有効性の消失した行動へと赴くことで、アイロニカルに、言葉の無効性を生かすこと、これが言葉の否定による言葉の奪還という円環《パラドクス》である」と評言を与えている。(1)「言葉の否定による言葉の奪還」とは何か。またそれによって生じるパラドックスとはいかなるものなのか。極度なまでのロマン主義が逆にロマン自体を内破し、これ以上はないほど饒舌な語りが逆にすべての意味を無化してしまう、そのようなパラドクシカルなテクストとして、三島の小説スタイルを再定位してみよう。

『盗賊』(一九四八・一一、真光社)の冒頭は、「極端に自分の感情を秘密にしたがる性格の持主は、一見どこまでも傷つかぬ第三者として身を全うすることができるかとみえる。ところがかういふ人物の心の中にこそ、現代の綺譚と神秘が住み、思ひがけない古風な悲劇へとそれらが彼を連れ込むのである」という一節から始まる。この一節は、各々失恋した同士が婚約し結婚式の当日に心中して死ぬという、『盗賊』の「思ひがけない古風な悲劇」の物語を予感させる。ところで、この語り手はいかなる資格でこの予感を語るのか。「悲劇の現代的意義」についての言及から見ても、語り手の作家らしい属性は明らかである。三島の小説における叙述には、語り手が作家然として覇権を行使する強度の感じられるものが少なくない。さしあたり、主人公が語り手となって〈告白〉する場合（『仮面の告白』『金閣寺』）や、語り手が登場人物の一人または関係者として語る場合（『獣の戯れ』『音楽』）には勿論のことである。だがそれだけではない。三島のテクストのうち多くを占める、語り手が物語世界内に登場せず、その外部から語る小説（『盗賊』『禁色』『潮騒』『豊饒の海』その他）の場合にも同工である。この『盗賊』においても、語り手は「古風な悲劇」の物語を導入・展開し、結末まで持続させるのみならず、その展開自体や人物の行動・発言（「極端に自分の感情を秘密にしたがる性格」など）について盛んに評価する。このような語り手の君臨は、物語構造を明瞭にし、小説的メッセージを一義化しようとする志向性の現れなのだろうか。

だが、物語の構築と、メッセージの伝達とは全くの別物であると言わなければなるまい。もし両者が一体であるならば、その様相は〈告白〉小説の場合に最も顕著となるはずだろう。ところが、『仮面の告白』（一九四九・七、河出書房）は、単に男性ホモセクシュアルが性的自覚の体験を語る〈告白〉ではない。「私の自省力は、あの細長い紙片を一トひねりして両端を貼り合せて出来る輪のやうな端倪すべからざる構造をもつてゐた。表かとおもふと裏なのであつた」。メビウスの輪の一面にはホモセクシュアルの覚醒とその隠蔽が、他の一面にはヘテロセクシュアルへの誘引とその拒絶が、各々の軌道を描き、それはいずれかの線において接続されてしまう。『仮面の告白』の結末で、「私」の婚約拒否の結果、今は他の男の妻となった園子を「私」はしばしば誘い出すが、その最中にも「私」は「牡丹の刺青」の若者の肉体に対して「情欲」を覚えている。それを「私」は、「清潔な悪徳」ゆえの快楽と意味づける。なぜなら、ホモセクシュアルである「私」には姦通の危険がなく、それゆえに「清潔」なのであり、かつ、ホモセクシュアルたることを隠蔽しつつ「清潔」な関係を演じることが、このうえもない「悪徳」だからである。

ちなみに、『禁色』（一九五一・一一、一九五三、九、新潮社）の物語内容は、まさにこのようなメビウスの輪の全面的拡大にほかならない。この論理に従って進行する物語において、いつしか表と裏は区別がつかなくなる。もし〈告白〉が内面の真実の表出であるとするならば、内面と真実とを絶え間なく多重化してゆく『仮面の告白』の告白は、決して〈告白〉ではない。「告白の本質は、『告白は不可能だ』といふことだ」という「『仮面の告白』ノート」（単行本付録月報）の言葉は、同文中の「私は完全な告白のフィクションを創らうと考へた」という言葉と同じ意味を持つ。すなわち語りの強度は、燦然たる物語の建築美には寄与するものの、それが「フィクション」である限りにおいて、決してメッセージの明澄化には帰結せず、むしろ逆に華麗の程度と比例してそれを攪乱する。セクシュアリティにせよ政治にせよ、〝ミシマ〟ブランドに特定のメッセージを期待する読者を、そのテクストは必ずや裏切らなければやまない。

〈告白〉小説だけではない。たとえば「『浜松中納言物語』を典拠とした夢と転生の物語」(『春の雪』「後註」)である『豊饒の海』(一九六九・一〜一九七一・二、新潮社)は、「転生の物語」であるだけでなく、また転生の理論についての物語でもある。あたかもメルヴィルの『白鯨』(一八五一)が鯨についてそうであるように、『豊饒の海』は輪廻転生についての百科全書的形式を体現している。特に著名な『暁の寺』(一九七〇・七)一八章で、本多が阿頼耶識の説を会得し、「本多の目には、周囲の事物が今まで思ひもかけなかつた姿で眺められてきた」と語られる条りは、小説の原理を解き明かすものとしても読まれてきた。ここで物語世界外の語り手は本多の思考とほぼ一体化し、区別がつかなくなる。このような焦点化の域を超えた語り手による人物の語りへの憑依は、三島のスタイルでは頻繁に見られるものだろう。そして『豊饒の海』は、この原理に従う構築(本多による輪廻転生の検証)を目指す物語として印象づけられることになる。なるほど『天人五衰』(一九七一・二)で本多によって一度は偽物とも見られた安永透は、やがて天人五衰の相を示して転生を示唆される。だが、結末で、月修寺門跡・聡子は『春の雪』(一九六九・一)で描かれた松枝清顕の存在を否定し、ひいては転生の可能性をも否定してしまう。この結末の解釈がどうであろうと、少なくとも明示的には、物語の主題はその物語の構築そのものによって否定され、あれほど思想の展開に力を入れた語り手も、その否定の実相については責任を取らないままに、物語は幕を引かれてしまう。『仮面の告白』と同様に、ここでも物語の構築は、メッセージを二重化する。三島の小説とは、このような仕掛けがテクストのそこここに散在せられ、幾つものレヴェルにおいてパラドックスを生じさせる装置なのである。

「去ってゆく人物は背後からだけしか観察できない」という禁欲的な言葉は、ジイドが『贋金つかいの日記』（一九二七）で示した純粋小説に要求される命題であった。三島的テクストの語りは、一見このような禁欲を意識させることのない、融通無碍な実践として感じられる。ところが、言語が現実を全面的に再現することが不可能である限りにおいて、必然的に叙述による構築と支配もまた相対的な域に留まらざるをえない。完璧な「観察」の媒体と見えた語りが、同時にその「観察」によって罠を張っているのだ。三島の語り手は、その身に帯びた強度を迷彩として、いつしか読者をパラドックスの迷宮へと誘い込んでしまう。こうした機構の内部では、発話主体（語り手・人物）の発話を根拠として、発話行為主体（想定される発信源）の真意を探る作業はどこまでも相対的となり、宙吊り状態に置かれるほかにない。こうして構築は否定の媒体となり、言葉はメッセージの無化を志向する。三島の小説は、言葉によって目に見えるものを信じなくさせるメカニズムの集積であり、まさしく〝存在しないものの美学〟を実現せんとする企てであった。

2　妄想の至高者――アクションの関係性

『暁の寺』四十一章の末尾に、「足の甲に接吻してから目をあげると、光りはすべて、ハイビスカスの花々を透かした暗い緋色になり、そこに二本の白い美しい柱がほのかな静脈の斑を見せてそそり立ち、はるかの天空に、小さな真黒な太陽が、黒い光芒をふり乱して懸つてゐた」という叙述がある。これは本多が、風呂上がりの慶子のムームーの中に頭を入れた場面である。三島の小説の登場人物は、世俗的・欲情的な現世の肉体の次元と、それと通常ならば対立する、崇高で観念的な美的次元との両極に同時に帰属している。それが分裂するのではなく非常な語りの強度によって共存せしめられるところに、類い希な両義性の緊張を伴った表象が生まれる。だが、そのような美とは何だろうか。それを追究するためには、まず世俗的肉体たちが作り出す関係の様態を見極めなければなるまい。

かつてルネ・ジラールの三者関係論を小説社会学として導入した作田啓一は、『仮面の告白』の「私」が、肉体＝生命が「侵す意志」を誇示している近江を欲望のモデルとして模倣し、「生命の攻撃性と調和性の二側面をそれぞれ同性への志向と異性への志向とに配分」したととらえた。(2) もちろん、「私」と園子との関係が「純粋に精神的なエロスの世界」であるとする純美的な読み方は、前節の見地からすれば妥当ではないだろう。高度に純美的と見える事態こそが、「私」にとっては、また高度な悪徳でもあったからである。メッセージは二重化する。ただし、作田が指摘した私（主体）・近江（媒体）・園子（客体）的な三者関係が、幾重にも重なり合って人物関係が構築される方式は、『盗賊』以下の小説群において極めて広く認められる。もっとも、三者関係の構図は単純ではない。

初期の長編『盗賊』では、二つの主体、明秀と清子がお互いを媒体として、各々美子と佐伯という対象の喪失を合わせ鏡のように映し合う。「清子が明秀の空しさを清子自身の空しさとすりかえ、明秀も清子の空しさをわがものとして、二人は全くへ入れかはつた正反対の方向を正反対の宇宙を夢見てゐた」。これは相似形をなす二つの三者関係の複合であり、それは自殺という虚無へ向かう意志を、結婚という華麗な仮面によって隠匿する術策であった。これは構築と虚無とを節合する、あの三島的パラドックスの人物＝行為＝筋（action）の水準における実現にほかならない。『仮面の告白』が語りにおけるその原型であるとすれば、『盗賊』はアクションにおいて、そのような三島小説の骨格を確実に定式化したと言える。

この定式は変奏されて持続する。たとえば『沈める滝』（一九五五・四、中央公論社）は、ほぼ途中までは『盗賊』と同様のアクションを基軸としている。真に女性を愛せないドンファン・昇と、不感症の人妻・顕子との間の人工的恋愛は、失恋者たる明秀・清子の裏返しである。だが顕子は歓喜を得るようになり、昇の心は彼女から離れ、顕子は入水自殺を遂げる。二つの主体の間における欲望の対象のずれが問われることにより、『沈める滝』は『盗賊』とは異なる結末に導かれている。さらに後期の、精神分析医が女性の不感症の原因を追求する『音楽』（一九六五・二、中央公論社）で示されたのは、転移・逆転移などリビドーの非本来的対象への備給が、ジラール的三角形の複合として理解できることである。これは単に医師・汐見と患者・麗子との物語ではない。そこに麗子の恋人・隆一、兄、それに特に汐見の恋人・明美らが加わって作られた、輻輳する関係の物語にほかならない。『音楽』はフロイト理論の検証としてではなく、三島的関係論の一実践として読むことによってのみ、その達成を正しく評価することができるだろう。

彼らが目指すのは、失恋、不感症、あるいは恋愛不感症とも言うべき症状からの脱出であり、その脱出は三者関係の恩恵を享受することによって目論まれる。このいわば受動的関係に対して、人物が他者との間に故意に謀略的な三者関係を演出し、そこに投企することでアクションが始動するタイプの小説がある。そこで描かれるのは、他者を巻き込む関係の覇権をめぐって、人物群が鎬を削る有り様以外ではない。たとえば『愛の渇き』（一九五〇・六、新潮社）では、夫を亡くし、義父に体を弄ばれている未亡人・悦子が、園丁の三郎への愛を、三郎の子を宿した女中・美代との競合関係の中で増幅させてゆく。悦子は美代を追い出すが、そもそも愛という感情を持たず情欲しかない三郎には、この関係性の画策は無意味でしかなかった。その結果、三者関係によってのみ発生しえた悦子の欲望は混乱に陥り、愛していたはずの三郎を鍬で斬殺してしまう。ここではもはや、愛と、関係の覇権とを峻別することはできない。『獣の戯れ』（一九六一・九、新潮社）では、この様相がより複雑化する。

三者関係的競合を駆使して欲望の充足を目指すのは、『禁色』の檜俊輔も同じであり、その奸計は一層徹底している。俊輔は自分を裏切った女性たちに対して、隠れた男色家の美男子・悠一を次々と差し向け、復讐を企む。だが俊輔の最大の誤算は、自分にとっては媒体に過ぎなかったはずの悠一が、自ら男色家としての主体とも、また俊輔自身にとっての同性愛的な対象ともなりうるという事態の可能性を予見できなかったことにあった。固定的三者関係は三島的な世界ではない。『禁色』が『仮面の告白』の大規模な展開と見なしうる理由は、単に両者がホモセクシュアルのコードを共有するからではない。『禁色』は、「表かとおもふと裏」のメビウスの輪に象徴される両義的な存在の位相を、一つのキャラクターによって実現した『仮面の告白』の試みを発展させた。すなわち、それを極めて多数の多彩な人物によって構成される、錯綜する長大なアクションの建築として呈示することに成功したからである。同様の事柄は、『鏡子の家』（一九五九・九、新潮社）に対しても、必要な変更を加えて適用できるだろう。

これらは顕著な例に過ぎない。三島の小説テクストは、関係の覇権を規矩として広範囲に分布している。そして、実に三島の小説における至高の存在は、このような関係の攪乱においてのみ、見出されるのではないか。それは関係と別物ではない。『潮騒』や『永すぎた春』は、目標へと向かう企図に障害が介入すること自体がアクションを構成していた。『青の時代』『宴のあと』『絹と明察』などの社会・政治に題材を採った小説も概ねそうである。

『金閣寺』『美しい星』などでは、さらに目標の妄想性が介在する。『金閣寺』（一九五六・一〇、新潮社）において至上の美の象徴である金閣は、それを焼失させることだけが溝口の位置を決定でき、それを実行に移せば同時に溝口の位置は永久に失われるような存在であった。この場合の金閣は、老師を中心とする寺の人間関係内部に位置を占めることのできない溝口の作り出した、妄想としての、美の象徴なのである。『美しい星』（一九六二・一〇、新潮社）では、宇宙人と自認する大杉一家が、数々の苦難に遭っても節を曲げない有り様が延々と綴られ、最後に円盤は彼らの前に姿を現す。大杉らの信念の崇高さは見事である。だが、ここまでの論旨に照らして、その信念（イデー）と、円盤出現の映像（表象）とは、どこまで整合しうるのか。むしろ定型的なその出現は、それが大杉らの集団心理の反映に過ぎないことの証明とも解ける。至高の存在は妄想であり、その妄想は関係から発生する。とはいえ、その至高たる所以は、容易に揺るがすことができない。それは完璧に至高なのである。

たとえ妄想であろうとも、否むしろ妄想だからこそ、何らかの崇高な存在者へと向かう超脱する魂のあり方を描く局面において、三島の文芸は明らかにロマン主義的な要素を帯びている。『豊饒の海』における本多の転生検証もそうであった。だが、至高者に至る距離の絶対的遠さのゆえにこそ、それに向かう自己超脱の志向性とその不可能性とは無限大となる。このロマン主義の皮肉（romantic irony）が究極にまで強化された場合、テクストは全くアンビヴァレントな、パラドックスの場と化してしまう。三島のテクストは、そのロマン主義の深さのゆえにこそ、ちょうどポール・ドゥ・マンが実践したのと同様の脱構築の作業をテクスト自体が内蔵した、ロマンを内破するロマンなのである。(3)

3　空無のアクチュアリティ――表象の自立

このようなパラドックス実現の装置たる三島のテクストにおいては、従って、ある意味で題材は任意であったとも言える。政治、国家思想、ホモセクシュアル、エロティシズム、古典、現代史、犯罪、金銭欲、いかなる物語内容も、それがそれ自体のメッセージとして呈示されることはない。たとえば、表面上いかにも扇情的な物語を持つ「憂国」(『小説中央公論』一九六一・一)というテクストの表象は、たぶん〝憂国〟のメッセージとはほぼ何の関係もない。なるほど、二・二六事件で共に決起するはずであった同志を勅命によって討伐することに悩み、自決する決意そのものは確かに信条的なメッセージをなすのかも知れない。だが、延々と続く印象のある、切腹前の夫婦の性交の場面、それに続く夫と妻各々の自決の場面の執拗な表象は、その信条のイデーを凌駕するほどの、むしろ無意味なまでの強度を与えられている。「中尉は右手でそのまま引き廻さうとしたが、刃先は腸にからまり、ともすると刀は柔らかい弾力で押し出されて来て、両手で刃を腹の奥深く押へつけながら、引き廻して行かねばならぬのを知つた」云々。イデーの論理性は表象の強度の前に相対化され、反転可能など）の問題は、その表象の氾濫の前では、ほとんど矮小なものと化してしまう。

なものでしかなくなる。「憂国」の基盤となっている反乱の論理が何なのか（右派か左派か、

冒頭に引いた青海の論に準えるならば、言葉のメッセージは無効化され、殺されることによって、その表象の無意味な有効性こそが、最大限に奪還されるのである。もちろんそれは、表象とイデーとの間における、相互の、また各々の両義性において、現実と芸術との抜き差しならぬ緊張関係を基底に置いた、アクチュアリティに満ちている。ただし、それは直接的な寄与を行う類のアクチュアリティではない。三島的なアクチュアリティの淵源は、言語がパラドックスとして呈示された時にのみ、言語が現実に対して行使しうる強度にある。従って、三島の小説テクストから政治思想を読み取る方法論は、どこか的を外していると言わざるをえない。「新ファッシズム論」（『文學界』一九五四・一〇）に述べられた、「ニヒリストが絶対主義の政治に陥らぬために、『美』がいつも相対主義的救済の象徴として存在する」というテーゼが、仮に一時期のものであったにせよ、三島の「持説」であった。それはあらゆる「絶対主義の政治」、あらゆる固定的現実に対する信念を空無化してしまう。そのような〝美〟とは、空無を包蔵した、きらびやかな構築である。月面の「豊かの海」（Mare Fecunditatis）は、岩石に覆われ枯渇した平原に過ぎない。あまつさえ、それは海などではない。だが、それを意味する言葉は存在する。言葉が存在することが、現実の実在以上に、存在の核心でありうるような瞬間――そのような瞬間こそ、三島的テクストの読書において、

人が遭遇する稀有の出来事にほかならない。

【注】

（1）青海健『三島由紀夫の帰還』（二〇〇〇・一、小沢書店）、47ページ。

（2）作田啓一『個人主義の運命』（一九八一・一〇、岩波新書）、15ページ。

（3）ポール・ドゥ・マン『ロマン主義のレトリック』（山形和美・岩坪友子訳、一九九八・三、法政大学出版局）。

3　システムとノイズのナラトロジー
――村上龍『愛と幻想のファシズム』――

1　システム性と革命

「近未来政治小説」（上巻・帯）と銘打たれた『愛と幻想のファシズム』（全二冊、一九八七・八、講談社）は、「停滞から恐慌へと、一歩踏み出した」世界経済を背景として、友人ゼロ（相田剣介）の勧奨を受け自然淘汰の社会的実践を決意したトウジ（鈴原冬二）が、政治結社狩猟社に結集する数々のブレインや実力部隊クロマニヨンを指揮し、暗殺と情報操作を武器としてクーデターやゼネストを裏側から支配する戦術により、政府・政党・労組・左右両翼や特に多国籍企業集団ザ・セブンなどと次々に対決し、勝利して示威的な国際フェスティバル「巨大なる祈り」を成功させる物語である。

実名団体の登場、官僚機構や多国籍企業の内幕や、ハッカーによる電子情報の争奪戦などの克明な造形から、現代社会の政治・経済的コンテクストに照らして、その予言性や虚妄性を評価する読解が当然予想される。だが、文芸が本来「生起する可能性のある事象を語る」

（アリストテレス『詩学』）ものであるとすれば、真／偽のカテゴリーのレヴェルから脱出し、虚構作用としてのテクスト構造を記述することが肝要だろう。その場合、最も注目すべきことは、システムの存立を問うこの物語が、それ自体のシステム性を賭け金としてそれを実現しているという、異レヴェル間の越境性、循環性である。

テクストの表面は、主人公トウジの語りによって生成される。社会的な適者生存則を信奉し実行する人物トウジの支配者的な性格と呼応して、語り手トウジの語りもその表面の強度を誇る。語りの口調（文体）は憶測や逡巡を一切排除した断定性と非反省性を基調とし、論理は単純明快で、伝達と説得の効果を強く発揮するものとして仮構される。これは彼の演説に最も顕著であるが、周囲との談話や通常の地の文においても同様であり、なんらかの疑問点や逸脱要素が発生したとしても、すぐにそれは自己の論理によって解消されてしまう。語りの内容は委細を極めており、世界経済・国際政治・団体個人の内情、あるいは狩猟やファシズムの理念など、対象言及と各種情報とで充満している。

これは「敵は［…］システムそのものだ」とするトウジの反システム論に根差し、世界のシステム性を裏面や細部に亙って認識し、その盲点を突く戦略と通底する再現の機略であろう。しばしばこの雄弁な物語の表面は語り手主体から離れて自立し、何十行にも亙ってトウジ個人には直接関わりのない世界情勢さえ全面的に構築する。しかし語り手の主体性は決して忘れ去られることなく、必ずトウジの内部へ焦点化する「俺は…」という叙述がそれを収拾していき、彼の全知的能力はますますグローバルなものとして強化されるのである。

従って物語の言説と内容の両面を動員して、トウジの語りは最高の強度を付与され、天才的ファシストとしての彼の物語を説得的に呈示するファシスト的戦略として機能するべく調整されているのである。ただし物語の開幕後暫くはこの権威付与が十分に成功していないように見える。トウジの思想が未だ実践に移されていない段階では、彼の権威は彼自身の自信と周囲の称賛のみによって保証される以外にないために説得力を欠くからである。これを補償するのは、随所に点在する「俺の方が正しかったと、やがて証明される」のような予見的（前置的）言説だろう。通常の物語的過去のモードの中に時折介在する事件と同時進行的な実況報告に加えて、事件総体が終了した地点からの回想的叙述も混入し、物語の真実性を現在と未来から同時に自己確証して行く。その結果、物語展開は、情勢の変化に応じた何度かの「シナリオ」変更は存在するものの、全体としてトウジの戦略が寸分の狂いもない直線的な目的成就を果たしたように語られるのである。

このテクストは、世界のシステム性の認識とその革命（解体と再構築）を意味論的レパートリーとし、その合目的的・直線的な追求を統辞論的な前進力として織り成されており、それは全体として、トウジが最高のイメージと信ずるところの、ハンターと獲物とが一対一の対決を演じる狩猟のメタファーで表象されうるだろう。かくしてトウジは社会革命の第一歩に成功した英雄として君臨する。けれども独裁者はいつの時代にも決して安心を得られない。

トウジの安心を脅かす人物、ゼロの存在によって、テクストはその強固な表面に自ら深い亀裂を生ぜしめるのである。

2　完成不能な「夢」

「俺にとっては、すべてが狩猟なのだ。幻の巨大なエルクを倒し、同化すること、幻の独裁者と俺が同一化すること、それが目的だ」。ペットショップの動物に囲まれて生まれ、カナダへ渡って狩猟に没頭し、集団による「巻き狩り」を否定し、常に単独で獲物を追うトウジ。この狩猟のメタファーはトウジに固有である。しかし彼の資質を認めて革命に走らせ、反システムの思想を植えつけたのがゼロであり、ゼロなしには物語の目的論的過程が始動し得なかったことに注意せねばなるまい。ゼロはトウジに「わからない部分がある」と感じさせ、淘汰の前提となる「弱者」と「強者」の区別の不可能性に拘泥し、スキャンダルや自殺未遂のために狩猟社の重荷となって抹殺のリストに載る。強力な造形力を仮構するトウジの物語の中で、ゼロは常に異物・雑音・寄生者としてその強度を相対化する負の中心、文字通りの〈ゼロ〉となる。

実際、トウジの反システムは結局は単純な解体・再構築であり、旧い「曖昧な管理のシステム」を廃絶して新しい「超近代的な部族社会」のシステムを代置する（カミュ『反抗的人間』

の言葉を借りれば）〈革命〉（révolution）にほかならない。(1) 狩猟のメタファーは、システム性をも含意するのだ。ゼロはそれがシステム性自体の否定にはならないことを見抜き、社会的淘汰のシステムにおける強弱選別の根拠の相対性というメタシステム的視座に立ち、不断の韜晦行為を持続する〈反抗〉（révolte）の立場を図らずも選んでいる。失敗した映画監督ゼロは狩猟社の宣伝局長となり、「巨大なる祈り」のイヴェント制作に専念し成功を収めるが、一方自発的に撮ったビデオ「愛と幻想のファシズム」は「最悪」の出来に終わる。

「ゼロは、システムに夢で対抗しようとしている。だが、夢は、夢である間だけ、システムに抗する力がある。夢が作品になれば、それで終わりだ。だから、ゼロは映画など撮れるわけがない」というトウジの意見は正しい。ゼロのメタシステムは永遠に完成不能の「夢」であり、ついに「作品」（システム）とはなり得ない。ところで、完成不能の作品制作という非直線的で無定形的なイメージは、このテクストにおける雑音としてのゼロの意味を共示するメタファーとなるのみならず、このテクストというシステム自体の性質に関する自己言及的なメタメッセージともなるのではなかろうか。

トウジとゼロとの出会いは、システム（コスモス）と非システム（カオス）という、相矛盾する二領域の接触であった。これを契機として物語は始動し、以後もテクストは随所にそのゆらぎを刻印しつつ自己組織化を繰り広げる。これはトウジにとってのゼロが自らのシステムに動因（刺激）を備給する〈外部〉であったからにほかならない。トウジはゼロのトリックスター性を認識し、彼との暗黙の対話の中で自己の「シナリオ」を確証して行ったのである。

北海道でのトウジとの決死の狩猟行の後、回復し酔わなくなったゼロをトウジは逆に異質なものと思い始め、結末に至ってゼロはトウジの意を汲んで服毒自殺を遂げる。これは公的なイヴェントに没入するゼロが、システムに馴致されて〈外部〉性を喪失し、それゆえに同一次元での強力な敵となり得る存在となったためであろう。この小説の題名が、成功したイヴェントの名称ではなく、まさに失敗したビデオのそれと合致するのは、トウジの革命の成否に関するテクストの最終的な自己言及的評価の表明である。

システムの自己組織化のためには、必ずその内部にランダムな発生源が必要となる〈ベイトソン〉[2]のであり、外部性を喪失し自動化したシステムは当然崩壊の予兆を孕む。トウジのファシスト・システムは永続などしえぬだろう。そしてその論理は物語内容の審級を越境し、既に確立された強固な語りの表面のシステム性を逆行的に自己相対化し、〈内破〉を促す。異レヴェル間の意図的な侵犯により、物語世界を自ら解体する過程自体を通して、システム性という課題を上演して見せたテクスト、それが『愛と幻想のファシズム』なのである。

3 循環的、再帰的

『コインロッカー・ベイビーズ』（全二冊、一九八〇・一〇、講談社）とこのテクストとは奇妙な相似形を示している。人物としてトウジ―ゼロ―フルーツはキク―ハシ―アネモネの末裔であり、反システムという基調にも相通じるところがある。コインロッカー孤児という出自を憎悪の根源とし、人間相互の徹底殺戮を導く超興奮剤「ダチュラ」を入手して東京破壊を達成するキクの行動パターンと、淘汰の真実に目覚めてファシスト革命を遂行するトウジのそれとは、失われた根源の回復という点において概ね一致する。

しかし、キクが生母を射殺する設定に端的に示される通り、前者の原郷（母胎）回帰願望は現状のみならず原郷自体の徹底破壊にまで及ぶものとして呈示され、それを物語世界とは異質な語り手が三人の人物に順次焦点化を行い、内的独白を柔軟に吸収する内密性の物語言説によって内側から支えている。従ってこれは表面の過激さとは別に、十分な完結性と統一性を備えた、ある意味では古典的なテクストであり、『愛と幻想のファシズム』のようなねじれを備えてはいない。

『コインロッカー・ベイビーズ』とこのテクストとの様式的相違が、絶対的破壊と代替的革命という各々の虚構内容と関連する事柄であることは疑いない。「ダチュラ」の後には世界はない。だが、革命の後には、再びシステムが必要なのだ。しかしこれは、革命論において古来論議されてきた思想の再説に過ぎないのではないか。そのような〈主題〉に注目するよりも、循環的・再帰的なレヴェル侵犯という虚構作用の〈手法〉自体にこそ、変貌を遂げる村上龍という作家の生産性を見出すべきだろう。

【注】

（1）アルベール・カミュ『反抗的人間』（佐藤朔・白井浩司訳、『カミュ全集』6、一九七三・二、新潮社）。

（2）グレゴリー・ベイトソン『精神と自然――生きた世界の認識論』（佐藤良明訳、一九八二・一一、思索社）。

4 虚構からの挑戦

——筒井康隆『残像に口紅を』——

1 〈実在言語観〉の指示説

作家佐治勝夫は、批評家津田得治のプランを受け入れ、《ひらがなが一文字（または一音）ずつ段階を追って徐々に消え、それとともにその文字（音）を含む言葉が指示する対象も、彼らの存在する世界から消えていく》という法則の通用する世界の人物となることを開始する。この後、二人はどのように言葉＝対象が消えるのか、その規則を相談して決める。佐治の小説論の根幹にあるのは、「小説とは、何をどのように書いてもよい文学ジャンルなのだから、たとえそれが評論のようなものでも、小説と銘打たれていれば小説だと主張できる」という理論である。この理論はこの小説そのものにも再帰的に当てはまるように見える。むしろ、これは自己言及であり、この小説はメタフィクションであるということになる。そしてその「評論」としてのテーマが、先の言語＝対象消滅に関する「言語ゲーム」である。

『残像に口紅を』（一九八九・四、中央公論社）というテクストが目標とすることは、第一に、言葉が世界を作り、言葉が消えれば世界も消えるという言語的世界観に基づき、〈実在＝言語〉としての世界を描くことである。これを、〈実在言語観〉と呼ぶことにしよう。第二に、物語の展開の中で実際に触知可能となるのは、文字（音）が消えるごとに、対象とその記憶が瞬時に消えること、そのこと自体の意外性・奇妙さである。つまり、消滅自体の造形である。これを、〈消滅描写〉と名付けておこう。第三に、一字一音ずつ段階的に文字（音）が消滅していく中で、減少する残りの文字（音）のみを使用して、小説のテクストをどれだけ構築することができるかという試みである。同じことが、32章では「曲芸」とも言われている。これを、〈文字漸減語法〉と仮に呼んでおこう。

〈実在言語観〉は、この小説の思想的な根幹をなしており、その本質は「ことばが失われた時にはそのことばが示していたものも世界から消える」とする、いわば一種の原理主義的な〈指示説〉である。「ひとつの言葉が失われた時、そのことばがいかに大切なものだったかが始めてわかる」。これによれば、言葉は対象を指示することによって、その対象を物理的に構築する何ものかであるということになる。例外は明示的に「主人公」とされる佐治勝夫で、その氏名に含まれる音が消えたら「彼」と呼ばれ、「彼」も消えたら実質的に一人称小説となるという未来が、物語の最初において保証される。すなわち、主人公＝語り手は消滅しない。言語が残る限りは、その主体は残ることが保証されるのである。ともあれ、ある言葉がある対象を指示するからこそ、その言葉が消えたらその対象も消滅するというのは、極端なまでに厳格な〈指示説〉に依拠していると言うべきである。

もっとも、このテクストの次元を離れた観点から見れば、指示の機能は言語の一要素に過ぎず、また言語による指示の方法は一意的ではないと言わなければならない。たとえば、4章の冒頭で、直前まで吠えていた犬が、「ぬ」の音が引かれたために消滅し、「急に附近が静まり返った」。だが、犬は、たとえば「ワンちゃん」「ドッグ」「猫と並ぶ人類の二大ペットの一つ」など、「ぬ」を使わない言い換えがいくらでも効くはずである（その他の音がまだすべて使える間は）。また、8章の冒頭で、その直前に登場していた「柳川鍋」と「卯の花のキャベツ巻き」が矢部と一緒に消える。「べ」の音が引かれたためである。ところで、「柳川鍋」と「卯の花のキャベツ巻き」は、固有名である「矢部」とは異なって、厳密には固有名ではない。「柳川鍋」を、「鰌煮」「鰌汁」とか「鰌入り卵とじ」と呼んでいけない理由はない。「鍋」は、鍋に入れた煮物料理の総称であり、容器で内容物を（または鍋で煮て作るという一種の原因で結果を）表す換喩的な名称である。料理には、換喩的な名前のものが多い。「卯の花のキャベツ巻き」に至っては、「柳川鍋」ほど定着した名称ですらない。「卯の花」は、豆腐の絞りかす（おから）を植物に見立てた隠喩であり、キャベツは甘藍とも玉菜とも言い、全体としては前者を後者で巻いて作ったという因果関係的な意味の、やはり換喩的な名称である。言い換えて「おからの玉菜巻き」ではどうだろうか。

すなわち、「犬」「柳川鍋」「卯の花のキャベツ巻き」を含む多くの言葉は、言い換えを用いて、あるいは確定記述によって表現できるのである。実際、3章で「せ」が消えたために

35章では「大なんとか」(「大戦」「大戦争」など)が現れ、21章で「ぽ」が消えているために、43章には「ポケット」の言い換えとして、「がらくた入れ」「袋嚢」が現れる。古めかしい言葉である「袋嚢」が可であるならば、「甘藍」もまた可だろう。もちろん、文字(音)が漸減する限りにおいて、いつかは言い換えもできなくなる。だが、数字の若い章においてそれらの語彙に対する言い換えの精査がなされないのは、〈実在言語観〉の言語論を主張することだけがこのテクストの眼目なのではなく、小説として〈消滅描写〉と〈文字漸減語法〉にも相応の重点が置かれているからだろう。ちなみに、クリプキによれば、可能世界においても固有名の指示は変わらない[1]。反面、筒井の「平行世界」(『メタモルフォセス群島』所収、一九七六・一二、新潮社)によれば、平行世界において固有名の指示する対象は少しずつ、そして決定的に違ってくるとされる。いずれにしても、結局このテクストの〈実在言語観〉による叙述の論理は、言語論ではなく、小説としての機略に寄与するのである。

2　〈消滅描写〉と〈文字漸減語法〉のスタイル

〈消滅描写〉は、このテクストにおける描写(形象的呈示)の様式特徴をなす。すなわち、失うこと、失い続けることそのものの表現である。その点では、「彼は何もかも失った」とされる人物を描く『虚人たち』(一九八一・四、中央公論社)の延長線上にある。4章の冒頭で

「ぬ」が引かれ、直前の3章までは三人いた娘の一人・絹子が消滅する。「おや、三人しかいないぞ。おかしいな」。こうして各章ごとに、前章までは登場していた人物や、その人物の行為に関係していた料理・建物・状況などが突如として消滅する。物語構造の水準において前後の連続性は寸断され、物語は段階的な停止を繰り返しながら、その都度、改めて開始される。人物と語り手の水準においては、対象が消滅すると、過去からの記憶は暫くの持続の後、やはり消え去ることになる。この記憶の暫くの持続が「残像」と呼ばれるのである。ちなみに、『残像に口紅を』というタイトルは、絹子が消滅した後、「意識野からまだ消えないうち、その残像に口紅を施し」てやろう、という叙述による。

〈文字漸減語法〉は、規則的な制約に基づく新たな文体の形成を帰結する。11章では、佐治がこの条件下で短編を書いていることが述べられる。そこでは「佐治節」と呼ばれる独自の慣用句中心の文体が、制限された言葉によって「彼らしくない文脈を生み出し」、彼はその意外性を喜んだとされる。これはその短編のみならず、当然、この小説にも反射する感想である。佐治は「このおれはたったひとりで規則を創造し破壊することになる」と一度は浮かれるが、それは「たった一度しか通用しないゲームの規則に過ぎない」と気づく。しかし、考えてみれば、いかなる作家・芸術家の傑作もそのような「ゲームの規則」によって創造されるのではないか。制限された素材を用いて高度な成果を上げるのは、あり合わせの材料や道具で作るブリコラージュの手法にも近接する。(2) また現代的には、ウリポ（Oulipo、潜在

文学工房）におけるリポグラム（lipogramme、字忌み・文字落とし）の試みに近いとも言える。(3)

この小説は、第一部から第二部の半ばまでの、使える文字（音）が豊富に残っている間は、〈実在言語観〉および〈消滅描写〉に重点を置き、小説の物語と小説論とを並行して叙述するメタフィクションとして展開する。それ以後、文字（音）が極度に減少するようになり、特に第三部に至ってからは、ブリコラージュ／ウリポ的な制限文体によって、アヴァンギャルドでノンセンスなテクストとして自らを完遂することに注力される。たとえば21章から29章にかけて、津田の教え子の野方瑠璃子と佐治との情交の場面が、また33章から40章にかけては、佐治の自伝的な記述が、いずれも〈文字漸減語法〉によって、まさに披露される。さらに「胚胎した中庭の股間／夏枯れと橙との熾烈な戦いが終って」云々の「詩」までもが導入されるのである。これが単なる虚仮威しの言語遊戯なのか、未来的な文学革命の実験なのかは、アヴァンギャルド／ノンセンスの常として、見分けがつかない。

3　〈虚構のスコープ〉と現実

ところで、これほど意識的に構築されたこのテクストは、実は、誰が「この小説」を書いているのかを明示していない。地の文の主語は原則的に「佐治は」「勝夫は」となっており、途中には自由間接文体や内的独白風の文も混在するものの、佐治とは異なる語り手が確かに存在する。この語り手は、ほぼ常に佐治と寄り添っている「癒着的半話者」（亀井秀雄[4]）である。しかし佐治は小説家であり、津田の口を借りて語られる佐治自身の（何やら筒井康隆にも似た）来歴からすると、このテクストも佐治の作品であるように見える。18章では、「ここまでかなり頑張って自分の文体を保ってきた」とあり、佐治が書いているかのように述べられるが、それ以上のその確証はない。

一方、15章では、佐治が「津田得治と話して軌道の点検をしなけりゃな」と、佐治と津田の合作の部分もあるように示唆されている。29章では瑠璃子と一緒に入った浴槽の場面から、突然、講演先の海員会館の場面へとトリップし、それを「津田得治のしわざ」だと述べる。が、津田自身が書くということも明記されておらず、結局、書いているのが誰かは判然としない。「僕が現在行為として表現している虚構」（8章、傍点引用者、以下同）、いなくなった妻の痕跡について、「彼よりも早く起きてどこかへ出かけたということが表現されているのだろう」（10章）、「原稿、そんなものを書く気はない。今はただ思考していることがそのまま創作となるのだから」（36章）などの叙述から、彼は書いているのではなく行為・思考しているのであり、そのことが言語化されているということと、一方で彼が全面的に物語世界を支配しているのではなく、部分的には津田が、あるいは無記名の誰かが参与していることになるだろう。そしていずれにせよ、その起源は意識化されない。

「佐治さんの以前の作品の登場人物たちのように、自分たちが虚構の中の人物だと心得ている言動を行っても差し支えないのでは」と、9章の根本は言う。これは『夢の木坂分岐点』（一九八七・一、新潮社）や『虚人たち』を想起させる。ただし、これらの虚構の中の人物が、自分も虚構だからいずれ消える＝死ぬ運命にあることを悲観するということはない。それに抵抗するのであれば、機能停止をプログラムされた『ブレードランナー』（リドリー・スコット監督、一九八二）のレプリカントのようになる。だが、こちらでは抵抗はなく、そもそも佐治は、最初から万一消滅したとしても、その後でもその主体を保証されている。もっとも、15章では妻が消えた「孤独の恐しさからは機転だけで逃れることなどとても出来ない」と痛感するのだが、その「恐しさ」が、その後深く追求されることはない。

根元的には、言葉がつくる世界は虚構の世界であり、その世界における実在は虚構の実在である。ということは、虚構の世界からある〈実在＝言語〉が消えても、本来、現実の世界から消えることはない。これを『残像に口紅を』にも適用するならば、それは〈実在言語観〉が適用範囲（スコープ）を伴っていることを意味する。要するにこの規則は、このテクストの内部でのみ通用するのである。あらゆるものは言葉によって作られた虚構であるとする思想は、〈汎虚構論〉と呼びうるだろう。たとえば三浦俊彦による〈虚構実在論〉、すなわち〈メイクビリーヴ〉（ごっこ遊び）を共有する点において、現実の実在に倣って虚構は実在し、現実は虚構に倣って虚構的であるとする説[5]は、一種の〈汎虚構論〉にほかならない。しかし、三浦の〈虚構実在論〉が〈強い汎虚構論〉であるとするならば、『残像に口紅を』の

〈実在言語観〉は、いわば〈弱い汎虚構論〉である。なぜなら、三浦は〈虚構のスコープ〉を最終的に外す（現実と虚構の実在的ステイタスに区別を認めない）のだが、こちらの場合には温存されるからである。恐らく、これが温存される限り、作中人物はどこまでも作中人物にとどまり、それらが危機感を抱く理由はない。とすれば同時に、この小説の読者もまた、自分を安泰な場所に置いてこれを読むことができる。根元的な虚構性の観点から見れば、〈虚構のスコープ〉が明記されない筒井の他の小説、たとえば『夢の木坂分岐点』の方が、より先鋭なのかも知れない。

ただし、「現実」に関する言及がないわけではない。10章で「め」が引かれたので妻の条子が消滅するが、一挙に消えてなくなるのではなく、しばらくは「遠い声」で会話ができ、体もぼやけた状態で把握できる。その理由を「現実には虚構のようなはっきりとした論理がないからだろうねえ。物語もなければ描写もない」ことに求めている。ここで言う「現実」は、虚構内から指示された虚構外の現実の印象であり、虚構内の現実のことではあるまい。虚構内の現実は虚構なのだから、「はっきりとした論理」を持つことになるはずである。すなわち、「遠い声」で「ぼんやり」したこの時点での妻の存在は、現実を「ぼんやり」と指示することが可能であるような、虚構の論理によって保証されていると言うことができる。

また31章で佐治は暴漢に襲われるが、それを佐治は「現実の側からやってきたらしい」と推測する。「君が起用した男」かと津田に問い、津田は「知らない」と答える。32章に至り、佐治自身が「今まで独裁的に話を運んできた」ことに対する「贖罪」「おのれをおのれで懲らしておいてやれ」という感覚からだろうと推測する。その佐治自身も、14章末尾で、文学賞授賞式で気に入らない同業者に対して「村田昌彦の『む』。消えろ」と願い、その通りに消してしまう。文壇人たちを「なんと気味の悪いやつらだろう」という評価は、現実の文壇に対する批評とも考えられる。〈虚構のスコープ〉の存在は、虚構が現実との繋がりを失うことを意味しない。むしろ虚構だからこそ、現実から痛打を被ったり、また現実を痛打することもできるのである。これは虚構の現実的機能と言えるだろう。

このように、『残像に口紅を』は、虚構の機能や意義について、虚構によって語り、読者に様々な思考を誘発する挑戦的なテクストである。「今度また次回、他の虚構の中でその楽しさは確実に取り戻そうではないか」（32章）と佐治は思考する。人間と文化が続く限り、虚構には終わりがない。

【注】

（1）ソール・A・クリプキ『名指しと必然性――様相の形而上学と心身問題』（八木沢敬・野家敬一訳、一九八五・四、産業図書）。

（2）クロード・レヴィ＝ストロース『野生の思考』（大橋保夫訳、一九七六・三、みすず書房）。

（3）ウリポ（潜在文学工房）は、レイモン・クノーとフランソワ・ル・リヨネーの主宰により、一九六〇年一一月に、作家と数学者の小グループによって設立された（*Dictionnaire des littératures de langue française*, Bordas, 1984 参照）。その一員ジョルジュ・ペレックは、フランス語では統計学的に最も頻出する"e"の文字を使用しないリポグラムの小説 *La Disparition* を書いた。その邦訳『煙滅』（塩塚秀一郎訳、二〇一〇・一、水声社）では、「い」段を用いない訳となっている。ウリポとペレックの試みの総体については、同書の「訳者あとがき」が詳しい。

（4）亀井秀雄『感性の変革』（一九八三・六、講談社）。

（5）三浦俊彦『虚構世界の存在論』（一九九五・四、勁草書房）。

5　飽食と絶食とのあいだ

——島田雅彦『郊外の食卓』——

1　レタスと鰻

島田雅彦には、中庸という状態はありえない。彼のテクストにおける〈食〉の位相もまた、飽食と絶食、あるいは美食と悪食《あくじき》との途方もない両極端に分かれている。そして、この野放図な両極端はもしかしたら、究極において一つの核心に融合するのかも知れないのだ。すなわち、島田的な〈食〉の本質とは、実に絶食こそが最高の飽食であり、目も当てられない悪物食いこそが最も華麗な美食であるような価値観の解体、または絶対矛盾の同居の中にある。

「にこにこブックス」という、筑摩書房刊とは思えないようなタイトルのシリーズに収められた料理エッセイ集『郊外の食卓』（一九九八・九）は、料理する島田雅彦とその料理を撮した多数の写真を含む、確かに一見楽しい本である。ここには、島田が豊富な海外体験から獲得した料理のレシピの数々が満載されている。すなわち——サーロ、シチー、ペリメニ（ロシア）、ハンバーガー、ピッツァ、ケイジャン料理、ガンボー（アメリカ）、アキ・アンド・

ソルトフィッシュ（ジャマイカ）、クスクス、ラクダ料理（チュニジア）、ウガリ、ニャマチョマ（ケニア）、ズッパ・ディ・マーレ（イタリア）……。ここには書ききれない多種多様な料理のオンパレードと、それに捧げる愛着を隠さない言説の連なりが、島田の一方ならぬグローバルな美食家ぶりを示す表現であることに何の疑いもない。けれども、この「旅の食卓」の疾風怒濤的展開の前書きには、極度に偏食・少食であった少年時代の記憶が語られているのである。

「たとえば、高校時代のランチタイム。私はアイス最中《もなか》二個で済ませていた。野菜もより好みしていて、キャベツやきゅうりぐらいしか食べなかった。たとえば、ランチにレタス一個ということがあった」。この頃の自分を島田は「草食動物みたいだったと思う」と書いているが、実際の草食動物は、肉食動物に比べて、もっと多食のはずである。そうでなければ、自然界においては必要な栄養が摂取できない。事実、この記述のすぐ後に、「鰻は私の貴重な蛋白源だった。鰻しか食べられなかったから、毎日鰻でもよかった」とあり、幼稚園・小学校時代以来、「江戸前の鰻の中毒」であったという、全く矛盾するような回想が語られる。鰻が好物の草食動物などいるわけがない。しかし、確かに、レタス一個か鰻か、最も空疎な軽食か最も重厚な脂物かという選択肢は、もう既に紛れもなく、島田的〈食〉のスタイルを予言していたと言わなければならない。

2　断食と過食

このような島田のテクストに、断食または絶食のコードが繰り返し現れることに不思議はない。『アルマジロ王』（一九九一・四、新潮社）所収の「断食少年・青春」は、「食欲も性欲も旺盛であるはずの十代の頃、Mは肉も魚も女の子も受けつけなかった」と書き出される。Mにとっては断食こそが快楽なので、活動家のハンガーストライキを転々としては、趣味として断食を行う。だが、並大抵でない大食漢であった弟が事故死してから、青年になったMは弟の分まで食べるつもりで何でも食べられるようになり、一人前に体に脂肪もついてきた――。（ちなみに、鮨屋で卵とカッパしか食べられない兄をよそ目に、サビ入りの光り物を注文する弟のエピソードは、『郊外の食卓』の冒頭にも出てくる。すべては、対比である。）

断食は、疑問の余地もなく快楽なのだ。そうでなければ、「断食少年・青春」の次に配置された短編「ミイラになるまで」で、釧路湿原で餓死によって自殺を遂げる男の話が書かれたりすることもなかっただろう。そして、この短編は大友良英とのタイアップにより、佐野史郎を動員して音楽CD化までされている（『ミイラになるまで My Dear Mummy』、一九九七・四、クリエイティブマン・ディスク）。この男が何の理由で自殺を選ぶのかはっきりしないが、「死に方次第で自分の取るに足りない人生も逆転できると思ったからだ」と日記に書いている。〈食〉で膨満している日常から見れば、断食自殺は「ハレの儀式」ということになるらしい。さすがに、餓死に至るプロセスは腹痛・頭痛・衰弱に苛まれて苦痛が激しい様子だが、この目算からいけば、少なくともそのコントラストに満ちたアピール性については、彼は快感を覚えて死んでゆくのである。

少食も絶食も、また餓死すらも快感である。ただし、それはその裏側に、大食・悪食の対比《コントラスト》の効いた影が貼りついているからだ。それを実証しているのは、長編『自由死刑』（一九九九・六、集英社）である。一週間後に自殺することを決めた主人公のハレの時間を描くこのテクストは、いわば、宇宙大にまで拡張された「ミイラになるまで」のリメイク版である。その証拠に、結末で喜多は、カマロで海中に突入して死のうとしたが死ねずに、森の中で苦しみながら餓死の時を待つのである。そして、喜多と同行する外科医の父の回想――動物の脂の悪食に染まり、あらゆる脂物を過食して内臓を破壊し、最後の晩餐で「牛の脳味噌と豚の背脂のサラダ、豚の耳とイチヂクの煮こごり、フォアグラと豆板醤のアイスクリーム」その他の脂物料理を大食して心臓破裂のために死んだ父の記憶が、このテクストではもう一つの最高潮をなしている。そして、「悪食博士」と呼ばれた彼もまた、釧路湿原の彼と同じく、「世の中を軽蔑」していたらしい。絶食と過食は、快楽において合一するだけではない。それらはいずれも、生命の根源からの、反体制（すなわち、島田が次々と標榜してきたところの、サヨク、模造人間、青二才、ヒコクミン……）の表現にほかならない。

3　フォアグラとフンコロガシ

外科医の父だけではない。島田的悪食＝美食の頂点は、脂物食い・臓器食いに極まる。「旅の食卓」の序章は、鶩鳥の「脂肪肝」であるフォアグラの話に始まる。「ヒトは食物連鎖の最後のところで口を開けて待っている」。その代表としてフォアグラが取り上げられているのだが、この「連鎖」は果たして単純な直線なのだろうか？　あるいは、「羊のかぶと焼きは北アフリカや中東一帯の人気メニューだ」「目と脳がおいしい」「何しろ視覚的にショッキングである。歯が全部並んでいて、笑っているように見える。目が合ってしまうこともある」――にこにこブックス『郊外の食卓』のこうした記述には、何とも言えない気色の悪さがある。『ミス・サハラを探して　チュニジア紀行』（一九九八・三、KKベストセラーズ）にも、この「羊のかぶと焼き」について現地における描写があり、それは「縦に真っぷたつにたたき割られていて、脳味噌がはみ出している」らしい。

動物の食材は器官・臓器であり、それはヒトにもある。今までは食材という対象として見られていたものが、瞬時にこちらの主体へと転位する。ここには食う側と食われる側との相互交換可能性がある。脂肪肝を食べ過ぎれば自分が脂肪肝になるほかにない。フォアグラの過食者は、いわば自分自身の肝臓を食べているようなものだ。『自由死刑』の外科医は、相手の知らない間に腎臓を取り出して売るのが得意であったし、『死んでも死にきれない王国

から　ある旅人のアフリカ日記』（一九九二・二、主婦の友社）の主人公は、禿鷹に食われ、いわば鳥葬されて霊となる。しかし、ここにある気色の悪さは、食物連鎖におけるヒトの傲慢に対する警鐘、人類の過食・肉食を批判する謙虚な態度の表現、などでは全然ないだろう。

たとえば、宮澤賢治は「〔フランドン農学校の豚〕」において、屠殺される家畜の側に立って、肉食の問題を描き出した。読み方に偏差はあっても、宮澤の場合には何らかの倫理の問題として受容されるだろう。それに対して、島田のテクストでは、食うものと食われるものとの間の境界は、何らの倫理をも超越した形で無化されてしまう。これは価値観の崩壊、というよりも、むしろ価値観という観念そのものの崩壊なのだ。だからこそ、それは無類に不気味なものとしても、また同時に、このうえない快感の触媒としても受け取られうるのである。『郊外の食卓』のケニアの項には、まだ便の入っている「羊の内臓」の煮込み料理を食べて下痢をした挿話がある。「いや、羊は草だけしか食べないから、これはハーブみたいなものだ」……こうなってしまうと、食物と排泄物との区別すらないに等しい。脂物食い・臓器食いの美食という価値観は、文字通り、悪食と同義となっている。そもそも、誰が美食と悪食との区別を始めたのか？

文化としての〈食〉について、「誰しも毎日それを食べずにはいられないものを持っていて、その人が一生食べ続けても飽きないものは何かと問われたときの答え、それを食文化と呼ぶのだと思う」と『郊外の食卓』で述べる思想は、確かに正論なのだろうが、右のコンテクストにおいて読むならば、いかにも、テリトリーに存在する食物を食べ続けるしかない、自然界における動物の摂食行動を想起させる。事実、『ミス・サハラを探して』では、砂漠で動物の糞を探すフンコロガシの生態が描写されていた。彼らの食物は、紛うことなき排泄物である。島田雅彦における〈食〉、それは、何らかの独自な文化の宣揚などではない。それは、人間と文化なるものに関する、すべての既成観念をいったん廃棄する作業にほかならない。それは、巷間のグルメブームなるものを、無比のカルナバレスクな転倒によって哄笑するのである。

6 〈旅行中〉の言葉 Words on Travels

――リービ英雄と多和田葉子――

1 複数言語と文学の自由

複数言語によって文学を考えるということ、その中でも特に、他言語で著作活動をする日本人作家と、日本語で作品を書く非日本人作家を問題にすることがこの論の目的である。つまり、複数言語による文学の、一方の言語が日本語である場合の二つのタイプということになる。この観点から本章では、現代、めざましい活躍を示している二人の作家、リービ英雄と多和田葉子を取り上げて、現代文学のあり方について考えてみたい。

リービ英雄の本名は、イアン・ヒデオ・リービ（Ian Hideo Levy）、一九五〇年、アメリカ・カリフォルニア州バークレーに、ユダヤ系の父とポーランド系の母との間に生まれた、と自筆年譜には記されている。(1) ヒデオという名前は、父の日系二世の友人の名前からもらったということである。父の勤務の関係で、小学生時代には台湾・台北に、その後は日本・横浜の領事館内に住み、早稲田大学に日本語習得のため通った体験があり、プリンストン大学で日本文学を学び、万葉集を研究・翻訳してプリンストン大学、スタンフォード大学で教鞭を執った。アメリカと日本の間を何度となく往還する繰り返しの後、一九八七年三月、三十七歳の時に、雑誌『群像』に「星条旗の聞こえない部屋」を発表、これは横浜での体験を素材として書かれたものであるが、アメリカ人が日本語で立派な小説を書いたことで話題となり、野間文芸新人賞を受賞した。これを機にリービは次々と作品を発表し、特に一九九六年の小説『天安門』以降は、作品の舞台を日本から中国へと大きく広げた。現在に至るまで、いわゆる日本語で作品を書く非日本人作家の代表的な存在として高く評価されている。

多和田葉子は一九六〇年に東京で生まれ、早稲田大学のロシア文学科を卒業後、インドからヨーロッパへ渡り、ハンブルグの輸出書籍取次会社に就職、以後、ハンブルグ大学で学ぶ一方、ドイツ語での小説発表を開始し、その数は多数に及ぶ。(2) 創作活動は高く評価され、ハンブルグ市より文学奨励賞およびレッシング奨励賞を受賞している。九二年に、ハイナー・ミュラー論でハンブルグ大学の修士課程を修了した。他方、一九九一年六月号の『群像』に掲載された小説「かかとを失くして」が群像新人文学賞を受賞、また同誌九二年一二月号の「犬婿入り」が、第一〇八回芥川賞を受賞した。この時の多和田作品の印象は、幻想的・観念的でいっぷう変わった小説というところだったろうが、その後、毎年のように続々と発表される長編または作品集は、どれも全く趣向が同じということがない。それらは極めて多様な物語と構成を宿しつつ、日本語とドイツ語その他のヨーロッパ言語、あるいは伝説と現在、様々な異文化間交流などの要素を織り交ぜて、独特のスタイルを作り上げている。言うまでもなく、他言語で著作活動をする日本人作家のトップランナーであるが、ここでは差し当たり、この二人の日本語テクストのみを対象とする。(3)

この二人のテクストを読んでいくと、極めてよく似た点と、全く対照的な点が明瞭に見え、それによってここでの課題に接近しやすくなる。根底をなす見方は、彼らは、たぶん狭い意味でのエグザイル（被追放者）やディアスポラ（離散民）ではないということ、また、にもかかわらず複数言語使用者となったことによって、極めて強度に満ちた自らの文芸様式を獲得することができた作家たちであるということである。もちろん、ユダヤ系・ポーランド系のリービの場合には、そのような狭義の見方も可能であり、また事実、そのテクストにもその問題は現れてくる。また、リービの小説でしばしば言及されるところの、日本における「外人」「がいじん」に対する処遇への眼差しには、日本社会の根底にある通弊と、そこにおける自らの位置（「アイデンティティーズ」）への思いが認められる。ただし、彼は直接的な外力によって、日本と日本語に向けて追放されたり亡命したわけではない。

むしろ、次のようなことが重要である。たとえば有島武郎という作家は、『迷路』（大7・6、新潮社）などから明らかなように、キリスト教との対決の中で、決定論と自由論との葛藤に悩み、それを文学の課題として追求した人である。決定論と自由論――ここでも、かなりの程度、外力によって余儀なく複数言語使用者とならざるを得ず、複数的な文化を担うことになった状況、たとえば植民地・亡命・在日などとは異なり、最終的には自分の意思で、そのような複数言語環境を選択した作家について考えること、それは、決定論的な宿命としての文学という見方に対して、文学の自由な可能性を考えるきっかけを与えてくれるだろう。文学にせよ他のいかなる分野でも、もはや誰にも変えられない、起こってしまったこと・歴史だけではなく、未来への可能性を考えなかったらば、そのような分野に明日はあるのだろうか。

2　外国語という言語の発見

さて、この二人はいずれも研究者でもあって、なぜ自分が他の言語を使用して小説を書くことになったか、またそれがどのような効果を持つのかということに関しては、非常に自覚的・意識的に実践している。まず、リービ英雄は、なぜ日本語で書くのかということについて、「ぼくの日本語遍歴」という文章において、明確に次のように述べている[4]（傍点原文、以下同）。

なぜ、わざわざ、日本語で書いたのか。「星条旗の聞こえない部屋」を発表してからよく聞かれた。母国語の英語で書いたほうが楽だろうし、その母国語が近代の歴史にもポスト近代の現在でも支配的言語なのに、という意味合いがあの質問の中にはあった。日本語は美しいから、ぼくも日本語で書きたくなった。十代の終りごろ、言語学者がいうバイリンガルになるのには遅すぎたが、母国語がその感性を独占支配しきった「社会人」以前の状態で、はじめて耳に入った日本語の声と、目に触れた仮名混じりの文字群は、特に美しかった。しかし、実際の作品を書くとき、西洋から日本に渡り、文化の「内部」への潜戸《くぐりど》としてのことばに入りこむ、いわゆる「越境」の内容を、もし英語で書いたならば、それは日本語の小説の英訳にすぎない。だから最初から原作を書いたほうがいい、という理由が大きかった。壁でもあり、潜戸にもなる、日本語そのものについて、小説を書きたかったのである。

これは極めて意味深い一節であり、やや整いすぎている気もしないでもないが、「星条旗の聞こえない部屋」というテクストのあり方を端的に指し示しているように思われる。この後、この文章の内容は、在日韓国人作家李良枝との出会い、中国天安門への旅などへと続く。「日本語は美しいから、ぼくも日本語で書きたくなった」。これは日本語を選んだ自由を語るが、別のところで繰り返し述べられているように、ヒデオという名前をもらい、台北で父の書棚にあったひらがな混じりの本のタイトルにあこがれ、そして思春期に横浜、早稲田、そして新宿で成長したという宿命的・決定論的な条件は無視できないだろう。しかし、リービの言葉に十分、得心が行く理由は、「星条旗の聞こえない部屋」というそれこそ美しいテクストが、「日本語そのものについて、小説を書きたかった」という動機を何よりも如実に実証しているように思われるからである。

この小説は、横浜のアメリカ領事館に住むベン・アイザックという少年が、息子が日本人と交わることを好まない父親に反し、W大学で日本語を学び、安藤という愛知県出身の蛮カラな学生の手引きで、新宿そして日本語と出会うプロセスを描いた作品である。文体が繊細かつ明瞭なだけでなく、実に巧みに構造化されている。物語の結末は、ベンが家出して安藤の部屋に向かい、そしてあれほど父から禁じられていた「新宿」の街に出るところで終わるが、テクストの第一章は、その安藤の部屋でベンが目覚めるまでの物語を先取する。冒頭からそこに至るまでの回想の中で、外交官の息子としてベンが各国を転々としてきた記憶が綴られる。このような現在と過去とをなめらかに接続する語りの往還運動は、リービのすべての小説テクストにおいて、最も特徴的な要素となる。

ところで、たくさんのエピソードが盛られているこのテクストの中で、最も感動的なのは、「しんじゅく」という言葉の意味の獲得、あるいは安藤ら日本人との間での意味の共有の実現を、ヘレン・ケラーの逸話になぞらえて語った場面だろう(5)。

物も見えない。音も聞こえない。何も知らない、何も知ることはできない、暗闇の中に生きていた聾唖の少女は、周りの人間にとって、自分の家族にとってすら、「外人」だった。
そして聾唖の少女がその手のひらに、寛大で天才的な先生から「WATER」の文字を描かれて、とつぜん、それが自分の肌を流れている冷い水だと悟った。その瞬間、ヘレンは水を知っていることによって、はじめて自分が世界の中にいる、実際にいるという衝撃を与えられたに違いない。[…]
何も知らない、何も知ることはできないという絶対的な確信の上でよそ者を迎える日本の都会、その中に迷いこんで、今はじめて、紛れもなく、ベンは一つを知ったのだ。

この場面以前に既に、安藤がベンを「聾唖の弟を連れて出歩いている兄のように」連れ回して日本語を盛んに喋ったとか、喫茶店でひらがなの「ぬ」の書き方をベンの手を取って教える様子を、他の客が「ヘレン・ケラー」と言って笑ったなどの伏線が置かれていた。考えてみれば、世界で最も分からない、すなわち「壁」となるものは言葉、特に外国語であり、けれどもその反面、最も相手とコミュニケートできる「潜戸」となるものもまた、言葉にほかならないのである。この叙述はまさしくヘレンとアン・サリヴァンの事跡のように、言語の習得がそのまま世界、そして社会への参入と直面を意味すること、いわば、ベンが真の意味でこの世界に自らを産み落とした瞬間を描くことによって、鮮烈でかけがえのない表象を実現したと言える。それは、たとえばサルトルの『言葉』（一九六三）であっても本質は同じことだろう。ただし、それが外国語との出会いという局面において成就されたということ、そしてそれがいわば意図された出会いであったということが、リービの特にユニークなところなのだろう。

その後のリービ作品は、9・11事件に際してアメリカに入れず、カナダに滞在したことを扱った『千々にくだけて』のほか、『天安門』『ヘンリーたけしレウィツキーの夏の紀行』『仮の水』などの中国を舞台としたものへと展開して行く。『天安門』では、特に、父が実母と離婚し中国人の女性と再婚した頃の記憶が、中国旅行の叙述と交錯して語られる。『仮の水』は、西域甘粛省の訪問や、食事と水のため腹をこわしトイレに駆け込む紀行文学である。

「星条旗の聞こえない部屋」で確立した手法は、その後も一貫して持続され、リービのテクスト様式を支え続ける。リービ作品は自分でも言うように、私小説として分類できるだろうが、多くの私小説がそうであるように、それは単なる身辺雑記や自伝ではない。なかでもユニークなのは『ヘンリーたけしレウィツキーの夏の紀行』である。「ヘンリーたけしレウィツキー」とは、たぶん「イアン・ヒデオ・リービ」の言い換えだろう。中心となるのは、河南省の「古い京」と呼ばれる開封に、古代、移り住んだユダヤ人がいると聞き、それを探し出そうとする物語である。現在と過去との語りの往還運動により、現在の中国旅行から、ユダヤ系の家族として見られた記憶、そして古代中国のユダヤ人へと到達する。現代中国でも「老外《ローウエイ》！」と奇異な目で外人扱いされるヘンリーは、周りの中国人たちに対して、「おれはおまえたちと同じ民族だ、同じかもしれない」と感じる。そして、とうとうシナゴーグの井戸の跡を発見し、そこで、次のように語る場面は印象的である。[6]

だれかが、いた。
大陸のことばが消えて、日本語の思いがヘンリーの頭に浮んだ。
なった。
だれかが、なった。[…]
ヘンリーの頭の中で、日本語のことばが大きく、こだました。
がいじんが、
がいじんが、がいじんではなく、なった。

ヘンリーほか、中国旅行小説の語り手は、常に日本・中国・台湾の漢字の違いや、台湾の言葉と北京の言葉との隔たりなどを意識し、それを分析しては、最終的に英語ではなく日本語でそれを理解しようとする。ここでも、中国人に「なった」ユダヤ人の確証を得て、その確証は最終的に「日本語のことば」で認識されるのである。この『ヘンリーたけしレウィッキーの夏の紀行』は、中国を舞台としたもう一つの「星条旗の聞こえない部屋」であり、その主役は一千年前のユダヤ人であるが、ヘンリーと語り手は、その事跡に強い感銘と共鳴を覚えているのである。このようにリービの小説は、常に自己と外界の社会との間の関係を、時間的な振幅を覆う語りにおいて対象化し、そしてそれを複数言語同士の距離と翻訳において問題化し、最終的にはその距離を孕んだ統合のプロセスとしてテクスト化して行く。ここで、万葉集研究者であり翻訳者でもあるリービの日本語への愛着を念頭に、日本語を特権視する必要はないだろう。このような個人のあり方や人間のあり方を、とりわけ言語的な発見のプロセスを、希有な発話の実現の瞬間において描き出すメカニズムこそがリービのテクスト様式なのであり、それは複数言語で文学を構想する場合にこそ固有の現象にほかならないのである。

3　エクソフォニーの理論

そのような複数言語思考を、リービとは違う仕方で、しかし同じく高い強度で展開したのが多和田である。リービのテクストが、結局、同じスタイルで、総体としても同じような物語を繰り返し語り直しているのに対し、多和田の業績は、多様なスタイルを次々と採用し、題材・手法ともにフィクションの可能性を大きく広げて行くものである。多和田の小説は大別すると、どことなくしかし決定的に面妖な物語を描く幻想小説（『三人関係』『きつね月』など）、ヨーロッパ、アメリカなどをめぐる旅をする小説（『ゴットハルト鉄道』『容疑者の夜行列車』『旅をする裸の眼』など）、民話・伝承などを語り直した翻案（Nachdichtung）の小説（『犬婿入り』『ふたくちおとこ』など）、さらにはその中でまさしく文字や言語そのものを問題とするいわばメタ言語小説（『文字移植』『ボルドーの義兄』など）などがあり、これらが重なり交錯して脈々と続いてきている。本章の課題に関して多和田文学の方向性を探る場合、最も分かりやすいのはやはりエッセー集『エクソフォニー　母語の外へ出る旅』だろう。(7)

これまでも「移民文学」とか「クレオール文学」というような言葉はよく聞いたが、「エクソフォニー」はもっと広い意味で、母語の外に出た状態一般を指す。外国語で書くのは移民だけとは限らないし、彼らの言葉がクレオール語であるとは限らない。世界はもっと複雑になっている。

これは冒頭で定義した、外力によらず自分の意志で複数言語を選択する場合も含むことのできる見方だろう。このようなエクソフォニーの機能・効果は何か、それについては次のように述べられている。(8)

ある言語で小説を書くということは、その言語が現在多くの人によって使われていることをなるべく真似するということではない。同時代の人たちが美しいと信じている姿をなぞってみせるということでもない。むしろ、その言語の中に潜在しながらまだ誰も見たことのない姿を引き出して見せることの方が重要だろう。そのことによって言語表現の可能性と不可能性という問題に迫るためには、母語の外部に出ることが一つの有力な戦略となる。もちろん、外に出る方法はいろいろあり、外国語の中に入ってみるというのは、そのうちの一つの方法に過ぎない。

この一節は、ほぼ本章の結論を言い尽くすものであり、必要なのはこれを敷衍することのほかにないほどである。この一節で述べられていることの前提は、小説とは、それによって「言語表現の可能性と不可能性という問題に迫る」ことじたいを主要な課題とするジャンルであるということである。そしてその課題を、「母語の外部に出ること」という戦略によって追究するのが、エクソフォニーの文学であるということになる。「その言語の中に潜在しながらまだ誰も見たことのない姿」、それはどのようなものか。エッセー集『エクソフォニー』では、たとえばパウル・ツェランの詩について、ツェランは各国語をよくしたがドイツ語でしか書こうとしなかった、けれども彼の「葡萄酒と喪失、二つの傾斜で」で始まる詩では、「雪」（Schnee）という語彙の出現が唐突に感じられるが、これはドイツ語の「傾斜」

（Neige）という語彙が、フランス語の「雪」（neige）との文字表記上の連想関係を呼び起こし、それに基づいて導入されていると分析される。(9)

そこではフロイト『夢判断』の無意識の理論などが援用されるが、もっと後のところではさらに進めて、Sinn（意味）は、自分のSinn（感覚）でとらえなければならず、「意味など探すのは、感覚が何も美味しいものを捕らえていない時なのかもしれない」とまで述べている。(10)ここまで来ればこれは、Sinnlos、つまりルイス・キャロルやジェームズ・ジョイスなどを含むノンセンス文学の様式論に近づいていると言える。地口（pun）、綴り変え（anagram）、かばん語（portmanteau word）、造語（neologism）あるいはクラスとメンバーに関わる論理遊戯など、ノンセンス様式には数々の資産がある。たとえば、『不思議の国のアリス』には、「にせ海亀」というのが登場するが、これはウミガメではなく子牛の肉を使った「にせ・海亀スープ」（mock turtle soup）から作られた造語である。「モックのタートルスープ」を「モックタートルのスープ」として分析し、モックタートルなるものを実体化したのである。(11)実体のない言葉だけの存在者。――これにカフカ「田舎医者」の「オドラデク」の場合を加えてもよいだろう。

同じような例は後述の通り、多和田のテクストにも頻出する。一面において多和田文学は、ナショナリティやジェンダーの要素も多分に含みつつ、全体としてはノンセンス様式、あるいはカフカ的不条理のはるかなヴァリエーションとして理解することもできそうである。しかし、それは彼女の場合には、母語の外へ出た状態で構想される事業であるというのがユニークな点である。「その言語の中に潜在しながらまだ誰も見たことのない姿」とは、このように言語の感覚的な可能性であり、また同時にそれは言語の意味的な不可能性でもあるような、言葉そのものの自在な運動の解発であると言えそうである。そして、ジョイスは一種のエグザイルであろうが、ルイス・キャロルは文字通りの意味ではそうではない。しかし、彼の論理学や少女趣味などは、彼をして人界からのエグザイルたらしめた、とは言えるだろう。要するに多和田も述べているように、「外に出る方法」は色々あるのである。たとえば、宮澤賢治のノンセンス様式や久野豊彦のアヴァンギャルド言語について考えてみると、宮澤も久野もエグザイルではなかった。けれども、彼らもやはり、ある意味では母語の外に出た人たちであることは、彼らのテクストを読むならば一目瞭然である。

4　エクソフォニーの実践

そのような多和田のテクストは、実に多様性に富んでおり、安易に概括することを許さない。ここでは以上のようなエクソフォニーの一実践として、小説『ボルドーの義兄』を取り上げてみよう。[12]この小説はフラグメント（断章）集積形式のテクストである。主人公の優奈は、演劇関係に進みたいと言ってヨーロッパを旅する学生で、フランス文学者の女性レネに近づき、友人となる。優奈はレネを起点として様々な人と繫がるとともに、またこれまでの数々の人との繫がりも想起されて行く。この繫がりたるや、記憶の想起、連想、夢想、あるいは創作といってもよい想像力によって繫がれる。実際、優奈がフローリアンという名前の若い船員である自分の物語を夢想する一連のシークェンスからは、この小説のかなりの部分が、優奈自身の夢想の産物、つまりは「小説」ではないかと疑うこともできる。いずれにせよ、短い断章で構成されるこの小説の物語は、逸脱に継ぐ逸脱としてずれ続けて行く。最初のところで、レネはボルドーに作家をしている義兄モーリスがいると言い、休暇の間、優奈は彼の家を使ってよいことになる。優奈の同僚ナンシーは、ボルドーを海岸と誤るが、その誤りを認めようとしない。大雪の晩、優奈はレネの部屋に泊まり、彼女のこれまでの遍歴を聞く……、というように、いくら梗概を続けていってもきりがなく、人の名前も無数に登場し、リリー、ヴィヴィアンヌ、ヴァルター、ドーラ、パウル、エレナ、ヒルデ……と数え切れない。

この、いま・ここからその時・その場所へと、するりと逸脱して繫がる流れの繊細さは、一般の梗概なるものを無力とするに十分である。ドイツ、ベルギー、フランスを舞台とするこのテクストの、それでは真の力とは何なのかというと、それこそ、「その言語の中に潜在しながらまだ誰も見たことのない姿」そのものへの肉迫ではないだろうか。「優奈の夢は女優になって外国語で台詞を言うことだった」、また「優奈は空腹だった。また新しい言語をかじりたかった」とある。つまり、いわば優奈はエクソフォニーの実践者なのであり、このテクストは母語の外へ出ようとする言葉の乱舞場にほかならない。日本語、漢字、ドイツ語、フランス語、その他の、言語にまつわる数々のイメージが、ほとんど全頁に投入されている。たとえば「嘘」と「虎」の関係、「シュヴェスター」（姉妹）と「姉」「妹」との違い、「音」と「オトオト」（弟）、「応」（こたえる）という漢字（「心が一つ、簾の後ろにすわっている」）、「パトロン」という意味の「傘主人」（Schirmer ?）、「フォトグラフィー」（写真）と「フィー」（家畜）、「ガロンヌ川の水は何ガロン」、「ヤーパン」（日本）はパン、ポルトガルのパン」、「茶碗がころげてもおかしい」という諺（「それにしても茶碗はなぜころげたのだろう」）」、「シュヴァイン」（豚）の中には「ヴァイン」（ワイン）……。その他、枚挙に暇がない。これは言うまでもなく、複数の言語にまたがるノンセンス様式である。このノンセンスの原理は、複数言語を発音や綴りというシニフィアンの水準において同一視し、そこで特に地口や綴り変えや、あるいは「にせ海亀」の手法で言葉を実体化する企みに充ち満ちている。ルイス・キャロルと多和田との差は、特に後者が、複数言語の契機を用いることにより、母語の外へ出るエクソフォニーを伴っていることにほかならない。

　しかもその様相は、「どの人の心も少なくとも一つの言語軋轢に巻き込まれている」という、一人の個人のうちの多言語状態とも絡んで、事態をいっそう複雑にまた巧みにまた豊かなものにもしている。ジェンダーやナショナリティの条件が関与するのはここにおいてである。しかし、それもまた徹頭徹尾、ずらし、組み替えるというこのテクストのテクスチュアリティじたいによって処理される。その意味では、「何かを何かと間違えることがなかったら人は何も見ることができない」という命題が重要である。これは、「もし家畜 Vieh のスペルを間違えて Fie と書いていなかったら、『フォトグラフィー』という単語の最後の音韻フィーと家畜のフィーを間違えることもなかっただろう」という事態の帰結として述べられている。言語規範のシステムから逸脱し、母語の外へ出る運動によってこそ、「その言語の中に潜在しながらまだ誰も見たことのない姿」を解発する作業が可能となるのである。

さらに、ナンシーが母親の母語ドイツ語を学びたいと言った時に教師から批判されて悲しくなり、にもかかわらず母親自身には中国語を学ぶとよいと言われて二重にショックを受けたという章がある[13]。

ナンシーは先生の目の中に敵意といっても言い過ぎではないようなものを見た気がした。動揺し、それから悲しくなった。家に帰って母親に、「もし、あたしがドイツ語ではない外国語を選択したら悲しい？」と訊いてみた。母親は愉快そうに笑って、母親独特の平等感覚をみなぎらせて答えた。「悲しくないわよ、全然。中国語の方がよかったらそうしたら。すごいじゃない、もし、ああいう文字が読めたら。」ナンシーはそれを聞いて自分の部屋にとじこもって泣いた。でも合わせてあったタイマーのおかげで、好きな音楽が鳴り始めたので、気分が晴れた。今から思うとほんの短い時間であったにしても、自分ががっかりして悲しかったのが不思議でならない。いつもは母親の気に入らないことをしようとむしろ努力していたくらいなのだから。

ここで、言語はもはや、抜き差しならない不条理な軋などではなく、むしろ、そのような軋があるとしたら、それをこそ顕在化させ、反転させる契機となりうるものとされる。ベネディクト・アンダーソンが『想像の共同体』（一九八三）で論じたような、ナショナリズムの起源としての「国語」という発想が相対化されるとも言える。それは、複数言語による「言語軋轢」がもたらす、生の可能性の一つとなるのである。

さて、この「言語軋轢」状態において優奈が選んだのは、同時に生起することすべてを記録するために、「出来事一つについて漢字を一つ書くこと」であった。「一つの漢字をトキホグスと、一つの長いストーリーになるわけ」。そこでこのテクストそのものが、おのおの漢字一文字を章題とする断章群として成ることが定位されるのである。しかし、話はそこで終わらない。なぜならば、このテクストの章題は、単なる漢字ではなく、鏡文字になっているからである。この仕掛けに遊び、「トキホグス」のは読者にとっても、ちょっとした楽しみであるが、では、どうして鏡文字なのだろうか。

漢字を理解しない言語使用者が漢字を見た場合、その左右は問題にならないだろう。漢字を鏡文字として置くことは、漢字に関わるエクソフォニーの実践にほかならない。つまり、漢字を母語として見るのではなく、母語の外に出て見ることの実践が、鏡文字としての漢字なのである。それは言い換えれば、表記としての、シニフィアンとしての漢字そのものを注視する、一種の自己言及的な設定である。この思考の先蹤として、中島敦の「狼疾記」や「文字禍」が想起できる。そして延いてはこのテクストの全体も、そのエクソフォニックな漢字を章題とするフラグメントの連鎖という構成を取っている限り、ノンセンス様式としてのエクソフォニーの流儀に従った、小説言語発生の現場そのものを追い続けたものとも言えるかも知れない。しかしもちろんその現場は、可能性と不可能性の両義性にまみれている。結末で優奈は、ボルドーのプールで、暗証番号を忘れ、辞書も奪われて、プールの更衣室に入れなくなって泣き、しかし辞書盗人の女性本人によって更衣室を開けてもらう。暗証番号や辞書は、コードやコード変換という外国語理解の根幹を暗示するものだろう。私たちは、言葉の素晴らしさと、言葉の恐ろしさに充ち満ちた交流する世界の認識へと、この小説を読むことによって引きずり込まれて行くのである。

5 未確定な発展状態における言語

ところで、前述のように、エクソフォニーは言葉の可能性と不可能性の両者に関わる。生産性の高い多和田の、言語的生産性そのものを主軸とした『ボルドーの義兄』から、目を再びリービに転じてみると、彼は『アイデンティティーズ』の中で、中国を旅行して帰国した際、いわゆる「エイリンガル」、つまり、母国語も含めてあらゆる「国語」を失った状態に陥ったことを述べている。[14]

　それだけではなかった。ビルをかざる漢字の羅列も、日本語として読めなくなったが、それらの文字が中国語の文章にもならず、ただ単なる文字の羅列として、ぼくの目に映ってしまったのだ。かといって頭の中には「母国語」の英語も、ひとかけらも浮かばなかった。それは、「言語喪失」とはまた違っていた。言語そのものを喪失したのではなく、あらゆる「国語」を一瞬のうちに喪失したわけだ。

　ここで「国語」とは、規範的な言語、制度的な言語というほどの意味だろう。その結果、普段は何とも思わず使っていた「外苑東通り」という地名が、上が漢語、下が和語の、一種の重箱読みの奇妙な言葉、「究極的なチャンポン言語」として感じられたという。この現象はエクソフォニーにほかならない。この「チャンポン言語」を「トキホグス」ことから物語を作っていけば、もう一つの『ボルドーの義兄』が得られるはずである。しかし、リービ自身は「それほど悪い気分ではなかった」とし、「書くことば」としての日本語への加担で締めくくるのであるが、一般にはこのような現象は、いわば失語状態を招きかねない。ここから折り返して、言葉が通じない状況、言語的・文化的に他者とコミュニケーションできない状態などを問題とすることもできる。事実、多くのリービのテクストには、台湾・日本・中国・アメリカで、どうにも乗り越えられない伝達上の壁にぶちあたる姿が描かれるのである。

他方、多和田も「かかとをなくして」、『容疑者の夜行列車』、『旅をする裸の眼』など多くのテクストで、旅をする不条理を言語的局面から執拗に描き出している。しかし、多和田は鼎談で、「言葉はたのしいんですよ。どんな状況でどんな言葉を習うことになってしまったとしても、基本的には、話をしたり、書いたり、読んだりすることはたのしい。亡命は全然たのしくないでしょう。移住は、たのしい場合もたのしくない場合もあるでしょう。でも言葉は絶対にたのしいんだと思います」と発言している。[15]恐らく、多和田の旺盛な創作活動を支えている基底にあるのはこの思いだろう。特に、国際的な言語文化交流については、常に地政学的な理論軸でしか論じられないのが昨今の流行であり、言葉というもの、文学というものを、あらゆる意味での「たのしさ」からとらえるのはかえって新鮮に感じられると言うべきである。

言葉に旅行をさせること。〈旅行中〉（on travels）という言葉は、鴎外の「普請中」ではないが、未確定な発展状態というほどの意味である。複数言語で文学を考えることは、言葉を

〈旅行中〉の状態に置くことにほかならない。〈旅行中〉の言葉とは、言葉を複数言語的な契機により、意味において固定せず、いつまでも流動させ、変形せしめ、そして組み替えて行くことである。リービの小説では、それは現在と過去とを往還する語りや、日英中各言語の言葉そのものへの注視、そして漢字の異化として結晶する。多和田のテクストでは、日独仏英その他の多彩な言語の分析を伴う、様々な形でのノンセンス様式、そして次々とずれ続けて繋がれる物語の連鎖として実現される。そのテクスチュアリティの中で、リービのアイデンティティとルーツへの眼差しや、多和田のナショナリティやジェンダーをめぐる多様な位相が描かれるということになる。そして、結論としては、越境する文学、エクソフォニーの言語とは、すぐれた文芸テクストにおいて、それぞれの形で、多かれ少なかれ認められるある要素を、複数言語という国際的条件の面から述べたものであること、よい文芸テクストとは、必ずしも複数言語的ではないにしても、それら個々の固有性において、それぞれに越境的でありエクソフォニックであるということ、これである。考えてみれば、言葉というのはいつの時代でも、常に〈旅行中〉なのではないだろうか。

【注】

（1）「作成・著者」と記された「年譜――リービ英雄」による（『星条旗の聞こえない部屋』、一九九二・二、講談社、引用は講談社文芸文庫、二〇〇四・九）。

（2）「多和田葉子自筆年譜」（『ユリイカ』二〇〇四・一二）。

（3）本章で参照したリービ／多和田の主な日本語テクスト（小説・エッセーを中心とする。※印以外は小説・小説集）

○リービ英雄

『星条旗の聞こえない部屋』（一九九二・二、講談社）
『日本語の勝利』（一九九二・一一、講談社）※エッセー集
『天安門』（一九九六・八、講談社）
『アイデンティティーズ』（一九九七・五、講談社）※エッセー集
『最後の国境への旅』（二〇〇〇・八、中央公論新社）※エッセー集
『日本語を書く部屋』（二〇〇一・一、岩波書店）※エッセー集
『ヘンリーたけしレウィツキーの夏の紀行』（二〇〇二・一〇、講談社）
『我的中国』（二〇〇四・一、岩波書店）※エッセー集
『千々にくだけて』（二〇〇五・四、講談社）
『越境の声』（二〇〇七・一一、岩波書店）※エッセー集

『仮の水』（二〇〇八・八、講談社）
『延安　革命聖地への旅』（二〇〇八・八、岩波書店）※エッセー集
○多和田葉子
『三人関係』（一九九二・三、講談社）
『犬婿入り』（一九九三・二、講談社）
『アルファベットの傷口』（一九九三・九、河出書房新社、後に『文字移植』と改題、一九九九・七、河出文庫）
『ゴットハルト鉄道』（一九九六・五、講談社）
『きつね月』（一九九八・二、新書館）
『飛魂』（一九九八・五、講談社）
『ふたくちおとこ』（一九九八・一〇、河出書房新社）
『カタコトのうわごと』（一九九九・五、青土社）※エッセー集
『ヒナギクのお茶の場合』（二〇〇〇・三、新潮社）
『光とゼラチンのライプチッヒ』（二〇〇〇・一二、講談社）
『変身のためのオピウム』（二〇〇一・一〇、講談社）
『球形時間』（二〇〇二・六、新潮社）
『容疑者の夜行列車』（二〇〇二・七、青土社）

『エクソフォニー　母語の外へ出る旅』（二〇〇三・八、岩波書店）※エッセー集
『旅をする裸の眼』（二〇〇四・一二、講談社）
『傘の死体とわたしの妻』（二〇〇六・一〇、思潮社）※詩集
『海に落とした名前』（二〇〇六・一一、新潮社）
『アメリカ　非道の大陸』（二〇〇六・一一、青土社）
『ボルドーの義兄』（二〇〇九・三、講談社）

（4）リービ英雄「ぼくの日本語遍歴」（『日本語を書く部屋』、二〇〇一・一、岩波書店）、13～14ページ。

（5）リービ英雄『星条旗の聞こえない部屋』（一九九二・二、講談社、引用は講談社文芸文庫版より、二〇〇四・九）、55～57ページ。

（6）リービ英雄『ヘンリーたけしレウィツキーの夏の紀行』（二〇〇二・一〇、講談社）、178～179ページ。

（7）多和田葉子「第一部　母語の外へ出る旅」（「1　ダカール　エクソフォニーは常識」、『エクソフォニー――母語の外へ出る旅』、二〇〇三・八、岩波書店）、3ページ。

（8）同、9ページ。

（9）同、「4　パリ　一つの言語は一つの言語ではない」。なおこのツェランの詩は、*Die Niemandrose*（『誰でもない者の薔薇』、一九六三）に収められている»Bei Wein und

Verlorenheit« である。Paul Celan, *Gesammelte Welke I*, 1983, Suhrkamp Verlag 参照。

(10) 同、「第二部　実践編　ドイツ語の冒険」(「10　感じる意味」)、187ページ。

(11) これについては宗宮喜代子『アリスの論理――不思議の国の英語を読む』(二〇〇六・一二、日本放送出版協会・生活人新書) などを参照。

(12) 以下の記述は、『ボルドーの義兄』の書評である中村三春「言葉フリークの乱舞場」(『週刊読書人』二〇〇九・三・一〇) の内容を基にして、これを敷衍したものである。

(13) 多和田葉子『ボルドーの義兄』(二〇〇九・三、講談社)、80～81ページ。

(14) リービ英雄「久しぶりの日本語」(『アイデンティティーズ』、一九九七・五、講談社)、72・73ページ。

(15) 多和田葉子・管啓次郎・野崎歓「言葉を愉しむ悪魔――放浪・翻訳・文学――」(『ユリイカ』二〇〇四・一二)。

7 他者とコミュニケーション——柄谷行人『探究Ⅰ』——

1 原郷回帰の書

柄谷行人の『探究Ⅰ』（一九八六・一二、講談社）は、一般の「語る—聴く」立場に対して、ウィトゲンシュタインが対置した「教える—学ぶ」立場の究明という人口に膾炙した批評から開幕する。「語る—聴く」立場とは、既に同一の言語ゲームを獲得した共同体の内部にある人間同士のやり取りであり、そこには本来の他者も、またコミュニケーションも存在しない。「語る—聴く」とは、対称的な関係である。それに対して「教える—学ぶ」立場とは、外国人や子どもなどに代表される異質な言語ゲームに属するところの、非対称的な他者との間におけるコミュニケーションである。それはクリプキの言う「暗黒の中における跳躍」にほかならない。歴史上ほとんどすべての哲学は、内省という方法を採用し、それを他人にも押し広げる限りにおいて、モノローグ・自己対話・独我論に過ぎず、共同体の外部には到達し得ない。

ただし、ウィトゲンシュタイン、デカルト、マルクス、キルケゴール、バフチンらは、それぞれの領域で非対称的なコミュニケーションに注目した思想家とされ、またヘーゲル、フロイト、ニーチェ、ベイトソン、ドストエフスキー、レヴィナス、ソクラテスらの発想が、これと関係の深いものとして取り上げられる。このような他者論・コミュニケーション論の要点は、冒頭の「第一章　他者とはなにか」においてほぼ概略を述べられ、以後全十二章の各々の章は各思想家に即した展開がなされる。それらの章では、フッサール現象学、『新約聖書』のペテロ、ウィトゲンシュタインの「家族的類似性」の概念、ベイトソンのダブル・バインド、オースティンの言語行為論、デリダのディコンストラクション、数学、囲碁、カントールの「無限」、バフチンの対話、ドストエフスキー『カラマーゾフの兄弟』、ソクラテスのイロニー、その他の広大な裾野へと、論述は横断的に葉脈を延ばして行く。

このうち特に興味深いのは、マルクスの『資本論』における古典経済学批判を論じた「第六章　売る立場」「第七章　蓄積と信用――他者からの逃走――」、およびキリスト教におけるキルケゴールの意味について述べた「第十章　キルケゴールとウィトゲンシュタイン」だろう。商品を「売る―買う」行為が行われる場は、言葉を「教える―学ぶ」場合と同じく異なる共同体の間であり、マルクスが「社会的」と呼んだのはこの場であった。「売る」場において、「買う」こと、つまり商品と貨幣との交換が成り立たなければ、商品は価値を持ちえない。これが「命がけの飛躍」であり、「暗黒の中における跳躍」と等しく、価値は交換が成立した後に、事後的にしか見出されない。また「キリスト教の修練」のキルケゴールは、神でもあり人間でもあって、同時に神でもなく人間でもないような、理解の及ばないキリストという他者を、キリスト教に再導入することを主張した。イエスと弟子との間の関係は、まさに「教える—学ぶ」関係、非対称的な関係にほかならない。

「あとがき」に見られる「あえて一言でいえば、本書は、《他者》あるいは《外部》に関する探究である。それらの簡単な語は、自分自身をふくむこれまでの思考に対する『態度の変更』を意味している」云々という言葉が、『探究Ⅰ』を評する鍵としてしばしば引用される。この「態度の変更」とは恐らく、『隠喩としての建築』（一九八三・三、講談社）や『内省と遡行』（一九八五・五、講談社）において追究された、形式化のパラドックスを論ずる極限的思考に対して、形式化のあらゆる根拠づけの無効を訴える根源的思考への変更の謂だろう。しかし、私の見るところでは、『探究Ⅰ』における柄谷の批評態度は、「マクベス論——意味に憑かれた人間——」（『意味という病』、一九七五・二、河出書房新社）や「『日本文化私観』論」など初期の文芸評論の論法に近いように思われる。それらの課題は、意味・価値を求める人間を根拠づけることの不可能性と、根拠づけを脱した世界が現すところの、無意味的・無価値的な「外部」「現実」としての様相であった。「なぜなら、『これが《現実》なのだ』という思いは、ありそうもないことが現にあるという異和《ママ》感なしにありえないからである」（「『日本文化私観』論」）[1]。かくして『探究Ⅰ』は、柄谷行人における原郷回帰の書にほかならない。

2　他者のジャンル

『探究Ⅰ』は、他者論・コミュニケーション論の原理論である。とはいえ、それは他者との交流やコミュニケーションの技術を語るものではなく、むしろ論述の大半はそれらの理論的な不可能性の追究で占められているといってよい。ただし、理論的に不可能であるコミュニケーションが、事実上は存在していることに対する驚きもまた前提とされている。「むろん、私は、他者（言語ゲームを異にする者）とのコミュニケーションが不可能だといいたいのではない。その逆に、コミュニケーションが合理的には不可能であり基礎づけることができないにもかかわらず、現実にそれがなされている事実性に驚くべきだといいたいだけである」。この理論的不可能性と事実的可能性との背馳の認識こそ、『探究Ⅰ』一編が賭け金とする事柄であり、同時に、それはこのテクストに罅《ひび》を入れる劈開面ともならねばならない。

もっとも、この認識そのものは、全く妥当であるというほかにない。また、このテクストで言及される個々の思想家たちの思想の解釈という次元の論議も、思想史家でもない限りそれほど意味のある事柄ではない。だが、非対称的なコミュニケーションについて柄谷とほぼ同様のテーマを語ったジャン＝フランソワ・リオタールの「争異」に関する著書[2]と比較して、『探究Ⅰ』は、ある種閉鎖的な、それこそ独我論的な印象を与える。リオタールが数々の言説ジャンルを具体的に検証し、他へと回路を開いて行くのに対し、柄谷のテクストはその表面上の横断性にもかかわらず、収斂的に不可能性へと導く求心性を特徴とする。それに触発されて文の連鎖を作らせるテクストと、そこから何も言えずに黙ってしまうしかないテクストとの相違である。この印象を起点として、『探究I』のコミュニケーション論を検討しよう。

言語・数・貨幣などの諸領域に現れる非対称的コミュニケーションを、特に中心となる言語に絞って考える。『探究I』が問題にするのは、言語ゲームを共有しない相手との、非対称的なコミュニケーションである。ひとまず、コミュニケーションという言葉の内実は棚上げにしておこう。言語ゲームを共有しない相手とは、いかなるものか。冒頭の「第一章　他者とはなにか」で、ウィトゲンシュタインの『哲学探究』から引用されるのは、「われわれの言語を理解しない者、たとえば外国人」であり、これに子ども、あるいは精神病者が付け加えられる。「外国人や子供に教えるということは、いいかえれば、共通の規則（コード）をもたない者に教えるということである」と柄谷は述べる。

しかし、微細なことを言えば、外国人・子ども・精神病者が、言語能力的に同列であるとは到底考えられない。「教える」側にとって、外国人は既に外国語のコードを習得し所有していると推定される相手であり、言葉を話さない子どもは言語というカテゴリーそのものが未知であると推定される相手であり、また精神病者は自国語のコードの壊れた状態と推定される相手である。各々の場合において「教える」方法は異なって来ざるをえない。では、動物や宇宙人、あるいは仮に〈何であるのか全く分からない対象〉の場合にはどうだろうか。最後の場合については保留するが、少なくともそれぞれの相手に対して、「教える」過程は同一ではあるまい、とだけは言えるだろう。

ここで、「教える」側は、既に相手を何らかのジャンル（外国人・子ども・精神病者・動物・宇宙人……）に属するものとして推定している。非対称的コミュニケーションの現場では、「教える」側は、まず相手がいかなる他者であるかを「学ぶ」ことをしなければならない。ジャンルを「学ぶ」ことをせずに「教える」ことは想像し難い。その証拠に、ウィトゲンシュタインも柄谷も、外国人・子ども・精神病者などのジャンルを無根拠に前提としている。その意味で「教える」ことは「学ぶ」ことである。相手の属するジャンルを「学ぶ」ことができない場合、「教える」行為は適切さを欠き、多くの場合には失敗するに違いない。

ちなみに、「売る―買う」場合でも同じである。値踏み（価格の見積もり）は、言語コミュニケーションの場合と同じく循環的相互過程である。相手に「買う」意志があるか否かを確かめずに、「売る」ことはできない。要するに、他者は一種類ではなく、「教える―学ぶ」過程は他者に応じて相互的にしか実現しない。もちろん、自分が相手のジャンルを「学ぶ」場合にも、「教える」前には「学ぶ」ことの可能性は決して分からない。従ってここにも確かに「跳躍」はあるのだが、それは何の予断もなしにではなく、「暗黒」を手探りしてからする「跳躍」なのである。そもそも、真っ暗闇でいきなり跳んだり跳ねたりすることは、あまり一般的とは言えない。

3　何であるのか全く分からない対象

ところで、このような外国人・子ども・精神病者というジャンルは、どこから出てきたのか。それは、ウィトゲンシュタインまたは柄谷の言語ゲームからである、というほかにない。しかし、それは〈何であるのか全く分からない対象〉の代理として、その便宜上の例として挙げられたと推測することもできよう。また作業仮説として、コミュニケーションの過程は〈何であるのか全く分からない対象〉から出発すると仮想することもできるだろう。だが、「教える」行為は、その対象が既知の何物に似ているかを「家族的類似性」によって判断すること、つまり対象の属するジャンルを自己の言語ゲーム内部において推定することからしか行われない。これこそが、ジャンルを「学ぶ」ことにほかならない。

定義上、「跳躍」があろうとなかろうと、自己の言語ゲームから外に出ることは出来ない。なぜなら、異なる言語ゲームを取り入れた場合、今度はその外周が自己の言語ゲームの境界となるからである。とすれば、純粋に〈何であるのか全く分からない対象〉は、語ることができない。便宜上であれ比喩であれ、語られてしまえばその対象は言語ゲーム内に位置を占めるのである。このように〈何であるのか全く分からない対象〉を念頭に置くことによって、「教える—学ぶ」ことは、コードを共有しない言語（未知の言語）を対象とした根元的解釈の局面を含むことが理解できる。一方、『探究Ⅰ』では、根元的解釈に関しては、そのあらゆる根拠づけが否定される。ただし、根元的解釈の理論ではなく、その実践においては、必ずしも根拠づけは必要とされない。むしろ、実践が可能であるならば根元的解釈の純理論は不要なものとなる。

デイヴィドソンによれば、翻訳不可能な真理という概念は成り立たない(3)。既知の言語における真理条件（タルスキの規約T）(4)を相手の文に割り振ることによって近似値を手に入れ、これを漸進的に最適化することによってのみ、根元的解釈は可能である。根拠づけとなる先行理論は不要であり、近似値を変形させる通過理論があればよいとデイヴィドソンは言う。柄谷は「翻訳のパラドックス」に触れて次のように根元的解釈の理論的有効性を否定している。

翻訳が不可能であると言うためには、翻訳が可能でなければならない。そうでないと、不可能であるということさえ言えませんから。ちがった〈言語ゲーム〉が翻訳しえないとすれば、まさにそれが翻訳可能だからですね。しかし、こういうパラドックスは、実際のコミュニケーションにおいてなされている『命がけの飛躍』を、理論的に見るときに生じるものにすぎません。(5)

確かに、通過理論は「学ぶ」過程である。従ってそれも「跳躍」を孕んでいることに変わりはない。〈何であるのか全く分からない対象〉が、いかようなりとも〈分かる対象〉となる瞬間に、「跳躍」は必ず介在する。だが、それは特に根拠づけを必要とするわけではない。相手を理解しようとする際に自己の言語から出発するほかにないのと同じく、相手に言語を「教える」際にも、自己の言語から出発する以外にない、というだけである。

4 コミュニケーションの隘路

『探究I』の主張する理論的根拠づけの不可能性と「跳躍」の存在の指摘の重要性は、現在でも何ら変わりはない。むしろ、このような原理論的な問題を素通りしては、コミュニケーションにまつわるいかなる理論も説得力を持たないだろう。しかし、この指摘の次元で停滞することもまたできまい。ここにのみ拘泥するのでは、コミュニケーションに関する言説を封印することになりかねない。次の課題は、コミュニケーションという発想そのものを変更することにあるのではなかろうか。

異なる二者間における同一の情報の転写や対応という形におけるコミュニケーション観では、もはや不十分である。タルスキの規約Tもまた、真理の整合説や対応説とは異なる、いわゆる意味論的な観点を示していた。むしろ、情報内容の同一ではなく、情報行為のすり合わせ、すなわち異なる言語ゲームの間における（便宜・比喩・翻訳・類推、その他多種多様な架橋に基づく）「家族的類似性」に従う調整という関係論によって、新たなコミュニケーション観は示されるだろう。それはまた、争異が生ずる不可逆的な時間の地平においてなされるほかにない。(6)『探究Ⅰ』は、そこから触発された文の連鎖を待っている。

【注】

（1）関井光男編『坂口安吾の世界』（一九七六・四、冬樹社）。

（2）ジャン＝フランソワ・リオタール『文の抗争』（陸井四郎・外山和子・小野康男・森田亜紀訳、一九八九・六、法政大学出版局）。

（3）ドナルド・ディヴィドソン「根元的解釈」（金子洋之訳、『真理と解釈』、一九九一・五、勁草書房）、同「概念枠という考えそのものについて」（植木哲也訳、同）。

（4）アルフレッド・タルスキ「真理の意味論的観点と意味論の基礎」（飯田隆訳、坂本百大編『現代哲学基本論文集』Ⅱ、一九八七・七、勁草書房）。規約Tは、「Xが真であるのは、pときまたそのときに限る」（pは任意の文、Xはこの文の名前）の形の同値式である。

（5）木村敏との対談「〈他者〉そして〈言語ゲーム〉の共有」（『ダイアローグ』Ⅲ、一九八七・一、第三文明社)。

(6) 中村三春「『隠喩としての建築』——不可逆性とメタファー——」(『國文學解釈と教材の研究』一九八九・一〇)。

第III部

〈変異〉のための十章

第Ⅲ部では、主要なトピックごとに、現代小説における〈変異〉のポイントを、個々のテクストのより平易な概説に即して取り上げる。

1　レズビアン◎谷崎潤一郎『卍』／松浦理英子『ナチュラル・ウーマン』

『卍』（「改造」一九二八・三〜一九三〇・四断続連載、一九三一・四、改造社刊）は谷崎潤一郎の代表作の一つである。弁護士の夫を持つ柿内園子は、女子技芸学校で知り合った徳光光子を絵のモデルにしているうち互いに愛し合うようになる。夫の目を避けて情交に耽るが、そのうち光子に綿貫栄次郎という恋人のあることが分かる。園子は光子と絶交し夫との生活に戻ろうとするが、堕胎に失敗したと駆け込んできた光子の芝居によってよりをもどす。しかし今度は園子は、綿貫が作成した光子・園子・綿貫の三者関係に関わる誓約書にサインをさせられ、これを綿貫が柿内に示したことから柿内の知るところとなる。光子の言によれば綿貫は「無能者」（性的不能者）であり、彼女はその異常な執着から逃れようとしたという。だが園子と光子との狂言まがいの服毒の介抱の際に光子と関係を持った柿内もまた光子に入れあげ、三人で嫉妬と猜疑に満ちた愛憎の世界に浸るが、事件は新聞の報じるところとなり、結末、三人は死ぬために薬を飲み、柿内と光子は死に、園子のみ後に残される。

『卍』は周知のように、園子の大阪弁の語りによって「先生」に対して語られるところに大きな特徴のある小説である。園子以外の人物の内心は、各々どこか謀略的である人物群のキャラクターによって、どこまでが真実であるか定かではない。それどころか園子自身の内心が、園子の語りによって純粋に呈示されたと考えるのも単純に過ぎる。この物語で誰が何を考え、何が行われたかの真相については、それを完全に読み取ろうとしても限界がある。ただし、光子に代表されるような関係の術策が、レズビアン・セックスなどのセクシュアリティに対する社会的な感覚に関わることは明白である。

園子と光子は学校で同性愛の疑いを持たれたために校長や母親に詰問され、そして実際に関係を結ぶ。また園子の夫柿内もその他の関係者も、二人がレズビアンか否かを糾明しようとする。女性同性愛が社会的な禁忌であることは彼らの反応から明らかである。光子の縁談がそのために壊れ、柿内が当初激しく園子を追及したことから、このレズビアン・タブーが家父長制的秩序と関係することが推測できる。なお、光子も園子も、ホモだけでなくヘテロの関係をも結んでいるから、厳密には彼女らはバイセクシュアルである。

家父長制は男権の下に再生産のプロセスを支配するメカニズムであるから、女性が性的に男性の支配下に入らないレズビアンは、家父長制にとって不利益をもたらす。女を愛する女が生理的に嫌悪されるという場合でも、その〝生理的〟の奥底には秩序の規矩が存在する実態を、確かにこのテクストは取り上げている。そして、性的不能者とされ、ストーカーまがいの異様な執着を女性に対して示す綿貫もまた、「男女」とか「女男」と呼ばれ、つまりは家父長制的なジェンダーの秩序に抵触する変態として他から見なされ、また自らもそのように振る舞う人物として登場するのである。

この観点からすれば、綿貫の異様な誓約書は、ある意味では婚姻届のグロテスクなパロディとも見られる。男女が互いの自由を相互的に制約する契約を結ぶ婚姻と、綿貫の誓約書の精神とはどこか似通っている。すると逆に綿貫のストーカー行為ですら、特に異常ではなく、ありうべきセクシュアリティの一つの形態とも言えるだろう。しかも弁護士である柿内が姦通とも重婚ともとれる三者関係に自らを投げ込んで行く条りからは、欲望が最終的には決して社会的規範によって拘束されえないという真実が露出する。

ただし、『卍』はレズビアニズムに収斂する物語でもなく、またセクシュアリティに収斂する物語ですらないだろう。このテクストにおけるセクシュアリティの多様な攪乱は、物語が語りを起動し、維持するための便法であったとも言える。確かに社会の法＝制度が欲望を畢竟規制しえない実態は露呈される。けれども、それはアブノーマルとされたものが物語の差異化に貢献しうる限りにおいて導入されたのであって、法＝制度の根源にまで下りて揺り動かす強度は持たず、その存続はほぼ不動の前提なのである。

＊

松浦理英子の単行本『ナチュラル・ウーマン』（一九八七・二、トレヴィル）は、①「いちばん長い午後」（『文藝』一九八五・五）、②「微熱休暇」（同一一）、③「ナチュラル・ウーマン」（書き下ろし）の三編から成る。連作であり、出来事としては③、①、②の順序で展開する。③は「私」と花世との関係を描く。サークルで知り合った花世と「私」は愛し合うようになるが、いつも花世が主導権を握っている。漫画の作品集を二人で出し、サイン会まで行うが、その頃から二人はうまくいかなくなり、別れる。①は国際線スチュワーデスの夕記子との話。既に交際は末期症状を呈している。アパートの一階の喫茶店で偶然、花世がウェイトレスとして働いていて、昔話をする。アルバイト仲間だった由梨子に「私」が惹かれているのを知り、夕記子は「私」が由梨子と会いに行くのを妨げて戯れる。②では、「私」は由梨子と海岸に旅行に行く。由梨子には何を食べてもまずそうにしか見えないという欠点があり、そのため男にもてないという。「あなたとやりたい」と告げると「いいわよ」と由梨子は言うが、結局一線を越えない。夜、旅館の調理師に蛸をもらって二人は食べる。

『卍』がレズビアニズムに対する社会的な差別の目を内在した小説であるのに対して、『ナチュラル・ウーマン』では、ほとんど彼女たちの社会以外の他者の目は問題とされない。この小説は専ら、女同士の恋愛のなりゆきとかけひき、からだを弄び弄ばれる快楽と苦痛のやりとりを、一種詩的なまでに緊張感のある清澄な文章によって描き出している。ここにはレズビアンが可か否か、倒錯か否かなどの制度的な言説はもはや全く存在しない。

セクシュアリティは自由であり、それが倒錯と言われるのは、何らかの社会的な規範意識の結果でしかない。『卍』や『禁色』がそのような規範と（厳しく、または緩やかに）対置してホモセクシュアルを扱い、その結果ホモセクシュアルは制度に対するもう一つの制度として描かれている。それに対し、『ナチュラル・ウーマン』ではレズビアンは制度ではなく事実であり、もはや恋愛のパターンとして確立された一領域にほかならない。このことは、婚姻や出産などにまつわる家父長制的な性の二重規範、もしくは性別分業観から、この小説がいかに自由な地点に来ているかを示している。

もっとも、ヘテロとの対照においてホモセクシュアルのあり方が語られるところはある。それは快感の部位についてである。多くの男を受け入れた自分の性器を、花世は「手が腐るわよ」と言い、一方、「私」は全く男を受け入れたことがない。花世は「入れてもいいけど」という「私」の言葉に対して、「馬鹿ね。男と女ごっこをやるつもり」とたしなめ、それから二人は主として肛門を用いる。その結果、共に「完璧な歓び」が得られ、「多分私たちは私たちに適った性行為を発見したのだ。もう何も気にかかることはない」と語られる。

従って肛門はヘテロと対置されたレズビアニズムが局在化された部位となるわけだが、しかし、それは単なる対置の水準にとどまらない。この発見は花世との恋愛の記憶となり、そのため後に夕記子との間では、肛門が禁止の対象となる。そして夕記子との仲が終わりに差し掛かった頃、夕記子はまず掃除機の短刀型のパーツで、それから指で、その禁止の部位を攻め、それは「私」を夢中にさせる。恋愛とは記憶の更新である。『ナチュラル・ウーマン』連作の奇妙な時間的配列は、この単純な公理のために捧げられているのである。

　脱性器的セクシュアリティについて語った『優しい去勢のために』（一九九四・九、筑摩書房）にも、肛門に集中する熱情について書かれていた。「何故ならば、〈性器〉は、genderを指定する記号であり生殖という大事業を全うするための仕掛けであり、実用性の方が〈過剰〉性よりも優る野暮なメイン・ストリートでしかないからだ。肛門を凌駕する力などあるはずもない」。レズビアンが対峙の形を超えてそれ自体の価値において描かれたとき、こうして肛門が前面に出されることの理由が明らかとなる。

　ただし、いかなる恋愛であれ、恋愛の錯雑や終末への成り行きもまた避けがたい。花世・夕記子との関係は、この自然な成り行きをたどった。その点、由梨子との仲が、取りあえず肉体関係を伴わない段階で宙吊りにされたこと、また「微熱休暇」の結末で、「うちの息子の嫁に来ない？」などと冗談を言う調理師が登場し、（蛸を）〝食う〟という生活の場面が点描されたのは示唆的である。月経血で真っ赤に染まったり、火がついた煙草を肛門に突き立てたり、の繰り返しが鮮烈な『ナチュラル・ウーマン』の表現に、いっそうピュアな根底を与えているのは、肛門をもいかなる肉体部位をも超えた関係への志向であり、そのセクシュアリティを受け止める何らかの日常への志向ではないか？

2 セクシュアリティ◎大江健三郎「セヴンティーン」／三島由紀夫『禁色』

内向的で自瀆にばかり耽っていた大江健三郎「セヴンティーン」（『文學界』一九六一・一）の「おれ」は、家庭でも学校でも爪弾きにされていたが、逆木原国彦の主宰する右翼団体・皇道派に所属してから、言動・行動ともに自信に満ち、安保国会の反左翼闘争で活躍する。続編「政治少年死す（セヴンティーン第二部）」（同一九六一・二）で、「おれ」は引き続き国会や広島平和記念日の闘争に参加し、皇道派を批判した進歩派作家・南原を脅し、派の方針が生温いと出奔した安西繁に共鳴して派を飛び出し、演説会場で左翼党派の委員長を刺殺、少年鑑別所でオルガスムのうちに縊死して果てる。

〝セヴンティーン〟とはここで、幼少年期の自閉的環境から、外界との活発な交渉関係の中に突入する境界線の年齢を意味するかのようである。事実、「おれが幸福な子供だったとき」という語句が本文中には見られる。オルガスムとは、このような「幸福」がかりそめに現在において顕現する瞬間にほかならない。「ああ、生きているあいだいつもオルガスムだったらどんなに幸福だろう」。このようにして誕生日に「おれ」は自瀆するのだが、勿論、現実には永続するオルガスムなどありはしない。現在の「おれ」は家では父・母・兄・姉らと角突き合わせ、学校では学力でも体力でも落ち零れ、体育の競走で落伍しかかった挙げ句、意中の杉恵美子嬢らの目前で小便をもらしてしまう。オルガスム＝射精はこのような現実を一挙に無化し、失われた「幸福」を再現前させる秘儀であった。

オルガスム＝射精が「おれ」にとっての「幸福」の実現度を示す目盛りであるとすれば、彼の行動はすべてオルガスムの獲得に捧げられたと言ってもよい。「おれ」の目標は実際には他者との集団関係における自己への評価なのだが、このようなオルガスム追求の仕方は、基本的に他者の存在しない性行為にほかならない。従って、「おれ」のセクシュアリティのあり方は、むしろオートエロティシズム（自己愛）的、もしくはナルシシズム的なものとなる。だから彼の性的活動は、ヘテロでもホモでもバイでもなく、もはや男女性の区別を必要としない、自己関係の恋愛に過ぎないと言わなければならない。

皇道派党員として成功した「おれ」は、逆木原に金を貰ってトルコ風呂に行き、若い娘の前で「もの凄く勃起した」。「おれは一生、オルガスムだろう、おれの体、おれの心、それら全体も勃起しつづけるだろう」と考え、杉恵美子にあてて書いた詩の一節を思い出し、射精して自分が「天皇陛下の子」であることを実感する。天皇はここで一切のコンプレックスを解消しうる象徴的中心となり、オルガスムを懇望する「おれ」のセクシュアリティは、天皇という言葉によって一挙に開花する。ここでセクシュアリティは、徹頭徹尾、思弁の中で自己完結する観念の操作にほかならない。

この連作は従って、永続するオルガスム実現の実感、およびそれと表裏をなす天皇への帰依感を獲得するに至った第一部の結末までで、基本的には完結している。第二部はそれに具体的な事実を肉付けしたに過ぎず、第一部の反復と見なしうる。結末、鑑別所で自殺した「おれ」が、オルガスムと精液の匂いにまみれていたことはその証である。右翼活動はオルガスムの道具でしかない。この小説ではそのようなオートエロティシズムを、一人称の語り口が相補的に強化しているのである。

＊

三島由紀夫の『禁色』は第一部が『群像』(一九五一・一～一〇)に連載され、新潮社から刊行(同・一一)され、第二部はもと「秘楽《ひぎょう》」と題されて『文學界』(一九五二・八～一九五三・八)に連載、同じく新潮社から刊行(同・九)された。老作家・檜俊輔は、三度の結婚に失敗し、特に最後の妻が淫乱で男と情死を遂げたことから女嫌いとなり、かつて自分を美人局に遭わせた鏑木夫人、自分を愛さなかった穂高恭子や若い康子らに復讐を遂げようとする。同性愛者で決して女性を愛さない南悠一と康子を結婚させ、その上で鏑木夫人、恭子を誘惑させ、悠一をだしにして恭子を犯す。悠一は喫茶店ルドンを足場に男色の遍歴を続け、その相手には鏑木や河田らの実業家も含まれる。悠一の性癖は家族に露見しそうになるが、何とかそれを切り抜ける。結末、俊輔は自ら「檜俊輔論」を書いた後、悠一の目前で睡眠薬自殺を遂げ、巨額の遺産を悠一に残す。

『禁色』、あるいは一般に三島といえば男性同性愛の表現において有名である。『仮面の告白』（一九四九・七、河出書房）と『禁色』がその双璧であって、この二作はある意味では後者が前者の発展形態であり、またある意味では好一対の対照的なテクストとも言うことができる。すなわち、『仮面の告白』が、語り手兼主人公がホモセクシュアルの自覚に悩み、ヘテロとホモのメビウスの輪的な葛藤を、「告白」のテクスト的機略として錯綜せしめた物語であるのに対して、『禁色』はいわばそれよりもずっと後の問題を取り上げている。まず悠一やその周辺の男色家には、当初の悠一を除けば、ホモセクシュアルであることは確定的な事実であり、もはやそれ自体は何ら悩みではない。同じく、『仮面の告白』の人物は、ホモセクシュアルであるがゆえに女との結婚を拒絶するのに対して、『禁色』では登場人物の多くが既婚者である。ホモであれヘテロであれ、既婚者の欲望充足の運動が、物語を結束させ、人物を関係づける力となっている。

また前者が錯雑してはいても「告白」という抑圧の程度が高いテクスチュアリティを実現した、凝集力に秀でたテクストであるのに対して、後者はむしろ多数の人物が次々と登場し、その人物を事件に巻き込む檜や悠一のキャラクターと、それを生成する語り手の融通無碍な展開力にこそ特徴がある。このような対比を端緒として、『禁色』のスタイルに迫ることができる。『禁色』は、『仮面の告白』のメビウスの輪が、いわば社会的に全面化された世界にほかならない。

『禁色』において、ヘテロセクシュアルが制度的秩序を形作る社会に対して、男性ホモセクシュアルは明確にマイノリティとされ、このマイノリティは表の社会に対して厳然とした裏の社会を構築している。彼らはまさに地下生活者である。裏の社会への扉である喫茶店ルドンも、本質はゲイ喫茶でありながら、それ以外の人間をも客として入れる。社会はヘテロとホモとの二面を持っているのだ。このような局面から、この小説をホモセクシュアルの回路を用いた一種の社会批判の書として理解することもできなくはない。

しかし、悠一・鏑木・河田らは、決して裏の社会を表へと露出させはしない。彼らはいずれも、表向きヘテロであることを装い、制度の側で相当の社会的地位に就き、そして裏社会における自分たちの関係を隠し通そうとする。秘密の社会を作り、そこで秘密の関係を結ぶことが、彼らにはむしろ妙味なのだ。

このような隠匿された仕方によっては、裏社会が表へと何らかの批判的働きかけを行うことはできない。これはヘテロとホモとの二つの領域が決して交わることができず、にもかかわらず同じ社会に同居している事態を、その事態そのものとして呈示する小説である。しかも、ここで恋愛は快楽の技術とほぼ同義である。悠一は女を愛さず、男も基本的には快楽の媒体としてしか愛さない。その他の男色家たちも同様で、ただ檜だけが、快楽ではない美の理論によって悠一を愛する。もっとも、それにしても美であって愛ではない。

これをセクシュアリティのあり方において『セヴンティーン』と対照するとどうか。「おれ」が天皇崇拝という思弁の内側に自らを監禁してオートエロティックなオルガスムを得るのに対して、『禁色』の悠一らは現世のヘテロ優位の社会に同化しつつ、セクシュアリティの裏表を巧みに使い分け、ホモセクシュアルの快楽を得ている。一方は閉鎖的・求心的であり、他方は同化的・拡散的である。ほぼ対照的だが、『セヴンティーン』はそうした「おれ」の閉塞状況を一人称の語りによって呈示することにより、また『禁色』は檜の繰り出す数々のラクロ的策謀と、それを逸脱して戯れる悠一らのアクション、そしてその錯綜する人物関係を織り上げる語りの強靭さによって、各々、現代人のセクシュアリティのありかを、社会との繋がりの中で描き切ったテクストと見なすことができるだろう。

3　ポリセクシュアル◎松浦理英子『セバスチャン』

松浦理英子の長編小説『セバスチャン』（初出『文學界』一九八一・二、単行本一九八一・八、文藝春秋）の主人公・浅淵麻希子は、大学を中退し、友人・峯律子が準スタッフとして勤める雑誌などにイラストを描いて生活している。律子は同性愛者を自認していて、清水流民子《るみ》という女を恋の対象としている。麻希子の方は、学生時代からの友人・佐久間背理《せり》に対して、相手に絶対服従しなければやまない感情を抱いている。それは「主人と奴隷ごっこ」と呼ばれていた。そんな日々に、フローズンという名のバンドのギタリストだった、足の不自由な政本工也という十九歳の少年が入り込んでくる。この小説は、主にこの四人をめぐり、女と女、女と男との関係を扱って、緩やかに交錯し、転調を繰り返すような構造となっている。「主人と奴隷ごっこ」について、律子との間で、麻希子は次のような会話を交わす。

「つまり、あなたにとって世界とは佐久間背理なんでしょう？」
「そう。あと若干体の一部みたいに思っている人がいるけど。」

「で、どうして寝ないの？　肉体的欲望は感じないの？」

「感じないわね。性欲ということなら誰にも感じないわ。背理のことと肉欲とは全く別なの。もちろん快楽は好きだけど、必ずしも相方を必要とするわけじゃないし。」

「不自然ね。同性愛者でもなく不感症でもなく。単に性的に未熟ってことかしら。」

「ひどいことを言う。」

「嘘をついてるんじゃないとすれば、あなたは育ちぞこないよ。いびつよ。」

事ごとに背理は麻希子を邪険にし、いじめるような態度をとる。決して自分からは電話をかけて来ず、かけると「ところで何の用？　遊んでほしいの？　迷惑ね」というような剣突を食らわされたり、海岸を共に歩いていて「何事かと思ったら素早く足払いをかけて」ずぶ濡れにされたり、口紅と香水入りのジンジャーエールを飲まされたり、麻希子はそのような虐待めいた仕打ちとともに、その合間にかいま見せる、背理の自分に対してのかすかな愛情を悦ぶという形でしか、背理との親密な関係を構築できない。

一方、背理は麻希子にだけでなく、誰に対しても疎遠な態度で接している。背理は、医者である父親をスノッブのブルジョワジーとして嫌っていて、また、「うちに出入りする連中の中に、ホモでロリータ・コンプレックスの大学生がいてね。そいつが十二歳の私を物置に連れ込んで抱いたの。結婚してくれとか言いながら。肉体関係は二年ほど続いたわ」というような体験が背理の過去にある。そんな背理に対して、「一人の人間にこうまで左右されていいものだろうかと反省してはみるものの」というほど、麻希子は惑溺しているのである。（なお、「若干体の一部みたいに思っている人」とは、後のところで律子のことだと述べられている。）

また、「性欲ということなら誰にも感じないわ」という通り、女ばかりでなく男を相手にしても、麻希子は肉体的欲望とは無縁である。「私の体のある部分を指して生殖器だと言う人になら、誰であろうとその生殖器とやらを自由にさせてあげるわよ。ただしそれは私には関係ないことよ」という麻希子にとっては、肉体（生殖器）を介した直接的接触という意味でのセクシュアリティは必要がない。律子と工也は麻希子を挑発するかのように隣のベッドで戯れても、麻希子は一人で熟睡できたという。かくして、ホモセクシュアルであり、マゾヒストであり、かつ、性器性交を否定するセクシュアリティの持ち主、それが麻希子である。「単に性的に未熟」という律子の言葉は、このようなポリセクシュアルのあり方に対して付与された近似値的な呼称にほかならない。つまり、それは単に律子の概念枠における「未熟」に過ぎないのである。

このように、一般の「ノーマル」なる尺度（一般という概念枠における）に照らせば、二重三重にアブノーマルなセクシュアリティが、ここには表現されている。この小説はまず、このようなセクシュアリティのあり方そのものを、輪郭鮮やかに描き出していると言うべきだろう。『ナチュラル・ウーマン』（一九八七・二、トレヴィル）や『優しい去勢のために』（一九九四・九、筑摩書房）などでストレートに、『親指Pの修業時代』（一九九三・一一、河出書房新社）では極度に異化されて呈示されたのと同様のメッセージが、『セバスチャン』においては先取りされているのである。

ただし、それら後続のいわゆる扇情《センセーショナル》的なテクストにおいても、その扇情性にかき消されてしまいやすい、より深切なストーリーラインを、『セバスチャン』においても既に取り出すことができる。彼女らと彼との関係のあり方は、親密度が増せば増すほど、次第に変調を来すようになってゆく。工也とも親密になった麻希子は、自分のイラストの仕事が認められ、画集を刊行する企画が提案された折、工也も料理学校に通うという話を聞き、さらに背理についても、勤めたり結婚したりすれば関係が途切れるのではないかと危惧する。

工也と背理を天秤にかけようとしたことに気がついて麻希子ははっとした。もう少しでそうするところだった。そんなことをすれば二人とも失ってしまう。工也のことと背理のことは同じ次元では考えられないはずだった。

ホモセクシュアル＝マゾヒスト＝脱性器性愛者としての麻希子としては、ホモとヘテロ各々の関係が「同じ次元」になることはあり得なかったはずである。だが、作中内現実の具体的な関係の進展の中では、この起こり得ない「はず」のことが起こってしまう。そして、転調は突然、破調となる。

決して自分から電話を寄越さない「はず」の背理から電話があり、背理の妊娠の報せと、借金の申し込みを聞き、「天秤」のバランスを失った麻希子は、「私はあなたに夢中よ」と告げて、工也との肉体関係を結ぼうとする。しかも、勃起しない工也の願いにより、ベルトで工也の体を打つはめになる。そのことに憤慨し、「空々しい気持で工也の股間を見遣った麻希子は、持てる力を誇示したペニスの先端が湿っているのに気がついた」。「純粋な嫌悪感」を覚えた麻希子は、工也を突き飛ばす。この「嫌悪感」は、ヘテロセクシュアル＝サディスト＝性器性愛という、自分とは異なる傾向の真似事をしたこと、それ自体に起因するものとも説明できるだろう。

そして背理に二万円を渡した麻希子は、「父親は他の大学の四年生なの。年は上だけどね。わりといい人間よ」などという背理の言葉を聞いて、「三年間あれほどの思いを寄せていた背理が、非常に遠い人間のように思われ」、そして物語は結末を迎える。


「もし私があなたにしたことが悪いことだったのなら謝るわ。だけどあなたがいてくれてよかったと思っているのよ。私は生きて行くことが好きだし、あなたも好きだったわ。」

いつの間にか頬が濡れていた。そうと気づくと本格的に涙があふれ出して来た。こらえようとも隠そうともせず、不安げに見守っている背理の前で麻希子は泣いた。

背理の言葉は麻希子にとって、言葉とは裏腹に痛烈に残酷に響いたに違いない。麻希子は本来、背理が麻希子に「悪いこと」ばかりしてくれて、露骨に「好きだ」とは言わないからこそ、しかしまた同時に、にもかかわらずどこかで「好きだ」と思ってくれているという確信ならざる思いがあったからこそ、背理との繋がりを確保しえていたのである。麻希子の愛の形からすれば、誰とも本心から親密な関係を結ばない背理から、突き放され、また突き放される仕方で結ばれている状態が大事であったのである。だから、背理が男なるものを褒めたり、麻希子に感謝や陳謝をすることは、単に背理が麻希子との関係から下りることを決定的に麻希子に痛感させること以外ではない。背理は心から詫びたのかも知れないが、心からの詫びなど、むしろ麻希子にとっては、これまでの背理に対する愛のすべてを瓦解せしめるだけのものでしかなかったのだ。

どんな関係であっても、もちろんホモセクシュアルやマゾヒズムであっても、わずかな「天秤」の傾きで人と人との絆は急速に切断される。『ナチュラル・ウーマン』連作でもそうであった。ただし、むしろ『セバスチャン』においては、背理の妊娠とヘテロセクシュアルへの逸脱によって、バランスの危うさは強調されていると言うべきである。だから、表面の（セクシュアリティにまつわる）意匠はともかくとして、この小説は、きわめて悲しい、悲劇的な、恋愛小説なのである。

4　パロディ◎高橋源一郎『優雅で感傷的な日本野球』

高橋源一郎『優雅で感傷的な日本野球』（一九八八・三、河出書房新社）の初出は、『文藝』（一九八五・一一～一九八七・八）であり、これを大幅に改稿したものである。

この小説の全体は、七章から成る。「Ⅰ　偽ルナールの野球博物誌」では、野球に関する文章の筆写を日課とする男が、ある少年に大学ノートに記した断片「テキサス・ガンマンズ対アングリー・ハングリー・インディアンズ」を読んで聞かせる。「Ⅱ　ライプニッツに倣いて」は、スランプに陥ったエース・ピッチャーの精神科医との問答。「Ⅲ　センチメンタル・ベースボール・ジャーニー」は、野球狂の伯父から無理に野球のことを教えられるあの少年の話。「Ⅳ　日本野球創世綺譚」は、野球の話をするのが好きな患者「監督さん」の独演会。「Ⅴ　鼻紙からの生還」は、「テキサス・ガンマンズ対アングリー・ハングリー・インディアンズ」の最後の章。試合は九十八回の裏を迎えている。「Ⅵ　愛のスタジアム」は試合前のスタンドとフィールドでの会話。「Ⅶ　日本野球の行方」は、阪神ファンの劇作家が語る、一九八五年マジック１に迫った日に優勝に脅えて集団失踪した阪神タイガースの選手たちの末路。以上、各章における虚実のレヴェルは千々に入り乱れている。

　このテクストは、野球と関連づけられた挿話を集積し、引用とパロディを駆使した言葉のモンタージュである。だが、七つの章は一見個々ばらばらの断片群でありながら、極めて錯綜した勝利の方程式によって、全体として回路を結んでいる。

　すなわち、冒頭I章で野球に関する記述を本から書き写すことを仕事とする語り手ランディ・バースは、リッチー・ゲイルの店で訪ねて来た少年に、図書館で見つけた「テキサス・ガンマンズ対アングリー・ハングリー・インディアンズ」の断片を教えるのだが、バースがこのような仕事に至った理由は、劇作家が結末VII章で語る、一九八五年に優勝の直前に失踪した阪神タイガースの選手たちの末路において明かされる。「かれは阪神タイガースを退団すると、図書館通いを始めたんだ。野球について書かれた文章を集めるためさ」。この〈バース系列《セリー》〉こそ、このテクストの構築方法そのものを透視せしめるものと言わなければなるまい。

　差し当たりこの〈バース系列〉を最大のフレームとし、その枠内にその他のエピソード群が配列されていると見ることができる。たとえば、あの少年がバースらを訪ねた理由はIII章で述べられ、その少年が長じてピッチャーとなり、野球に嵌まり過ぎてスランプとなった有り様はII章で語られ、I章で少年が聴いた例の「テキサス」断片は、V章でその結末が示される。またVII章で精神病院に収容されたという吉田義男監督は、IV章で神話のパロディを擬した口調で壮大なほら話を語り続ける患者「監督さん」であり、その「監督さん」の話に出てくる挿話はVI章の内容を先発予告している、という調子である。

　このような紡ぎの糸の継投策は、何を生むのか。

(1) 野球における言語論的転回——〈野球＝言語〉の確立

　このテクストの置かれた時代は、もはや野球が死に絶えた時代である。バースは野球が死語となったこの時代に、言葉の収集によって野球を復元しようとする。しかも、実のところその〈バース系列〉じたいが、阪神ファンの劇作家の虚構（?）によって生み出された言葉に過ぎない。その他、ノイローゼのピッチャーの野球に対する偏執、どこかいい加減な伯父の野球論、「監督さん」（精神病患者）による奇想天外な野球神話など、テクストを構成するあらゆる内容が同断である。つまり、野球は言葉であり、言葉以外に野球などというものはない。本当の野球、真の日本野球を探す旅は、言葉の探求、言葉を探し、切り取って、貼りつけるモンタージュによってのみ可能となる。野球における実体論からの訣別。〈野球＝言語〉、あるいは〈言語＝野球〉の確立。それこそが、このテクストのルールにほかならない。それはいわば究極の、純粋にＩＤのみの、ＩＤ野球なのである。

(2) テクストと野球――すべては野球であり、どこにも野球はない

言語探索者バースは一見それとは無関係なカフカ、ルナール、ホイットマンにも野球を見出し、大半が失われ、痴話喧嘩と乱痴気騒ぎしか残っていない「テキサス」断片からも、その試合のスターティング・オーダーを推論することができる。彼にとって、野球とはすべての事象に浸透し尽くしている遍在的な存在なのだ。なぜならば、〝テクストの外部には何もない〟とすれば、すべては〈野球＝言語〉の内にあるからである。「テキサス」断片にせよ、スランプ・ピッチャーの偏執にせよ、また野球神話もスタジアムやウグイス嬢の話も、そこにはセックスから人間関係から経済学から言葉遊びまで、およそありとあらゆる事項が満載されている。それらはすべて、〈野球＝言語〉と言葉としては同じであるから、同じようにテクスト化でき、同じように移動・複写・変形・消去しうるのである。

その意味で、すべては野球である。人生は野球であり、世界は野球で満たされている。ただし、非テクスト（実体）としての野球は、もちろん無意味である。むしろ、スポーツとしての野球が無意味であるからこそ、言語としての野球が生きてくるのかも知れない。それこそ、「たかが野球」なる〝空虚としての中心〟をめぐるこの言語の運動が、純粋な〝テクストの快楽〟を生むことになる理由である。ともあれ、このテクストの前と後とでは、「野球」という言葉の意味は全くもって変わってしまった。この小説は、殿堂入りの傑作である。

5　サイバースペース◎島田雅彦『ロココ町』

島田雅彦の長編小説『ロココ町』（一九九〇・七、集英社）は、「ロココ町――遊園地の進化論」（『すばる』一九八六・九）、「情報屋」（同、一九八七・九）、「ギルガメ師はこう語った」（同、一九八八・一）、「SORAMIMI」（『世界』一九九〇・三）、「ヴィーナスの軍隊」（同、一九九〇・五）を統合改訂した作品である。

予備校英語教師のぼくは、失踪した仲間のB君を捜すため、東京郊外の新興都市・ロココ町を訪れる。遊園地ロココランドを基に発達したロココ町は、いまや工場・住宅地・研究所などの密集するコロニーと化し、支配者はギルガメ師と呼ばれていたが、その正体はなかなかつかめない。B君のアパートでB君の論文を読んだぼくは、ロココ町の構想の主がB君であったことを知る。強姦ゲームや泥レスリング、あるいは低空で撃つ花火大会などロココ町の乱痴気騒ぎにぼくは最初は反発するものの、次第にそれに染まっていく。電脳交流装置ギルガメットを借りてサイバースペースにトリップしたぼくは、シャーマンの勧めに従い遺伝子分析を受ける。ぼくは長い昏迷から目覚め、職業安定所から紹介された遺伝子情報研究所を訪れる。ぼくが見たその中枢部で、人工知能「エフェメラ二〇一四」と合体し可能世界へと旅をしていたのは、なんとあのB君だった。ぼくはB君との交信を義務として命ぜられる。『ロココ町』の舞台である〈ロココ町〉は、「都心からは丸二時間かかる」「かなり辺鄙な場所」にある。それは現実の東京と地続きの地平にあるが、極めて奇妙な、日常的な理法の成り立たない平行世界である。『ロココ町』は、何よりもこの〈ロココ町〉という新興都市の、平行世界としての属性によって色づけされている。

(1)〈退行＝進化〉のユートピア

未来社会が古代的性質を強めているという〈退行＝進化〉の思想は、H・G・ウェルズ原作、ジョージ・パル監督『タイム・マシン』(一九五九)を嚆矢とし、フランクリン・J・シャフナー監督『猿の惑星』(一九六八)やジェームズ・キャメロン監督『ターミネーター』(一九八四)をはじめとして非常に多くの近未来SFに共通のパターンにほかならない。ここには急激に発達した近代テクノロジーの行方に対する懐疑と、そもそもそれが進歩であるのか否かという根本的な不安が投影されているように見える。フリッツ・ラング監督の『メトロポリス』(一九二六)からスタンリー・キューブリック監督『博士の異常な愛情』(一九六四)に至るまで、この種のフィルムに必ず登場する〈マッド・サイエンティスト〉の造形、すなわち狂気にまで秀才でありながらも、どこか幼児性を残しているという性格は、まさに近未来的〈退行＝進化〉の両義性なのである。

'Utopia' の語義を辞書で引くと、サー・トマス・モアの著書に由来するギリシア・ラテン語源の語で、'nowhere' の意であることが知られる。前田愛が松原岩五郎『最暗黒の東京』ほかを論じた「獄舎のユートピア」（『都市空間のなかの文学』所収、一九八二・一二、筑摩書房）で、「牢獄もユートピアも〈都市〉を母体としてうみおとされた亜種にちがいない」と指摘したのを準用すれば、ユートピア（進化）と牢獄（退行）とが仮想空間において同居するのは必然なのかも知れない。だからこそ、ポーの「アルンハイムの地所」（一八四六）や、それに影響を受けた佐藤春夫「美しい町」（『改造』大8・8〜12）、江戸川乱歩「パノラマ島奇談」（『新青年』大15・10〜昭2・4）その他のユートピア構築小説の持つ局面が、むしろ現実の都市の函数であると言えるのである。そして、『ロココ町』は、小林恭二の『ゼウスガーデン衰亡史』（一九八七・六、福武書店）や村上龍の『愛と幻想のファシズム』（一九八七・八、講談社）と並んで、この系譜における〈退行＝進化〉ユートピア・コードをすべて具備したテクストにほかならない。

（2）遊園地とサイバースペース

語り手のぼくは、カフカの『城』や『アメリカ』の主人公のように〈ロココ町〉の迷宮に迷い込み、そして出られなくなる。〈ロココ町〉が遊園地を核として発達したところもゼウスガーデンと類似し、遊びの本能を解放することと技術を追求することから近未来ユートピア（右記の意味での）への突出が開始するという共通のセッティングである。だからこそこの迷宮は、もはやカフカの観念的迷宮ではありえず、遺伝子分析や電脳交流装置ギルガメットにより、精神をネットワークに直結するサイバースペース（電脳空間）的なフィールドでなければならない。

ウィリアム・ギブスンの『ニューロマンサー』（一九八四）等サイバーパンク三部作や、ギブスンの「記憶屋ジョニー」（一九八一）に原作を仰いだロバート・ロンゴ監督『JM』（一九九五）、さかのぼってリドリー・スコット監督『ブレードランナー』（一九八二）などにおけるサイバーパンク性は、精神（思想・感情・言語・画像）のファイル化により、転送・カット&ペースト・消去などの電子的操作が可能となること（「サイバー」）、精神（ソフトウェア）をハードウェアに接続するために、肉体を機械と癒合するべく派手に加工・改造すること（「パンク」）にほかならない。

(3) 可能世界

『ロココ町』は、当初ノーマルスペースの住人であったぼくが、次第に〈ロココ町〉のお祭り騒ぎに順応して行き、ついに〈ロココ町〉に網（ウェブ）を張る右のようなサイバースペースと、そのサーバーとしてコンピュータ「エフェメラ二〇一四」と一体化したB君にたどりつく探求の物語である。ではB君＝「エフェメラ二〇一四」が作り出しネットサーフしているそのサイバースペースとは何か。それは〝可能世界〟である、と遺伝子情報分析所の所長は言う。「無数にあり得た東京の可能世界の一つがロココ町というわけです」。

こうして、〈退行＝進化〉のユートピアとしてのサイバースペースは、その意義〝可能世界〟を獲得する。それは、物質的・実体的現実に拘束されたノーマルスペースでは不可能な事象を可能ならしめる。それは、理想と快楽の実現であると同時に、このうえなくグロテスクな、人間が人間でなくなる世界にほかならない。それは、甘美な悪夢である。

6 アナロジー◎長野まゆみ『青い鳥少年文庫』シリーズ

長野まゆみの『青い鳥少年文庫』(作品社刊)は、全四巻から成る「フォト・ストーリー」である。すなわち、各巻の前半(半分よりやや多い頁)を「著者撮り下ろし」の写真集が占め、後半に物語が配置されている。vol. 1 から vol. 4 まで、すなわち『オルスバン』(一九九九・二)、『ヒルサガリ』(一九九九・五)、『オトモダチ』(一九九九・七)、『ギンノヨル』(一九九九・一二)の四部作は、各々、短篇として完結していると同時に、四作全体としての連続性が強く、むしろ四章から成る中篇物語と呼ぶ方が正しいだろう。

語り手であり、主人公である「ぼく」は、ルリという名で呼ばれていることが『オトモダチ』に記されている。しかし「ほんとうの名前を忘れてしまった」。母の思い出はない(『ヒルサガリ』)。白樺の林のなかで夜間診療所を営む医師の父と、二人で暮らしている。彼は総じて少年らしい振る舞いをするが、「塩の味」のする煙草をお相伴にあずかったりもする。現実的な年齢は問題にならない世界である。ただ、『ギンノヨル』結末で、「あれから数年」の後、「上級の学校へ行くための旅立ち」の列車に乗っているから、物語の始発時には、現実世界にあてはめれば、中学生かそこいらの年齢に相当するかも知れない。

　各巻の巻頭第一頁に、その巻を代表するような情景の描写が収められている。『オルスバン』では、「懸巣《かけす》の羽を拾った。羽軸《シャフト》の片側に、青い斑《ほし》が九つならんでいる。［…］ぼくはしばらく、その羽で天《そら》を透かし見ることに熱中した」という書き出しである。この冒頭は、この第一巻だけでなく、ひいては全編において重要な登場者であるところの懸巣という鳥に言及し、またそれが空（「天《そら》」）を志向することによって、これらのテクストに共通の、飛翔や旅行などの空間的移動についても示唆するものである。これは、〈鳥の物語〉である。

　『オルスバン』では、夜八時から夜明けまで開く父の診療所で、「ぼく」は往診に出た父の帰りを待って留守番をしている。そこへ、二人連れの少年が訪れる。星宿《ホシヤドリ》という名の少年は怪我をしていて、雨宿《アマヤドリ》というもう一人の少年が介抱し、診察を乞うて来たのである。「星宿は、稜線越えの最中に進路を読みちがえて低気圧の壁にまともに突っ込んだのさ」という雨宿は、耳羽《フラップ》のある「耳の中に玉髄《プラズマ》が仕込んであって、それが太陽風と共振するんだ」という。雨宿は「ぼく」から薬を借りて自分で星宿の治療をし、ピーナツバター・水飴・オレンジシロップ・這松の種などでキャラメルを作り、「蜜蜂印」の煙草を持っている。星宿は「ぼく」に、「きみは、海鳥《ショアバード》の匂いがするんだな」と言う。「ぼく」が海鳥《ショアバード》の匂いがするということは、「ぼく」自身には身に覚えのないことながら、全編でたびたび話題に上る。

　この二人については、帰ってきた父が散歩の途中に、「ほう、珍しいな。あんなところに星坊と雨坊がいる」と名指した懸巣の雨坊、星烏《ホシガラス》の星坊と、呼び名を介した類推の糸がつながる。また続く『ヒルサガリ』では、父と空知先生の囲碁の対局の世話をして昼食を拵えている「ぼく」のところに、雨宿が訪ねてくる。雨宿は「ぼく」から三色玉子・胡麻かりんとう・銀ラムネを受け取り、空知先生に頼まれた塩味の煙草を渡す。星宿は「穂高《ホタカ》だの乗鞍《ノリクラ》だのを縦走中さ」ということ。この『ヒルサガリ』では、休憩のため軒先を貸した母子の前で、銀ラムネの玻璃玉に虹を閉じこめる話が中心のエピソードとなる。

次の『オトモダチ』では、北極星《ポラリス》サーカス団の一員アリオト（元来は北斗七星の一つの名）に導かれて、「ぼく」は衣装屋の天幕を覗く。そこで「ぼくは雨宿や星宿が好みそうな衿巻《マフラー》を見つけ、彼らにこの舗《みせ》を教えたくなった」という。人々は、避暑地の店じまいの祭の夜、《孔雀ホテル》を舞台に〈放し鳥〉をする。最後の『ギンノヨル』でも、「青い封書」が到着して父とともに旅立った「ぼく」は、列車の中で星宿に再会する。「一年ぶりだね」。「雨宿とは、この先で落ち合う予定なのさ」。この最終話は、「ぼく」の出自と父との関わりが明かされる章である。

こうして「ぼく」・父以外の重要な登場者であるこの二人、たぶんその実体は鳥である二人は、「青い鳥」に関わるアナロジーを機能させるために導入されている。青および青い鳥は、全編の物語をゆるやかに貫くアナロジーの源泉である。『オルスバン』で雨宿が取り出した《蜜蜂印》の煙草も、ラベルが「青い睛《め》をした蜜蜂の図柄」であった。さらにその後雨宿は、ヤグルマギクの花の青い結晶を溶かして洋墨《インク》をつくり、「羅布泊《ロブノール》の畔《ほとり》に棲む青い鳥の羽をペンにして、この洋墨で地図を書く」と、「どんなに遠く見知らぬ土地でも」一夜で行けると言う。

このエピソードは『ヒルサガリ』でも繰り返され、雨宿は、牝の虹が反応して青玻璃となった玻璃玉を目当てに青い鳥が現れる、という。（虹に雌雄があるというのは中国古来からの説。牝を「霓《げい》」という。作中では「蜺《げい》」。）また、女の人はお礼に「青肌の枝で拵えた箸」を差し出す。『オトモダチ』では、青い鳥の話を聞いたアリオトが、巡業した世界のどこでもそれを見たことはないが、「たとえ、そんな鳥がどこにもいないとわかっていても、旅の切符は送られてくる……ジョバンニの上着に、いつのまにか入っていた切符のようにね」と言う。『ギンノヨル』では、「ぼく」は灰色のアンゴラセーターを着ていたのに、星宿から「青い服」が洒落ていると言われる。

この最終話で、父と共に旅した先で「ぼく」を待っていたのはケスという名の青年だった。（ルリ＋ケス＝ルリカケスの暗示だろうか?）父は身よりのないケスの後見人で、ケスは弱い電気を摑まえる真空管を作る研究所にいる。出逢った女の子は、「ぼく」とケスが「海鳥《ショアバード》の匂い」がし、「ふたりとも、すごくきれいな青い羽根をしてるのね」と言い、よく似ていて兄弟だと見抜いた。結末で明らかになるのは、実際二人は兄弟で、ケスが独立するまで、父が「ぼく」を預かるという約束になっていたということである。結局、それは「ぼくはまだ父との暮らしをあきらめられない」ために、先送りになる。

ケスは「青い羽」を取り出して、女の子たちに贈り、彼女らは魔除けになると言って大喜びする。別れの時、ケスが「ぼく」を抱きしめると、「やわらかい羽に包まれる心地がした」。ということは、ケスも「ぼく」も、実体は鳥、それも青い鳥なのだ。マーテルリンクの『青い鳥』（初演一九〇八）では、様々な国を旅しても見つからなかった青い鳥は、実はごく近く、部屋の鳥籠の中にいた、と演じられる。こちらのシリーズではそれ以上に、むしろ彼ら自身が青い鳥だったのだ。

また、『オトモダチ』の祭の場面や、『ギンノヨル』の列車旅行、切符のモチーフなどからは、宮澤賢治の『銀河鉄道の夜』にも連想が及ぶ。実際、右のように『オトモダチ』には、主人公ジョバンニの名前も出てくるほか、鳥捕りならぬ「星イカ」捕りの場面もある。カムパネルラとの友情や、「北の方」へ行っているという帰らぬ父との関わりなど、『銀河鉄道の夜』は、陰に陽にこのシリーズに木洩れ日を落とす光源となっている。雨宿・星宿らの飛翔のイメージには、初期形『風野又三郎』を彷彿させる要素もある。

「フォト・ストーリー」写真の被写体は、髪の長い色白の、人形の少年である。足は骨のように細い。その他、ガラス壜、青い羽、手紙、切手、鉱物標本、旧式の顕微鏡、植物、貝殻、畳、菓子、星砂、リボン、ガラス玉、ペン先、紙マッチ、ハサミ、糸……。『オルスバン』の少年はマフラーを巻いて木の床に座り込み、『ギンノヨル』ではセーターを着て列車のボックスに乗っている。

それぞれの写真集は、それぞれの巻の物語内容と少しずつ関連し、しかし独自のイメージ世界を形作る。いずれにせよ、人形と静物によってモンタージュされたこれらの形象は、どろどろした人間の姿を一切介在させない。

これらのフォトシリーズとの相互参照によって、「ぼく」の物語は、純粋で透明な純然たる物語として構築されることになる。マーテルリンクにおける愛のモラリズム、賢治における友愛や「ほんとうの神さま」をめぐる信仰は、ここにはない。だが、『青い鳥少年文庫』四部作は、よりピュアでクリアなイメージだけで構築された、父子と友愛の物語にほかならない。だからこそむしろ、いわばマーテルリンクも賢治も、長野まゆみの成分を、それぞれにおいて分有していると言うべきなのである。

7　恋愛◎江國香織『号泣する準備はできていた』

『号泣する準備はできていた』は、二〇〇三年一一月に新潮社から刊行された、十二編を収める江國香織の短編集である。翌年、江國は本書によって直木賞を受賞された。恋愛小説のカリスマなどとも呼ばれる江國だが、その小説としての構造はどのようなものか。

まず、本書を構成する作品群に共通のトピックは、単なる恋愛などというものではない。むしろ、かつて愛し合ったか、今でもなお愛し合っているにもかかわらず、お互いに、または一方的に相手に対して齟齬・違和感・嫌悪を感じるようになってしまった二人の心のあり方である。その違和感の始まりには、きっかけとなるものはあるが、明確な理由はない。なぜ齟齬を来すようになったのか、その契機となる現象はあるが、本質的な内的要因はない。だから、彼女・彼らには、なぜそうなってしまったのか分からない。もっとも、翻ってみれば、なぜ彼女・彼らが愛し合うようになったのか、その明確な理由も分からない。愛することとは、理由のない行為であり、また理由もなく終わる。だが、愛が終わっても、心や体は急に別のものになるわけではない。だから彼女・彼らは苦しむ。これが、このテクストの根本原理にほかならない。

たとえば冒頭の「前進、もしくは前進のように思われるもの」では、「いまも愛している、と言ってもよかった」夫に対して、弥生は「わからない、という感じ」を感じるに至ったのだが、それが「いつ芽生えたのか、弥生には上手《うま》く思いだせない」。夫は、母親の入院がダメージとなったためか、飼っていた猫を捨ててしまい、それが弥生には、特にそれほど猫が好きなわけではないのに、酷い行為と思われてしまう。次の「じゃこじゃこのビスケット」では、タイトルの「じゃこじゃこ」そのものが、砕いたチップス混じりの違和感のある状態を意味し、それに触発されて、かつて私にとって世界が「じゃこじゃこ」だった頃の、恋愛まがいの出来事を回想する。「溝」では、裕樹と志保の夫婦は離婚の瀬戸際にある。裕樹の父母と妹の家で家族麻雀に参加するのだが、会話はずれ、気まずい雰囲気のまま、帰り道で志保は泣いたり笑ったりして「知ってた？　私たち、一緒に暮らしてはいても、全然別の物語を生きてるのよ、知ってた、そのこと」と、果てしなく続ける。

表題作「号泣する準備はできていた」でも、私（文乃《あやの》）とノーフォークのパブで知り合い、かつて激烈に愛し合った隆志《たかし》は、今はもう他の女と一緒にいる。「あんなに輝かしくふんだんにきりもなくあったレンアイカンジョウが、突然ぴたりとなりをひそめた」。ことほどさように、「レンアイカンジョウ」が消滅するのに理由はないのだが、同じだけ、それが成立するのにも理由はなかったのだ。だが、このフレーズの後に「厄介だったのはそのあとで」

と続くように、その感情は、人物の心や体や、生活の細部や、その人物の歴史の焦点に付着し、それが記憶として定着し、忘れられないものとなって、現在と対照されたり関連づけられたりする。その歴史とは、生まれ・育ちの故郷であったり、故郷の家族であったり、またその家族や家の細部への抜きがたい執着である。

このような様式のゆえに、このテクストは、まず第一に現象の細部への繊細で親身な、もしくは執着的な注視を特徴とする。また第二には、人物の歴史に由来する回想や記憶の湧出と、現実に眼前で展開する事象との同時進行の語りが見られる。そして第三には、何よりも、おいしいものや心地よいもの、懐かしいものや優しいものなど、記憶と現在の中に現れる志向対象に対してきちんと価値を認め、それが、このように齟齬を孕んだ形であっても、生きる力と結びつくことが、作中の一般的なキャラクターとなっている。

第一の細部への注視とは、不気味・素敵・親しい・胡乱、などの特異な意味を付与された対象の導入である。「前進、もしくは」では猫であり、「じゃこじゃこのビスケット」では犬である。私が十七の時に相手の寛人《ひろと》に無免許運転で初ドライブさせた際、老犬シナを連れて行って、シナも含めて二人ともうんざりする結果だったが、でもなぜかあの日は忘れられない。「煙草配りガール」では、文字通り煙草配りガールで、二組の夫婦がぎくしゃくした夫婦関係について酒席で延々と語り合う間に、煙草配りガールが席にやってくる。彼女・彼らの顛末についてこのガールは、まず何の関係もない。だが、「御歓談中失礼します」と現れた彼女の介入が、夫婦たちの出口のない関係を鮮明に異化する。「溝」ではウェットスーツ。それは最後に志保が、裕樹の向かいの家に掛かっていたのを「贈り物」だと言って車のトランクに入れたのだ。その人体の抜け殻のような不気味さは、あたかも「全然別の物語を生きている」二人の関係を如実に象徴して余りある。「こまつま」ではグラッパ（葡萄を原理用とする蒸留酒）、「どこでもない場所」では深夜に食べる牛どん、「手」では手作りのおでんとウォッカ、というように、各々のテクストには必ずといってよいほど、イメージの焦点が設定される。彼女・彼らの関係が各々に多様であるのみならず、これら細部の物象は、その関係の様相を物象の存在感によって現実化する。

第二の、回想と現実の同時進行、または、眼前の出来事の進行のさなかに過去の記憶がよみがえり、両者がないまぜに語られる表現は、ほとんどすべての短編がこのスタイルをとっている。「熱帯夜」は同性愛の私（千花）と秋美が、知り合って三年たち、「行き止まり」となった不満を私は抱えているが、その成り行きの中に、知り合った頃の思い出や、「思うさま愛を交わした」沖縄旅行の記憶などが織り込まれる。「洋一も来られればよかったのにね」は、なつめが夫の母静子と恒例の温泉旅行に行く話だが、その中に、かつて静子から「夫とは性交渉がない」ことを言い当てられた思い出、また日仏のハーフであるルイと恋をしたことなどが点綴される。この回想形式は、ほぼこの短編集の基本構造と言えるだろう。

第三に、現在そこにあるものであれ、失われたものであれ、彼女・彼にはほぼ必ず、生き甲斐の焦点となる対象がある。「こまつま」は、「こまねずみのようによく働く妻」の意で、美代子が夫唯幸につけられた愛称だが、そんな美代子は、デパート内をきびきびと歩いて買い物をすること、また、かつて愛した信二への今も続く思慕（それは若き日の自分自身への思慕でもある）に自負をもち、デパートでの「サンドイッチと紅茶」の昼食や、その時目についた「優美な罍」の酒グラッパのグラスを飲み干すことにも毅然としている。一方、「手」では、私レイコはキャバリエ犬のヘンリーが現在「唯一の家族」で、妹恭子の差し金で訪れた、かつて関係のあったたけるを疎ましく思うのだが、彼が手間をかけて作ったおでんとウォッカに魅了される。そのような生き甲斐は、「住宅地」の林常雄が、他意もなく中学生を眺める趣味であったり、「そこなう」のみちるが、「千手観音」のように動く新村さんに溺れたりすることであるかも知れない。

しかしそれが何であれ、彼女・彼らは、おいしいもの、心地よいもの、懐かしいものに対して常に率直なのだ。我慢をしたり、あえて前向きになったりする局面もないわけではないが、その場合においても、それらの努力そのものに対してすら率直であると言える。いわば、違和感のあることに対して自分が透明となり、違和感のあることに対して違和感がないのだ。だからこそ、彼女・彼らは、それぞれに不幸を抱えつつも、それぞれにある意味で生き生きと人生に向かい合っているように受け取れるのである。

このような率直な透明感こそ、この、下手をすれば一種どろどろの、愁嘆場と化してしまうような恋愛の終末を、読者にストレートに受け取らせてしまう要諦なのだろう。それは、事実ありのままを表象するというような態度からは決して生まれない。巧みさを読者に意識させることなく統御する構造、そこにこそ、江國のテクスト様式の魅力が存するのである。

8　悪夢◎笙野頼子『パラダイス・フラッツ』

笙野頼子『パラダイス・フラッツ』は、初め『波』（一九九六・一〜一九九七・一）に連載された後、一九九七年六月に新潮社から単行本として刊行された。これは猫とアパートと管理人と妖怪にまつわる幻想小説であり、また幻想小説を書く作家を描くメタフィクションでもある。そのような意味で、それ以前以後の笙野文芸のエッセンスが結実した、笙野の代表作の一つと言うことができる。

　小説家の「私」は、東京の月読《つくよみ》町でパラダイス・フラッツという名のワンルーム・マンションに住んでいる。「私」はかつては月野ナツハというペンネームを使っていたが、今は日野ルッコラと名のっている。独身・女性・作家・猫を疎んじる周囲の人々の悪意との確執から、アパートを転々とする一連の小説を笙野は残しており、それが笙野文芸の太い柱となっているが、「パラダイス・フラッツ」はその最も典型的なテクストと言うべきである。〈パラダイス〉という言葉は、妖怪と幻想が横溢するこのアパート空間そのものの異界性を示すとともに、何よりもこのスラップスティックにおいて猫と密接に共同行動することの愉楽性をも含意し、さらには、それらが全体として、どう考えても天国的ではない悪夢性を帯びていることのパラドックスを表しているのかも知れない。

その「私」は、普段は本名で暮らしているので、ペンネームを猫に与えている。このことは、この「私」が世界との繋がりをかなりの部分、猫を媒介とする仕方で保っていることを示している。彼女の生活は、猫によって左右され、猫こそがその核心なのである。それこそが、幻想の端緒にほかならない。すなわち前の猫ナツハは交通事故で死んだが、事故現場で遊んでいた猫ルコラ（「ルッコラ」では呼びにくいので）が来てから、「私」の書く小説が売れるようになり、同時に奇妙な事が起こる。それは妖怪の跳梁である。妖怪とは何か。その定義は、元々〈他人の不幸の嬉しい人々〉であったものの化身ということである。

幽霊は怖くない。妖怪も、生まれ付きの妖怪なら少しは粋だろう。だが人間から妖怪になったやつはというと、ただおぞましい。人の不幸を喰って肌をつやつやさせ、他人の涙を見物して目をぎらぎらさせ、怯えながら歩く人間を押し倒して、敬語を使うお人好しを踏みにじっていく……

言い換えれば、ストーカーである。文中には〈ストーキング〉という言葉が見られる。十三章から成るこの小説の各章題、たとえば「他人の不幸が嬉しい」「覗き見だけが生き甲斐」「泣く人につきまとう」「弱者の聖域は侵す」「親切ごかしの監視」などに、ストーキングのニュアンスは明瞭に示されている。要するにストーキングとは、環境に充満する悪意の端的な表現なのである。

そのような妖怪ストーカーの中の代表選手として、妖怪ネーム・ナウィマチェと呼ばれるパラダイス・フラッツの管理人が登場し、「私」に嫌がらせをし、「私」の日常はそれによって幻想・妄想に乗っ取られた世界と化してしまう。「この平凡な低層マンションがナウィマチェのステージで、ここは彼女が支配できる、世界の中心だった。そして、彼女はいつも、『受け手』を待っていた」。ナウィマチェは「弱みのある者」になら誰にでもつきまとうのだが、殊にその「受け手」に仕立てられたのが「私」であったのだ。

そのためか、「私」は植え込みから顔だけを見せた七十五歳で死んだ老婆の幽霊、嫌がらせの電話をかけてくる声の妖怪ストレリチア姫、四階の端の部屋で自殺したライターの幽霊、覚醒剤に手を出して首を吊った薬屋の息子の幽霊・スイカ男、さらにはベーシスト、霊能者、若い美人など、これでもかというばかりにエスカレートする妖怪と幽霊の姿や声を見たり聞いたりしなければならない。夢とうつつの境界線はとうに廃棄され、このテクストはまさに、幻想のインフレーションと化したのである。

ナウィマチェの特異な性質の第一は、何よりもその言葉遣いであり、またミスマッチなファッションである。

そおれからざぁ。

――……ナウィマチェはざぁ、料理作ってざぁ、たーまねぎとざぁ、にーんじんと、

「ざぁ」と言いながら目は急に丸く見開かれ、片足は爪先立ちになり上目使いになる。濁ったような頬骨はてかてか光り始める。

この管理人妖怪ナウィマチェは、日野ルッコラがワープロで書きかけ、あるいは脳裏で構想しつつある小説「悪夢の管理人室」の主役でもある。この作中作の主人公はかつての月野ナツハである。作中作の中で、ナウィマチェは猫ナツハの存在を知り、行き先につきまとい、作家業に対して皮肉を言うなど、「巧妙に、多分無意識に、ナウィマチェは猫を見逃す代償として私を侮辱し続けた」。「悪夢の管理人室」は、ナツハの失踪と死の秘密をナウィマチェの仕業とするように構想されるが、結局完成されることなく放置されることになる。しかし、この作中作の次元とそれを書く「私」の次元とは、言説の水準において見分けがつかないまでに融合してしまう。

『パラダイス・フラッツ』は、テクストとテクスト内テクストとの間の差異を確保し、小説の論理そのものを小説の内部で追求しようとするメタフィクションであるというよりも、そのようなメタフィクション構造によって、テクストに対して、一般以上に強度な幻想性を付与する効果を上げているように感じられる。フィクションの堤防が決壊し、世界には悪意

の妖怪が溢れ出るのだ。その結果、妖怪性は対象だけでなく主体「私」をも籠絡してしまう。

すなわちナウィマチェは、「私」に来た配達物を「私」自身が直接受け取ろうとすることにまで難色を示し、プライヴァシーを覗こうとしていた。留守中に部屋に上がり込んで洗濯機や冷蔵庫の中身をぶちまけて検分するナウィマチェを、「私」は透視能力で壁の外から監視し、とうとう怒りからネフェルティティに憑依された「私」が、ナウィマチェを「メスよりも光る爪」で殺害する。ネフェルティティとは、エジプシアン・マウと日本猫の混血だが、「成猫になって雑種の血が出てきたといって殺された」人面猫、要するに化け猫であり、それが毛色の分からない猫ルコラから出てきて、「私」に取り憑いたというのだ。ここに至ってルコラの不思議さの意味が判明する。だが、「どうせ明日になればナウィマチェは生き返っている」ので、ネフェルティティと化した「私」は、毎日、ナウィマチェを殺し続けなければならない。

……あれから毎日毎日、日野でもあり月野でもあるひとりの人間に乗り移った人面猫は、しつこくナウィマチェを殺し続けていた。ナウィマチェは別に死ぬのではなく、ただ次第に疲れて行き持病か何かが悪化し始めていた。人面猫達は一度出現すると後はこの町に留まってしまうらしく、ついにはあたりを徘徊し始めた。

こうして、ついに「私」自身までもが幻想の怪猫と化し、テクストには超越的視点は存在しなくなり、悪夢は全面化するのである。結末、数々の妖怪・幽霊と幻想に苛まれた挙げ句に、「私」はパラダイス・フラッツを出ることになる。拒絶する「私」に逆らってまで、引っ越し荷物の中身を見ようとする管理人の干渉に悩まされながらも、引っ越そうとする直前、突然ナツハが戻ってきた。だが別の部屋に引っ越した後も、「私」は相変わらず、あのパラダイス・フラッツの悪夢を見続けなければならない……。

人間誰しも、生きている限りは何らかの住居に暮らし、何びとかの隣人と関係を持たなければならない。この空間と関係に関わる拘束は、程度の差はあれ、社会的存在者としての人間の摂理というほかにないだろう。だがこの摂理は、極めて重大でありながら、その上に社会生活が構築される基盤として、日常は余り意識されないままに存在している。笙野のテクストは、環境の悪意を契機とした幻想の跋扈を手段として、その様相を異形なほどにまで異化して行くのである。「私は、天国にいた」。この結尾の一文は、あの異界性・愉楽性・悪夢性すべてを具備した、ある途方もない空間の様相を紛うことなく示し得ている。天国《パラダイス》、この多義的な言葉は、現代という時空間における、笙野頼子の文芸世界の謂にほかならない。

9　霊感◎よしもとばなな『ハードボイルド／ハードラック』

よしもとばななの『ハードボイルド／ハードラック』（二〇〇九・四、ロッキング・オン）は、「ハードボイルド」と「ハードラック」の二つの短編がカップリングされた小説である。

前半の「ハードボイルド」は、「1、祠」から「7、朝の光」までの七章にわたり、山道を歩いてあてのない一人旅をしている「私」が、目的地のホテルで一晩を過ごす話である。この単純な物語が、幾つかの理由から複雑な構成を身にまとう。一つには、これは現在と過去、現と夢とが交錯する小説である。またもう一つは、「私」の霊感の力である。「私には、全く超能力というものはなかったけれど、ある時期から目に見えないものを少し感じるようになった」。これによって、この短編は、現実・現在・過去・夢・霊が綯い交ぜとなり、結局、現在の現実が過去・夢・霊によって浸食され、構築されていることが目の当たりとなる。

始まりは、道中で見かけた「謎の祠」であった。そこに「小さい卵みたいな真っ黒い石が十個くらい輪になって置いてあった」。この石は、たどりついた町の不味いうどん屋で、拾った覚えもないのにポケットから転がり出てくる。後で、そのうどん屋が小火を出したことが分かる。またこの石は、ホテルの風呂のタイルにも埋め込まれていた。「私」は、「このホテルはつながっているんだ」と感じ、妙に納得する。この卵のような黒い小石は、夢と現、現世と他界とを結ぶ入り口の石である。

「私は女性でありながら、一度だけ、女性とおつきあいしたことがあった」。その相手の女性・千鶴は、二人が別れた後、部屋の火事のために亡くなってしまう。ホテルの部屋で見た夢の中に、千鶴が現れる。千鶴は「河原から取ってきた石なの」と言って黒い石を並べ、命日（千鶴自身の）のお供えをする。目覚めた「私」の部屋に、バスローブ姿の女が訪れる。妻のある彼に部屋から追い出されたと言う彼女の前で、「私」は育ての母に持ち逃げされた父の遺産を取り戻したことや、千鶴との過去の出来事を想起する。この回想の中でも「私」は、既に死んでいたはずの千鶴と電話で話したり、千鶴と最後に別れた場面を夢に見たりする。

だが、その女について訴えた「私」に対して、ホテルのおばさんは、それは幽霊であり、妻子ある学校の先生と無理心中を図って自分だけ死んだと告げる。結局おばさんの和室に寝る羽目になった「私」は、最後にまた千鶴の登場する「とてもリアルな夢」を見る。そして千鶴は、さっきの夢の中の自分は自分ではなく、今の夢に出ている「この私は、本物の私」であり、あの「変な祠」以来、「困っているみたいだったから、ずっと見ていたの」と言う。

これは、生者にとっての死者の重さを語る物語である。これを単なる幽霊話ととらえるのでは、このような小説が読む者に対して不思議に力を与えてくれる理由が分からない。生と死とは、小石・夢・幽霊を介して連続しており、生きるということは、既に死んだ者、消えてしまった過去とともに生きるということなのである。それが現在に対して、生きる力をもたらす。「生きた人間がいちばんこわい」とは、「私」とおばさんに共通の思想であり、死者や幽霊の方がむしろ人間らしいのである。生は、死者の力を借りて行われる営為にほかならない。「私」の旅は、一種の再生の旅と言えるだろう。

後半の「ハードラック」は、「ハードボイルド」と比べると、ずっと単純な構造となっている。これは「1、十一月について」「2、星」「3、音楽」のシンプルな三部構成である。ただし、突然の回想が介入する頻繁な場面転換を伴う文体は、これら二編に共通する。「私」は大学院でイタリア文学を研究し、もうじきイタリアに留学することになっていた。「私」の姉は結婚退職のための徹夜の連続の結果、脳出血で倒れ、外部呼吸器だけで生かされた「植物状態」以下の状態に陥っていて、後に亡くなる。主要な物語は、「姉がしゃべっていた頃」の回想と、姉の婚約者の兄である境くんと「私」との関係である。

「彼のイニシャルを入れ墨する」と言うほど、恋愛に関して一途だった姉。だが婚約者その人は、「姉の大事故にショックを受けて、実家に帰ってしまった」。それに対して、境くんは普段は関係ないのに、突然のように病院に足繁く見舞いに来るようになるのだが、それが、「私」を好きだからということに「私」は気づくことになる。境くんは「太極拳の特殊な流派の先生」をしている四十歳を過ぎた男で、「私」の方も彼のことが好きだった。なぜなら、「私」はもともと「昔から奇人変人に弱い」からである。

ある日病室で、境くんと「私」が二人でいる時に、姉の好物である「みかんのようなもの」の匂いを姉にかがせ、姉が起き上がって「いい匂い！」と言う場面を見たが、その場面を「見た？」と尋ねた「私」に境くんは「見たと思う」と答え、さらに、「今のは、みかんが見せてくれた光景だ。みかんのほうが、くにちゃんに愛されたことをおぼえていて、なにかをよみがえらせて見せてくれたんだ」と説明する。彼と「私」が同じ白日夢を見たことが不思議であるが、その上、彼の説明がまたさらに不思議である。

それは現実と霊界との通信というよりも、むしろアニミズムの霊感のようなものである。そしてその霊感を二人はつかの間、分かち合う。「世界はなんていい所なんだろうね！」とその後に言う境くんの言葉で、「私」は大泣きをする。境くんと姉について語り合ううちに、「私」は奇跡に思えるような時を過ごす。「たまらなさも、涙も消え、この宇宙の営みの偉大さがまたこの目の中に映るふとした瞬間、私は姉の魂を感じる」。

こちらは「ハードボイルド」のような旅の物語ではない。ただし、境くんだけでなく、病院に泊まり込みで疲れているはずの「私」の母、父、同僚、さらに姉の婚約者が、それぞれ姉の現状そして死によっていかに揺り動かされたのか、短い頁のうちにまざまざと点綴されている。しかし、「つらいなあ、つらいことだなあ」と言う父と語り合った後、「熱いものが食べたい」と言う父に、鍋の材料を買うために「じゃあ、スーパーに寄って」と会話した後、「姉はたまらなさだけではなく、ただただ濃い時間を与えてくれている」と「私」は痛感する。

呼吸器が外されて姉が死んだ後、「私」は境くんに姉が最後にMDに編集していた曲がアース・ウィンド&ファイアーの『セプテンバー』とユーミンの『旅立つ秋』だったことを告げる。その曲を口ずさみながら二人で歩き、イタリアでの再会を約束するが、「でも今は、なにも考えられない」と「私」は付け足す。姉の死の混乱の中で、その混乱を通じてめぐり会った相手との未来を、ほのかに構想することによってのみ、「私」は生を持続できる。だから、ここでも生は、迂遠な形で死者が与えてくれたものなのである。

「ハードボイルド」と「ハードラック」の二編は、生者にとっての死者の意味、生にとっての死の意味を、各々の仕方で語った点において共通する。前者は、確かに夢・霊・記憶の交錯した、緊張と弛緩を繰り返す硬派な (hard boiled) 物語であり、後者は、厳しい運命 (hard luck) を縒り糸として交わされる言葉の集まりである。やさしく、また細部を見つめる文体に彩られてはいるものの、このような死と生の交流、あるいは死を軸とする生の交流は、人の生命のあり方の重要な部分を探っている。吉本ばななの作品を読むことの、最も貴重な恩恵が、たぶんここにある。

10 改作◎寺山修司『身毒丸』

引用・翻案・パロディなどの改作（Nachdichtung）は、文芸・演劇・映画などの表象芸術にとって、まさしく本質と見るべき操作にほかならない。それは、表象テクストの副産物ではなく、むしろ根幹に位置すると言うべきである。なぜならば、改作は、作者とそのテクストが歴史と密接なつながりを確保しつつ、しかし決定的に歴史から離反する動態的な力を発揮するからである。そのため、傑作とされる作品の中には、前世の作品の改作の要素を含むものが非常に多い。われわれは改作の成分によってそのテクストをまざまざと認知する、と同時に、それを通路として、新たに開かれた世界に誘惑されるのである。もちろん、軽薄な改作は、単なる二番煎じにしかならない。改作における傑作と駄作との差異こそ、創作家の手腕の見せどころと言わなければなるまい。

創作家・寺山修司の道程には、この改作の要素が常につきまとっていた。歌人としての出発の当初から、寺山は中村草田男や西東三鬼の俳句を改作して短歌を作り、それが模倣だとして厳しい批判を浴びている。いわば寺山は、改作家として世に登場したのである。このことを軽視すべきではないだろう。改作こそが表象の本質であるとするならば、寺山は初めから、最も先鋭な切り口の武器を手にして登場したことになる。しかも、詩人・演劇家・エッセイストなど多彩な顔を見せるその後の寺山の軌跡にも、こうしたNachdichterとしての持ち味は、遺憾なく発揮されているのである。

一九七八年六月初演の『身毒丸』は、説経節「しんとく丸」を下敷きとし、これに極めて自由な想像力の飛翔を加味して、全く別の作品として甦らせた、寺山的Nachdichtungの傑作である。寺山自身の解説（『身毒丸』所収、一九八〇・三、新書館）では、「しんとく丸」に「身毒丸」の字をあてた折口信夫の説を肯定している。河内国高安郡信吉長者の子・しんとく丸が、継母の呪いのために業病を得て、許嫁・乙姫の愛情と清水観音の御利益によって回復する物語は、もともとは『今昔物語集』巻四「狗拏羅太子、眼を抉り、法力に依つて眼を得たる話」などにその源流が見え、説経節のほか、謡曲「弱法師」にも受け継がれ、近代では折口が「身毒丸」（大正6〜12稿）において小説化した。「小栗判官」「山椒大夫」「刈萱」などと並んで代表的な説経節の作品である。

しんとくの父は、死んだしんとくの母に代わる後妻として見世物小屋の蛇娘を迎える。継母はしんとくに呪いをかけて早死にさせ、連れ子のせんとくを長男の座に据えようとする。業病を得たしんとくは継母に化けて家に戻り、せんとくにも病を移して殺そうとする。結末、しんとくは「お母さん！　もういちど、ぼくを妊娠してください！」と叫んで姿を現し、父はその形相に驚いて転げ出る。継母は「あきらかに狂ってゐるのが分かる」。「暗闇の中から、それぞれ思ひ思ひの意匠をこらしてあらはれてくる母、母、母、すべての登場人物、母に化身して、絶叫する裸の少年しんとくを包みこみ、抱きよせ、舌なめずりして、バラバラにして、食ってしまふ。鬼子母神の経文、巡礼の鈴の音。そして、すべては胎内の迷宮に限りなく墜ちてゆき、声だけが谺しあって消えてゆく」。

見世物小屋の空気男やろくろ首、怪人柳田國男博士、消しゴムですべてを消してしまう生徒、藁人形に釘を打って一寸法師を殺してしまう童女……。民俗と近代の神話空間をふんだんに取り入れた寺山の『身毒丸』は、さながら説経節の説話世界を現代に再生させたかのようだ。この戯曲のドミナントをなすのは、「生みの母　育ての母　名付の母　義理の母」などと語り手が列挙するように、母なるものとは何か、という根源への問いである。ただし、その問いは答を出すようには作られていない。むしろ、母なる根源を求め、それに依存しようとするすべての傾向に対して、その不毛さ、無根拠さを突きつけるような構造になっている。それはまた、典拠のテクストを限りなく反転させることによって成立する、寺山的Nachdichtung の方法論そのものであるとも言える。

説経節は、簓乞食と呼ばれる下層芸人が簓を鳴らしながら語った語り物であり、中世社会の共同性と密接な関係を持っている。神仏の加護によって艱難辛苦を乗りこえる人物の姿を描き、あるいは、後世、神となった存在者が人間であった当時の事跡を語る（本地物）などの仕方で、人と人とが絆を保ちつつ、辛うじて生命を繋ぎえた時代の典型となりえたジャンルである。それに対して寺山作品は、そうした共同性の内部で制度化され、固定観念化されて来たあらゆる価値観を転倒することによって、その意義も魅力も認められるのだ。それは、母＝根源を否定することによって、逆に母＝根源の持つ意味を根底から再考することを、観る者に要求する。

ところで、寺山の戯曲が、共同性の根源を穿つ説経節の改作を行ったとするなら、同じことを男女関係の地平において試みたものに、中上健次の小説がある。「欣求」（短編集『化粧』所収、一九七八・三、講談社）は、若い男が「弱法師」のように業病を得た男女の湯治客と同行し、男の眼前で女と交わる物語、また「愛獣」（短編集『重力の都』所収、一九八八・九、新潮社）は、「小栗判官」の顕著な改作であり、湯による癒しを伴う濃密な男女関係を描き切っている。考えてみれば、「母はなぜ母であり、子はなぜ子であるか」を根底から問い直す「モノガタリ」の存在こそが、中上の希求する小説にとっての必須条件であった。寺山は、同じことを直接に「母」の解体によって呈示したのだが、中上の場合には、むしろ「母」はいったん「女」へと微分されるように思われる。

いずれにせよ、寺山・中上という二人の反「市民」作家が、共通に類い希なほど巧みなNachdichterであり、また共通に説経節を典拠とし、その共同性のテーマをめくり返すテクストを構築したことは偶然ではないだろう。「お母さん！　もういちど、ぼくを妊娠してください！」というしんとくの叫びは、時代によってテクノロジーと制度がいかように変化したとしても、変わらずに厳しく有効であり続けるところの、人の心の苦しみの根にある言葉ではなかろうか。そのような原初の言葉が置かれている限り、またそれが歴史の遺産を継承しつつ解体・発展させる構築である限り、寺山の作品が、近い将来において古びることは、ありそうにもないのである。

第Ⅳ部　レヴューズ 1994–2011

第Ⅳ部では、世紀の変わり目に発表された小説作品のレヴューを年代順に配列し、〈変異する〉日本現代小説の伝統の一端を浮き彫りにする。

1　笙野頼子『タイムスリップ・コンビナート』（一九九四）

――言葉と夢に浸食された世界――

「世界は情報の総体である」というウィーナーの格言を、「世界は言葉と夢の総体である」と言い換えれば、忽ち笙野ワールドへの改札口が開く。それは、都市とその住人とのすべてが、言葉と夢によって侵食された世界である。これを一貫して織り成し続けてきた笙野頼子が、芥川賞受賞作「タイムスリップ・コンビナート」で手繰り寄せたのは、交通にまつわる夢の系《セリー》にほかならない。本書『タイムスリップ・コンビナート』（一九九四・九、文藝春秋）は、この表題作のほかに、作品「下落合の向こう」および「シビレル夢ノ水」を収めた短編集である。

　とはいえ、ネルヴァル、漱石、内田百閒、あるいは島尾敏雄らの夢文学のような、深層心理や集合的無意識などを垣間見せる作品とは、笙野のそれは趣が異なるかも知れない。ストーリー全体を先取りする「去年の夏頃の話である。マグロと恋愛する夢を見て悩んでいたある日、当のマグロともスーパージェッターとも判らんやつからいきなり電話が掛かって来て、ともかくどこかへ出掛けろとしつこく言い、結局、海芝浦という駅に行かされる羽目になった」という冒頭の通り、物語は徹頭徹尾、軽めの表層で展開する。

以後、この電話の主との会話、京浜東北線から鶴見線への行程、ホームでの駅員や子供とのやり取り、鶴見の工業地帯の光景、そして目的地の沖縄会館の様子、と叙述は続く。そのなかに、若い女性の乗客の会話が「りてにきうぃしてしてに。あっ、ふきよ、えきすぷれす」と聞こえたり、「のり」だけの日本語の夢として「海んぬ浴槽なあせびのかたちは広くつぶらやかな」云々というフレーズが次々と浮かんだりする。そればかりではない。言葉の変容は、時空間の変容をも招き寄せる。コンビナートの光景から郷里・四日市の記憶が蘇り、沖縄の産物から父の持ち帰ったアメリカ製のチョコレートが想起される。ここで夢は、文字列のつらなりに他の文字列を、言葉のイメージに彼方の時空間を接続するためのターミナルなのである。

奔放な異界＝時空間の流入。シニフィアンからシニフィアンへの唐突な回付。そうした笙野ワールドに付きものの魅惑が、都市から郊外への、区画から区画への交通により、眠りに冒された身体的移動感覚とともに繰り広げられるのは、「下落合の向こう」にも共通である。奔放なまでの、多方向的な移動・ずれ・浮遊の印象は、都市に精神的な定点を持ち得ないノマド的な個体にとって、あたかも現実的なあらゆる領域（言葉も含めて）の壁が崩壊したかのようだ。巽孝之の本格的な笙野論「箱女の居場所——笙野頼子論——」（『日本変流文学』、一九九八・五、新曜社）の言葉を借りれば、「彼女は、言語を過剰に読み込み食い破ることで、異質の都市空間同士を異種交配させ、見たこともないグロテスクな異空間を幻出させていく」のである。

最後の「シビレル夢ノ水」は、むしろ生殖・反生殖、結婚・反結婚のイメージによって、深層への傾きを宿していると言えるかも知れない。迷い猫を飼う間に部屋に住み着いた蚤が、夢と現との交錯のうちに次第に肥大し、鼠大に、やがて赤児大にまで進化する。巨大蚤との血みどろの格闘を展開する部屋の外には、商店街の阿波踊りの喧噪が通り過ぎる。蚤の人魚を産む、などの、カーニバルとは無縁の、しかしこれもまた言葉の乱痴気騒ぎと言うべき身体性の突出した幻想が、氾濫する。これを読むことによって私たちは、目に見える世界の、一枚岩の画面としての実在感が、くるくるとめくり返されて行くのに気づくのである。どこにも決して安住を許さない、ぐねぐねと蠢く越境の装置がここにはある。

〈笙野頼子〉とは、言葉と時空間を変換する、夢見るCPUである。その入出力の回路は、恐らく無限に開いている。

1　笙野頼子『タイムスリップ・コンビナート』（一九九四）

2　冥王まさ子『南十字星の息子』（一九九五）
――「濃い実在」との出逢い――

短大で英語を教える未央子の家に、オーストラリアから短期ホームステイで高校生エマニュエルがやってくる。建築家の夫巌は老母べったりの典型的なマザコンで、仕事にかまけて家庭を顧みず、しかも男権的な流儀を押しつけている。息子邑人と都夢の兄弟は、どちらも自己主張が強く、日本流の和を重んずる周囲に溶け込めない。一家はかつてアメリカに滞在したことがあり、未央子は〝インディヴィデュアル〟（自立した個人）の理念を抱きながらも、実際には夫や息子に気を遣い、かつ依存しつつ神経を擦り減らす毎日を送っていた。未央子自身も、生母と死別し、継母に馴染めず反抗した過去に縛られ、家族のあり方に過敏になっていたのである。

そこに訪れたエマニュエルは、未央子にとって前世からの因縁であるかのように響き合うものを持った少年だった。彼を迎え、未央子の一家は僅かな間に予想もしない影響を被る。〝インディヴィデュアル〟を当然のこととし、同時に夫婦と家族をも大事にする人格との接触は、わだかまっていた問題を明瞭過ぎるほどに未央子に教える結果をもたらした。母と暮らすために家を出て別居するという厳に、未央子はそれまでの譲歩をやめ、はっきりと離婚を要求する。それを聞いた邑人は、「ぼくはいつかこうなるって予想していたから」と冷静に受け止める。二週間の滞在の後、エマニュエルは彼らに自分が与えたものを知らずに、オーストラリアへと戻って行く。

冥王まさ子『南十字星の息子』(一九九五・一一、河出書房新社)は、男女両性に差別化された対家族・対社会の意識が個人を束縛する様態を痛いまでに突いていることによってフェミニズム小説であり、父―母―子のエディプス的構図を一種逃れられない宿命として基礎に置いていることにおいてファミリー・ロマンス(家庭小説)でもあり、さらに日本と西洋との文化的風土の対照を鮮明に描くことから異文化理解の問題系にも接続するという、多彩な入出力の回路を開いたテクストである。それをあえて約言すれば、個人にとって他者の存在とは何かという普遍的な問いを、家族という場において追求した小説ということになってしまうだろう。

だが、それだけではこの作品の魅力をあまりにも硬化させることになる。遠い昔に何か大切な縁を結んだ少年と語らう、未央子の生まれる前の夢を「序」に置き、エマニュエルが帰国した後、彼女にとっての「濃い実在」となるという掉尾を持つ物語は、文中の言葉を借りれば「角つきあう」厳しい現実を、遠近法の消点にあたる過去世の夢によって和らげる。それは、あなたとわたしは、前の世において深く繋がっていたのだ、あなたとわたしは、めぐり会うべくして会ったのだ、という確信にほかならない。

それは、決して現実からのロマン的な逃避でもなければ、また安易な調和でもない。何よりもそれは、何の解決ももたらさない。だが、未央子はもとより、邑人も都夢も、巌でさえも、何らかの夢、もしくは信念によってこそ、人は生きながらえていられるのではないか。その夢・信念は、何も大仰な理想ではなく、台所に立ち、ワープロに向かい、街を散策する……という日常の細部を支えるのである。このテクストの周密と言ってよいその描写と、内密性の夢との対照が、この機構を浮き彫りにしている。

五年の歳月を費やしたこの最後の作品を読者のもとに遺し、冥王は冥界に旅立った。魂の奥にまで届く夢と、目を背けることのできない現実とのあい拮抗するこの作品は、永遠に残る。

3　富岡多恵子『ひべるにあ島紀行』（一九九七）

――アイルランドから「ナパアイ国」へ――

「冬の国」を意味する〈ヒベルニア〉はアイルランドのラテン語名である。富岡多恵子『ひべるにあ島紀行』（一九九七・九、講談社）は複数の物語の筋から成り立っている。中軸はアイルランドの孤島「西の島」に旅をする語り手が、かつて日本にも織物の勉強のために訪れたことのあるハンナという女性との日々の交際を通じて、アイルランドの地誌、風土、歴史、生活などに次第に馴染んでいく物語である。このストーリー・ラインは、確かに〈紀行〉と呼ぶにふさわしい。しかし、この中軸にそれ以外の物語群が執拗にまとわりつく趣向は、単なる〈紀行〉形式の小説から、このテクストを大きく抜きん出たものとしている。

開巻すぐに読者の目を引くのは、近代アイルランドを代表する作家ジョナサン・スイフトの伝記と、それに対する語り手の論評である。『ガリヴァー旅行記』の著者として有名なスイフトは、謎に包まれた出生と数々の伝説に彩られた数奇な生涯を送った。主席司祭としての聖職を仕事としつつ、イングランドに隷従を余儀なくされたアイルランドの現状を痛烈に告発する『ドレイピア書簡』ほかの風刺文学を書き綴ったスイフトの事跡、特に二人の女性をめぐる葛藤を追いながら、語り手はアイルランドの運命を象徴的な形でそこに見ようとする。

そればかりではない。彼女は『ガリヴァー旅行記』の私的ヴァージョンとして「ナパアイ国」を舞台とする「架空の国の滞在記」を書こうとし、その物語も展開される。それは王制廃止派の王族が王制派の国民とともに暮らす国で、大勢の少年少女を強姦し死に至らしめる「子供の館」が設けられている。ナパアイ国では、大半の子供は十歳までに死ぬのである。この、あたかも『ガリヴァー旅行記』に出てくる不死人間の国ラグナグ国の裏返しのような場所で、彼女は「子供の館」を見た後、十七歳の少年ケイとはぐれ、三十年ぶりに浪之丞と再会し、旧交を暖め合う。

ところが、このあたりから、ハンナのいる小説内の現実のアラン島と、幻想のナパアイ国との区別が薄れてしまう。帰国した彼女は、旧友のアメ太郎にナパアイ国の話をし、またK（ケイ？）からは幼児に対する性的犯罪を報じた新聞記事のコピー集が送られてきたりもする。「ここにわたしは、ひとりできたのではなかったろうか。ケイって、いったいだれなんだろう」という一節からも、もともと、この滞在記の多くの部分が既に夢想の領域に属していたことが分かる。しかし、その境界線は容易に引くことができない。それは、W・B・イエイツが採録したアイルランドの妖精たちのいずれかに、彼女は「西の島」での滞在中に幻惑されたためなのだろうか？

この幻想の紀行小説は、アイリッシュな雰囲気とスイフトの啓示によって与えられた、異質な外部との接触によって成り立つ夢幻の蜃気楼である。帰国後、日本の騒音と嬌声に脅えて耳栓をする語り手は、紳士の馬の国フウイヌム国から人間の世界に戻ったガリヴァーのようであり、同性愛や幼年趣味などの多様な関係形態を次々に淡々と綴る筆致もまた『旅行記』のそれに近似する。何よりも過去の想起と加齢の実感の中でしかそれとして現れない男女関係の叙述が、スイフトの半生とのラップ・ディゾルヴとして目に映る。引用・幻想・語りの交響のもと、小説にできることの果実を熟成させた、味わい豊かな吟醸酒であり、ほんのりと酔わされる。

4　藤沢周『礫』（一九九九）——囚われた者の小説——

これは囚われた者の小説である。囚われた状態について、読者の考えを鋭く触発せずにはおかないような小説である。

とはいえ、藤沢周『礫』（一九九九・一〇、講談社）の主人公・宮瀬は、決して牢獄にあるわけではない。彼はコンパニオン・アニマル（つまりペット）専門のマニア向け新聞の記者で、その取材や編集の仕事には嫌気が差しているが、訃報専門紙・卍新聞の沢村からの引き抜きの申し出には容易に乗れない。婚約者の環と式の仔細を考えるまでになりマンションも借りてあるが、仲はしっくりいかず、マスターベーションしているところを環に見られた後、環は失踪してしまう。五日ほどで環は戻るが、その間に沢村は上司の西川を殴って険悪となり、環は失踪中何をしていたかを宮瀬に言おうとしない。かねて環が欲しがっていた猫サイベリアンをようやく手に入れるが、それを見た環は違う種類だと言い、失踪中、宮瀬の想像通りのことをしていたと告げる。その想像とは、環が別の男とセックスに耽っていたというもののようである……。

当初は式の手配その他でうんざりし、環自身への興味も薄れたかに思った宮瀬だが、環が失踪するや、彼女の不在がいたたまれなくなり、環に秘密の匂いを感ずると事務的に体を動かして式場の予約などに走る。環と電話で話をしながら目は別の女の尻を追い、また仕事を機械的にこなしながら心は全然別のことを考えている。そして現れた環をレイプまがいに抱く。宮瀬の主体は統一されることなく、複数の自我が確執を繰り広げている。それぞれの自我は、性欲・食欲・仕事・金銭・つき合いなどの異なる領域に根拠を持ち、そして相互に調和することが決してない。何か具体的な権力に囚われているというよりは、宮瀬はこのてんでバラバラの複数的自我そのものの引力に囚われているのだ。それらが蜘蛛手に引き合うので、宮瀬はいつでも宙吊りの姿で日常をさまようほかにない。

生を感じさせないという理由で宮瀬に興味を示すものの、後には生を感じたために転職の話を取り消す卍新聞の沢村も、酒席で突然豹変して宮瀬に組み付いたりする。環もまた、定型的な新婚を演じようとするかと思えば、唐突に失踪して宮瀬を慌てさせる。二百ページ程度の中篇だが、これらの人物が実に丁寧に書き込まれている。いわば自由であることに取り憑かれ、それによって囚われたキャラクターを描かせると藤沢周ほど巧みな書き手はいない。よく考えてみればこの小説には不思議なところなど何もない。すべて書かれたことの通りに明るみに出ている。たとえば、女が失踪したまま帰ってこないという村上春樹作品のパターンなどとはそこが大きく異なっている。しかし、それでいてこの日常のどこかが、決定的に歪んでいるという印象を読む者に与える切り口のある筆致である。

徹底的に現在にこだわり、日常の細部を抉り、生きている人間の自我の多様性を執拗に追う藤沢の行間から、私たちは現代人の囚われた自由の行方について、何事かを自身で縒り出してゆくよりほかにあるまい。

5　阿部和重『シンセミア』（二〇〇三）

——《場所》的感性への挑戦——

阿部和重最大の長編『シンセミア』（二〇〇三・一〇、朝日新聞社）は、無茶苦茶に〝荒唐無稽〟な小説である。この本の後書きにあたる「謝辞」によれば、山形県東根市の『神町のあゆみ』等の郷土史に学んだが、その反面、内容は「完全なるフィクション」であるともいう。これらの記述は互いに矛盾するようにも、逆に的確であるようにも思われる。実はそこにこそ、阿部作品における《場所》の特異な様相が示されているのである。

戦後の米軍による占領時代の風俗と、後には自衛隊駐屯地と空港によって特徴づけられた「神町」という土地を舞台として、この小説は展開する。その物語たるや、廃棄物処理場建設問題による町を二分する政争、家々に隠しカメラと盗聴器を仕掛けて秘事を隠し撮りする盗撮グループ、不倫相手から頼まれて校内に隠しカメラを設置する女教師、女子中学生と関係し小五の女の子をつけ回す警官、東京で覚えた麻薬に染まる妻と分け前にあずかる夫その他、まさに容易ならぬ現代人の展示場だ。彼ら多数の（見開き二頁にわたって一覧表が掲げられている）登場人物が複雑怪奇に絡まり合い、大洪水の惨禍の中、欲望とストレスは忍耐の臨界に達し、自殺・射殺・爆発で「一晩で一〇人もの人間が命を落とし」た空前のカタストロフに流れ込む有様を描くのがこの小説である。これは「神町」でありながら神町ではない。だがこの町の名が「神町」というからには、それは架空のどこにもない町ではありえない。

阿部は、『ＡＢＣ戦争』（一九九五・八、講談社）以来、『インディヴィジュアル・プロジェクション』（一九九七・五、新潮社）、『ニッポニアニッポン』（二〇〇一・八、同）そして芥川賞受賞作「グランド・フィナーレ」（二〇〇五・二、講談社）に至るまで、「神町」と東京を往還する人物を描き続けてきた。阿部は《場所》にこだわりのある作家である。しかし、とすぐに言い添えなければならないのは、《場所》文学に特有の神話性や特権化を、阿部のテクストは一貫して拒否し続けているからだ。たとえば、大江健三郎は『同時代ゲーム』（一九七九・一一、新潮社）以後、四国の「谷間の村」を〈村＝国家＝小宇宙〉と名付け、近代国民国家に抵抗したありうべき共同体の創建の物語を繰り返し描いた。中上健次は新宮・長山地区を〈路地〉と言い換え、『枯木灘』（一九七七・五、河出書房新社）系統ではオイディプス神話の反転として、『千年の愉楽』（一九八二・八、河出書房新社）系統では語り部オリュウノオバの口寄せとして、それこそ神話的な生と性のありようを語り続けた。だが、世代の差を隔てた大江・中上と阿部とでは、《場所》のもつ意味は決定的に異なっている。

「ＡＢＣ戦争」で「山形」が〈ＹＡＭＡＧＡＴＡ〉という壁の落書き、さらに女の身体として表象されるように、阿部における《場所》とは、自らを逸脱する記号学的な構造にほかならない。共同体意識とそれを描く物語のあり方が、いかなる特権化も否定される位置から認識されるのだ。だがそれを描くためには、純粋架空のユートピアでは効果がない。ここにこそ、阿部的な〈場所無化による場所密着〉の意味がある。

群像新人賞を受賞したデビュー作の『アメリカの夜』（一九九四・七、講談社）は、映画製作についての映画であるトリュフォー作品のタイトルから取られており、評論と一体化した小説とも言われる。いわゆるメタフィクションである。暴力やドラッグ、幼女趣味や盗撮などの現代的アイテムに目が行きがちだが、それとともに、誰が誰に対して、どのように語りまた書いているのか、というテクストの配置が、阿部作品では常に重要な要素となる。それは、あらゆる小説手法を動員して書かれた〝荒唐無稽〟なのだ。

郷土を描いた芥川賞作家の登場として、地域振興を目指そうとする人も地元にはいるかも知れないが、この事情からそれは通常の意味では難しいだろう。だが、町おこし的な地誌ではなく、何よりもこうしたテクストと語りの魅力こそが、「神町」という《場所》の名前とともに受け取られるとすれば、それこそが現実のその地域に対して、新たな意味の地誌を充填する結果をもたらすのではないか。それは、既存のあらゆる《場所》的感性への挑戦なのである。

6　堀江敏幸『雪沼とその周辺』（二〇〇三）

――稀薄な普遍性による既視感――

雪沼は山間の小さな町で、その北山の斜面には、やはり小規模ながら雪質の良い町営スキー場がある。この静かな町に東京から移り住んだ人々の生活と感覚とを、点描風に、また回想文体を多く交えて、静かに描き出す穏やかな短編集、それが堀江敏幸『雪沼とその周辺』（二〇〇三・一一、新潮社）である。

町という場所を描いた作品とはいえ、森敦の庄内とか、中上健次の路地のような、何か濃密な地霊の声が聞こえてくるのではない。巻頭の「スタンス・ドット」が、ピンの弾ける音を愛して経営したボウリング場を、これを最後に閉めるという夜のエピソードであり、次の「イラクサの庭」が、レストラン兼料理教室を開いていた先生が亡くなった後の、生徒であった主婦による回想であり、というように、ここに住みついた人ひとりずつの人生が、丹念にしかし淡々と書き込まれてゆく。人の生涯が回想によって展開されるわけだから、その基調は老いであり、また死なのだが、そこに衰えの要素はあるにしても、悲嘆や絶望はない。四番目の「送り火」だけは、自転車好きだった一人息子の小学生を川の増水で喪った夫婦が、十三回忌にランプを点す物語で、哀切である。それにしても、山あいの農家の二階に書道教室を開いた男、彼の妻となる二十二歳違いの家の娘、そして自転車趣味やランプ収集などの挿話が、町の人々との結びつきとともに綴られて、単純な悲話でなく、文字通り魂を鎮める色調を強くしている。

実際、七編に共通するのは、蘊蓄にも近い技能や感性に対する愛情である。段ボール工場(「河岸段丘」)、家具調ステレオとアナログレコード(「レンガを積む」)、中華料理と熱帯魚(「ピラニア」)、凧あげ(「緩斜面」)などが語られる。「レンガを積む」の主人公は、東京のレコード店でアルバイトするうち、客の表情や仕草、その時の天候・体調から、その人に合う曲を瞬時に選んでかける能力を身につけた。郷里に近い商店街の古いレコード店を買い、上司の慰望も振り切って居を構え、アナログからCDへの移行にも対応できた。「ピラニア」の中華店主は、同輩の中で最も腕が劣っていたはずが、いつしか師匠の店を継ぎ、入院患者たちの秘密の注文を受けて「こんなうまいもの、ひさしぶりだ」と感謝されるまでになる。いずれも、身長の低いこと、料理の腕が悪いことに劣等感を持ち、深い蘊蓄への自信どころか、常に自分に対して謙虚である。そんな彼・彼女らを、雪沼近辺の素朴で暖かな人の絆が、やさしく包み込んでくれる。

作中の雪沼は、よくある懐旧趣味の所産としての幻想の田舎などではない。スキー場があり、商店街があって、県立病院まである。実は、日本の土地の大半は、このような場所にほかならない。森や中上の濃密空間とは異なるとはいえ、この稀薄な普遍性は、逆に強烈な既視感として実感される。人物たちはいずれも、特に挫折したわけではないが東京に見切りをつけ、終生の地としてこの場所に住みつき、突出するのではない各々の技能を深めて、自らの劣勢意識を癒し、また周囲をも癒してゆく。この作品が、まだ若いと言ってよい作家によって成されたのは驚きでもあるが、むしろ、中高年以上に、若い世代の人々にこそ歓迎される性質のものかも知れない。ここにあるのは、ささやかだが確かな生のあり方と、それに舞台を提供する場所のあり方である。もしかしたら、現代が最も必要としているのはこのような文学かも知れない。

7 多和田葉子『アメリカ　非道の大陸』（二〇〇六）

——感性の増幅回路としての旅——

「あなた」は、「オクラホマから来たチャイニーズ・アメリカン」の詩人が「もしも金があったら」と審査員の前で詩を語り、十ドルの賞金を与えられるところを目撃する（「スラムポエットリー」）。運転免許を持っていないと人間扱いされない国で、「あなた」は人の車に乗せてもらって過ごしている。ある晩パーティの帰りに、ヒルデの運転する車はいつの間にか、生別した父が暮らしているというメキシコに迫っていた（「免許証」）。吹雪の中「あなた」が友人とともに訪問した家の夫婦は、その後高校生の二人組の強盗に刺殺された（「フロントガラス」）。マナティを見に連れて行ってくれた友達の友達アレクサンダーはひどく愛想が悪い。ユーゴの戦争でたくさんの力を奪われて何も見物する気がしないという彼を、「あなた」はマナティのそばへ引きずって行く（「マナティ」）。砂漠の中の家に遊びに行き、「あなた」はサボテンに触れて微細な刺に刺され、その家族総出で抜いてもらう（「とげと砂の道」）。

こんな調子で続く多和田葉子『アメリカ　非道の大陸』（二〇〇六・一一、青土社）所収全十三章の短編群は、いずれも、アメリカという国の文化・生活習慣への違和感と、その違和感の隙間からかすかに繋がる人との心の触れあいを描いて見事である。着眼点は微細な出来事であっても、その背景には異文化の広野が広がっている。「あなた」を主語とする二人称の語り口も斬新で、最初読んだ時は慣れない感じもするが、淡々としたその語り口は、読んでいる間にいつしか馴染んでくる。「あなた」は明らかに作中の主人公である女性のことなのだが、「あなた」と呼びかけられていると、それを読んでいる私の心とも、「あなた」の心は同化してくる。そしてまたこれらは、その語り口によって、いつの間にかするりと向こう側の世界へと入り込んでしまうような不思議な幻想の物語でもある。

「スラムポエットリー」で描かれる詩のコンテストにしても、現実なのか、違和感の生み出した都市の夢なのか明らかではない。「鳥瞰図」では、初対面の女に、街を上空から見ようと思ったら高層オフィスビルに上ればいいと言ったら、いきなり腕をぐいぐい引っ張られて実際に上階のオフィスに行ってしまう。「メインストリート」で、ラスベガスに向かうために運転を頼んだガーピーは、高速道路なのにノロノロ運転し、猛獣ショーの始まる前に、「あなた」はトイレの前で意識が遠のき、虎と裸の男たちが登場する夢を見る。圧巻は最後の「無灯運転」で、ホテルの部屋をノックしてカラスのお面をかぶった女が入ってくる。彼女はテーブルをアルミホイルで包み、トウモロコシを並べるが、そのままにして私に運転を任せ、自分は助手席に座ってしまう。私は自分がペーパードライバーだと言うと、身体が折り紙の鶴に変わり、しかもそもそも免許証を持っていないことに気づく。

これは、旅、移動、外国、異文化など、著者がこれまでも培ってきたテーマが結晶した作品集であるが、特に、このような夢うつつの都市幻想が魅力的である。「非道」という副題の語句は、違和感による幻想の実感を示したのだろうか。そこから浮かび上がるのは、微細な言葉や仕草や行為の中に、人と人とが醸し出す違和感という名の通路を嗅ぎ取る旅行者「あなた」の感性である。それと共鳴し反発するのは、もう一人の「あなた」――すなわち、読者というもう一人の旅行者であり、この作品はいわば、そのような感性の増幅回路が、あらかじめ書き込まれた小説なのである。

8 リービ英雄『仮の水』（二〇〇八）
――生命的契機との根元的再会――

リービ英雄の短編集『仮の水』（二〇〇八・八、講談社）は、黒いアウディを雇って中国を旅する主人公を描いたものである。日本在住のアメリカ人である彼が、休みを使って時々大陸を旅し、今や黄河の南のあたりから西域にかけてを踏破している。だが、言うまでもないが本書はよくある大陸紀行とか旅行案内とは全く異なる。訪問地は、名所や景勝が特段紹介されるわけでもなく、また地名や省の名前も大きく明記されてはいない。むしろ、この厚くはない本の中に、言葉、文字、文化、食物、健康、宗教など、生命の契機となるあらゆる事象との根源的な再会が盛り込まれている。そこは明らかに中国なのだが、それは中国体験というよりも、中国という場所で感受される何ものか貴重な精神的感覚の体験なのだ。

最初の「高速公路にて」は、最初の漢字が発見された殷墟にアウディで往還する旅である。彼は運転手に拙い標準語で語りかけるが、方言を用いる地元の運転手とのコミュニケーションは常に障害に覆われている。看板の文字も彼が日本で見たものと違って部分的にしか判読できない。そして、特に内陸部の地方へ行くほど、彼はその外見から「老外！」（ラオワイ＝老いたよそもの！）と人々から指さされ叫ばれることになる。夜の黒い大陸を疾駆する黒いアウディ。第一に伝わってくるのは、彼の体験する深い孤独である。

続く「仮の水」は最も長い作品である。列車で到着し宿泊したシルクロード・ホテルから、彼はアウディで石門山（シーメンシャン）と麦積山（マイジーシャン）を訪ねる。石門山での道士との会話、麦積山の石仏の様もさることながら、列車内での少女のたたみかける英語の質問とそれ以外の乗客の沈黙、迎えに来た女性が彼の顔を見ての驚き、運転手ゴンさんとの例によってうまく行かないやり取りなどのコミュニケーションの齟齬が、静かに、しかし継続的に語られる。この作品の後半は、ゴンさんに連れられていった昼食の後、腹具合が悪くなり、トイレを探して市場をさまよい、ようやく探し当てた有料便所で地元の老人と並んで座るという話である。「骨も筋も溶けて水となり、かれは目をつむり、まだ痛い、と父に訴える細い声がのどから上ろうとした。かれの父はその前の年に死んでいた」。「水」とは、昼食時に出された砂利が溶けたようなミネラル・ウォーターであり、また彼自身がそこに溶け出す生命の帰趨なのだ。

次の「老国道」では、運転手を変えて古い国道を繰り返し窓に映る村落を見て、抗日戦争記念館に赴く。軍服姿の四十女が彼の「来自」（ライヅウ＝どこから来たか）を尋問する。最後の作品「我是」（ウオシル＝私は……である）は、「七十万人の地方都市」で、ユダヤ人の末亡人と対面し、亡くなった自分の父について「私の父はユダヤ人／あなたのご主人と同じ」と彼は言葉を発する。このように本書が描いているのは、現代中国、特に内陸部の人々の知られざる姿であるとともに、「老外」「来自」「我是」を常に問題にされ、また問題にせざるを得ない状況としての、ある空間なのである。結末の、「我是」に続く言葉が口から出なかったという一文からも、「水」つまり生命・真実のありかが、これらの旅によって深く問われたことが分かる。私は本書を読んで、夏目漱石の『倫敦消息』や横光利一の『欧洲紀行』にも通じる問い直しを感じた。それは、人間にとって旅が本来、持つ意味の問題にほかならない。

9　小川洋子『原稿零枚日記』（二〇一〇）

――ありそうでなさそうな物語の祭典――

『原稿零枚日記』（二〇一〇・八、集英社）というタイトルと、それから帯に「ここには、ひとつの嘘もない」と書かれてあることから、ははあ、これは昔からある、小説の書けない小説家の私小説か、と見当をつけて読み始める。最初の節（日記形式だから最初の日）は、取材旅行の後、温泉地に泊まる話だ。これはまさに、小説家が原稿が書けずに温泉宿で呻吟するお決まりのパターンではないか、と思って読み続ける。すると……なになに？　白樺の木の向こうに苔料理専門店があり、苔料理のフルコースを食べた？　イノシシの死体に生えたマルダイゴケの石焼が、血に染まったサンプルの入ったシャーレにルーペ付きで出された？　しかし、そういう変な出来事が、特に変だとも指摘されずに、淡々と日記に書かれるのに驚かされる。

以後も同じく変な毎日が続く。隣町の小学校に、それと悟られないように「運動会荒らし」に出かける話（父兄に紛れて観戦し、昼は隅で弁当を広げて食べる）、役場の「生活改善課」のRさんの話（「生活改善課」というのもありそうでありえない不思議な部署だが、Rさんは訪問先にトランペットを持参し、『ドウケツエビの宇宙』という自作曲を演奏する話)、「素寒貧な心の会」に入会した話、公民館の「あらすじ教室」で講師を務める話（毎回、あらすじを講義する講師。これまたありそうだが実際にはなさそう）、文学新人賞のパーティーで「パーティー荒らし」を見つける話。

そして最後の方には、このありそうでなさそうな物語群の締めくくりにふさわしく、「現代アートの祭典」見学のため、Tという遠くの町へ行く話が、やや多めの頁数を割いて綴られている。ガイドに引率された六人の一行が、山中や工場跡や体育館といった奇妙な場所に置かれた、実に奇妙なアートを観賞して歩き、それだけでなく、その都度、一人、二人とメンバーがいなくなってゆく。だが、いなくなったことの説明も、またいなくなることへの疑問もないままに、最後は予定通りに解散する。ガイド「また、いつでもいらっしゃい」。

さらには結末で、深海魚図鑑を書き写し、チョウチンアンコウの雄が雌の体に結合し寄生して生涯を過ごすことへの関心が述べられる。「光の射さない深海で、少しずつ自分を失ってゆくのはどんな気分だろうかと考える」。苔といい、カイロウドウケツといい、「荒らし」といい、他の何物かと同化・寄生するあり方への興味が、この日記を繋いでいるようにも見える。とかく、何かと何かを明確に区別し、合理的に（主体的に）整理整頓することが推奨される現実社会に対して、このような苔・アンコウ的な感覚は、深いところで異論を呈しているようにも思われる。

どうやら、私の最初の思い込みは見事にうっちゃられたのである。『日記』というのも

「嘘もない」というのも、文字通りの実体ではないらしい。「嘘もない」というのは実体というよりは実感の問題だろうし、『日記』も、その実感が具体化する日常の記録（つまり虚構）ということなのだろう。本書の各章（各日）の末尾には、多くの場合、「（原稿零枚）」と記載されている。これは、日記としては書かれたが、小説原稿としては零枚ということだろうか。すると、この作品は、書かれなかった小説の裏側で書かれた、小説よりも奇なる現実という虚構、ということなのか。いや、こうした理窟をこねて頭を悩ますよりも、このありそうでなさそうな物語の祭典ツアーを、虚心に楽しむのがよいだろう。

10　諏訪哲史『領土』（二〇一一）

――懐かしい幻想への案内書――

諏訪哲史『領土』（二〇一一・一一、新潮社）は、十編の作品が収められた作品集である。「あとがき」の冒頭に、「ここにまとめた十の短編は、いずれもが『小説』である」と、わざわざ書かれている。「形式を脱しつづける形式」としての小説として構築された作品群は、詩のような行分け・分かち書きを採ったテクストを中心とする。もっとも、詩のような抒情性や象徴性が表現を占有することはなく、あくまでも物語が基軸にあるところは純粋な詩とは異なる。とはいえ、通常およそ小説に求められるところの一貫した物語ではなく、ストーリーラインからの逸脱、そこへの介入が、それらの作品群の基調をなす。不思議に幻想的で、なおかつ言葉一つ一つの個性を大事にする繊細なタッチは、いつしか読者をこの文体の世界に引き込んで離さない。

巻頭の「シャトー・ドゥ・ノワゼにて」は、「フランス　ロワール地方」の記銘があり、シャトーホテルに妻と二人で滞在している僕の毎日の過ごし方の叙述と、男女の会話が折り合わせられて進行する。《僕も別れない。でも……、駄目になるって、それって、どうなるってことなんだ》《それは、……はじめ自分の分身のように愛した相手、その人をね、なぜか、いつしか、憎んで憎んで憎んで、ついには殺さなきゃいられなくなるの。どうしても》――こうしたやり取りが挿入されるのだが、それが僕と妻との実際の会話なのか、それが滞在記の物語とどう繋がるのか、当初は明示的な説明のないままに展開し、やがて二つのディスクールはほのかに交わる。ありがちな外国旅行ものの異国趣味ではなく、関係をめぐる新しい小説文体そのものの魅力が横溢する短編である。

続く「尿意」は、見知らぬ港町の小学校に転入してきた僕が、尿意に苛まれながら、転校先の学校という幻想の迷宮を探検する。便所をビヤンヂャオ（「それもまた、架空の場所にあるものです」）、入学をニューギャクと言う先生。ようやくたどり着いたトイレには、便器も洗面台も排水口もなかった。校庭の隅に見つけた蛇口を最後の頼みとする僕は、結末で伝説の洪水のひとしずくに接して意識を失ってゆく……。似たような状況は、自家の敷地内にあった女学園を探索する「聖家族学園」でも繰り返される。特に僕を主語とする幼年・少年の語り手が、世界と自我とがまだ至近にあった頃の感覚を育む。

また、「百貨店残影」はデパートの各階の迷宮めぐり、「甘露経」は禅寺の裏の異界、「中央駅地底街」は地下深くに入った九十六番ホームへの探訪、というように、未知の場所を探索する移動が幻想領域への越境を引き起こし、それとともに行分け・分かち書きに書かれた擬似的な詩の言葉が、変幻自在に形象を綴ってゆく。それらは単に、神秘的な異界めぐりと

10　諏訪哲史『領土』（二〇一一）

いうのではない。九十六番ホームを目指すのは「遠いふるさとの　ぼくの生家へ　帰ってやろうと」思いついたためと記される。とすれば、この越境の運動は一種の失われた時を求めての移動であり、それを語る言葉が詩を擬しているのもそのことと関わるのかも知れない。

その探訪の営為は、掉尾を飾る「先カンブリア」では、「少年紀」から個人史を突き抜けて、「第四紀」「新第三紀」と地質年代を遡及し、ついに最古層の「先カンブリア」にまで到達する。「いま　ぼくは／ぼくのなかの　幻想の　さいはてにいる」。各頁を黒く淡く縁取られたこの瀟洒な本（ただし、やや分厚い）は、二読、三読して各自の懐かしい幻想を解き放つための、この上もない案内書となってくれるはずである。

初出一覧

はじめに――ジャンルと〈変異〉――

『隠喩としての建築』――不可逆性とメタファー――

（『國文學解釈と教材の研究』第34巻第12号、學燈社、一九八九年一〇月）

第Ⅰ部　ジャンルとの闘争

第一編　中上健次

1 『小林秀雄をこえて』――言葉とジャンルとの闘争――

（関井光男編『中上健次』、至文堂、一九九三年九月）

2 中上健次「愛獣」と説経節――「吉野葛」を経由して――

（日本文芸研究会編『伝統と変容——日本の文芸・言語・思想』、ぺりかん社、二〇〇〇年六月）

3　『奇蹟』・夢幻の叙法——中上健次と小説ジャンルの遺産——

（『ars』第3号、東北芸術工科大学、一九九五年九月）

第二編　笙野頼子

1　闘うセクシュアリティ——笙野頼子の休みなき世界《レストレス・ワールド》——

（『國文學解釈と教材の研究』第44巻第1号、學燈社、一九九九年一月）

2　夢の技法——笙野頼子論——

（菅聡子編『女性作家《現在》』、至文堂、二〇〇四年三月）

3　猫と論争の神話

——笙野頼子『S倉迷妄通信』『水晶内制度』の響きと怒り——

（『昭和文学研究』第52集、昭和文学会、二〇〇五年九月）

第三編　金井美恵子

1　虚構の永久機関――金井美恵子「兎」と〈幻想〉の論理――
（『日本文学』、日本文学協会、一九九二年二月）

2　概説・姦通小説の終焉――金井美恵子『文章教室』まで――
（『昭和文学研究』第33集、昭和文学会、一九九六年七月）

第Ⅱ部　現代小説の〈変異〉

1　反エディプスの回路――『海辺の光景』における〈大きな物語〉の解体――
（『日本文芸論叢』第9・10合併号、東北大学国文学研究室、一九九四年一〇月）

2　三島由紀夫小説構造論――パラドックスの変奏――
（『國文學解釈と教材の研究』第45巻第11号、學燈社、二〇〇〇年九月）

3　「愛と幻想のファシズム」論――システムとノイズのナラトロジー――
（『國文學解釈と教材の研究』第33巻第10号、學燈社、一九八八年八月）

4　虚構からの挑戦――筒井康隆『残像に口紅を』――
（『国文学解釈と鑑賞』第76巻第9号、至文堂、二〇一一年九月）

5　島田雅彦と〈食〉——飽食と絶食のあいだ——
（『「食」の文化誌』、學燈社、二〇〇三年七月）

6　〈旅行中〉の言葉　Words on Travels——リービ英雄と多和田葉子——
（『層』第3号、北海道大学映像・表現文化論講座、二〇一〇年一月）

7　『探究Ⅰ』——他者とコミュニケーション——
（関井光男編『柄谷行人』、至文堂、一九九五年一一月）

第Ⅲ部　〈変異〉のための十章

1　レズビアン◎谷崎潤一郎『卍』／松浦理英子『ナチュラル・ウーマン』
（『恋愛のキーワード集』、學燈社、二〇〇一年二月）

2　ホモセクシュアル◎大江健三郎『セヴンティーン』／三島由紀夫『禁色』
（『恋愛のキーワード集』、學燈社、二〇〇一年二月）

3　セクシュアリティ◎松浦理英子『セバスチャン』
（清水良典編『現代女性作家読本五　松浦理英子』、二〇〇六年六月、鼎書房）

4　パロディ◎高橋源一郎『優雅で感傷的な日本野球』
（『現代幻想小説の読み方一〇一』、學燈社、一九九六年七月）

5　サイバーパンク◎島田雅彦『ロココ町』
（『現代幻想小説の読み方一〇一』、學燈社、一九九六年七月）

6　アナロジー◎長野まゆみ『青い鳥少年文庫』シリーズ
（『現代女性作家読本一二　長野まゆみ』、二〇一〇年一〇月、鼎書房）

7　恋愛◎江國香織『号泣する準備はできていた』
（『現代女性作家読本一一　江國香織』、二〇一〇年九月、鼎書房）

8　悪夢◎笙野頼子『パラダイス・フラッツ』
（清水良典編『現代女性作家読本四　笙野頼子』、二〇〇六年二月、鼎書房）

9　霊感◎よしもとばなな『ハードボイルド／ハードラック』
（『現代女性作家読本一三　よしもとばなな』、二〇一一年〇六月、鼎書房）

10　改作◎寺山修司『身毒丸』
（『寺山修司の21世紀』、二〇〇二・五、北海道文学館）

第Ⅳ部　レヴューズ 1994–2011

1　笙野頼子『タイムスリップ・コンビナート』
（『図書新聞』一九九四年一二月一七日）

2　冥王まさ子『南十字星の息子』
（『週刊読書人』一九九六年二月九日）

3　富岡多恵子『ひべるにあ島紀行』
（『週刊読書人』一九九七年一一月）

4　藤沢周『礫』
（『週刊読書人』一九九九年一二月一〇日）

5　〝場所〟的感性への挑戦――「神町」の新しい地誌に（阿部和重『シンセミア』）
（『山形新聞』（夕刊）／二〇〇五年二月四日）

6　堀江敏幸『雪沼とその周辺』
（『週刊読書人』二〇〇四年二月六日）

7　多和田葉子『アメリカ　非道の大陸』
（『週刊読書人』二〇〇七年三月九日）

8　リービ英雄『仮の水』
（『週刊読書人』二〇〇八年一〇月三日）

9　小川洋子『原稿零枚日記』
（『週刊読書人』二〇一〇年一〇月八日）

10　諏訪哲史『領土』

（『週刊読書人』二〇一二年一月二〇日）

あとがき

本書に「レヴューズ」として収めた書評は、そのほとんどが『週刊読書人』に発表されたものである。書評紙の書評だから、担当者が選んで指定してくれる作品を素朴に読み、考え、感じたことをまとめている。ところが、どうやらそれらには〈変な〉作品が多いようなのだ。これは偶然とは思われない。ましてや、担当者が私にだけ、〈変な〉作品を回していることはありえない。それらは、プロの小説家が書いたものだから、きちんと作り込まれていることは言うまでもない。しかし、いずれ劣らず〈変な〉ところがあるのは、実際に「レヴューズ」を読んでいただければ分かっていただけるだろう。もちろん、〈変な〉というのは、本書の言い回しを用いれば、〈変異〉を遂げた、というほどの意味である。小説は、広く〈変異〉を遂げ続けるジャンルだというのは、何らかの理論にその根拠を求めなくても、このような実感からも分かるのである。

〈変異〉は、〈変異〉ならざる状態があって、初めてそこからの〈変異〉として認識される。しかし、その状態の種類は一通りではない。言い換えれば、何を〈変異〉として認知するかは、その認知以前に確定しているわけではない。しかし、そのような水準において、あるテクストに対峙した時に感じる何らかの〈驚き〉の感覚があるとすれば、それはそのテクストを受容する意味の重要な一部分をなすと言わなければならない。しかし、日常の小説読書は、そのような〈驚き〉に対する感受性を失いつつあるのではないか。そのような〈驚き〉こそ〈変異〉の相関者にほかならない。本書で私は、幾つかの方式に亙る〈変異〉と、それに触発された〈驚き〉に留意して、対象となるテクストを論じようと心がけている。

本書のタイトル『〈変異する〉日本現代小説』を考える際に、巽孝之氏の著書『日本変流文学』（一九九八・五、新潮社）の題名が想起された。巽氏の「変流文学」または「伴流文学」（「境界領域文学」、スリップストリーム）は、「被虐的創造力《マゾヒスティック・クリエイション》」と呼ばれるメンタリティを共有する作家たちを問題にしていた。本書は巽氏の著書に影響を受けて構想したものではないが、〈驚き〉をもたらす〈変異〉に着目する態度において、発想が重なる部分もある。実際、笙野頼子や島田雅彦といった作家のテクストを共通に扱ったこともあり、また笙野論では引用・参照しているように、直接、巽氏の著書に学んだ箇所もある。もっとも、私の方法の特徴は、対象を一括りにするのではなく、特徴を個々のテクストの〈変異〉としてとらえる点にある。

本書で問題とした〈変異〉は、テクスト系列（ジャンル）を背景とするものと、テクスト受容のステージの展開を背景とするものと両方に関わる。しかし、そうすると、かりそめにも本書のようにいったん定着した論述のステイタスは、いかなるものとなるのか。定着させた〈変異〉は、もはや〈変異〉とは言えないのではないか？　これについては、今後の新たな〈変異〉を待ち受けるものと言うほかにない。文芸テクスト読解の歴史は、最終的な目標（対象となるテクストの完全解明）のない作業、すなわち複数の読解による係争の連続である。むしろ、読解が仮にかなり完璧なものとなりうるとしたら、そのように論じられた対象は、あまり豊かなものではなかったということになるのだろう。

ここに収めた論文（レヴューを除く）の発表時期には、最も古い『愛と幻想のファシズム』論（一九八八）から、最も新しい『残像に口紅を』論（二〇一一）まで二十年以上の開きがある。これまでも夏目漱石から森敦までの時代の作家・作品を論じて著書を発表してきたこともあり、対象が古いもの（と言ってもたかだか明治時代だが）でも新しいものでも論述手法を変えずに、それなりの時間経過に堪えられる「不易」の水準を心がけてきたつもりである。そのこともあって、本書所収の論文も、初出当時の論旨・論法を変えることはなかった。しかし、現代小説には「流行」の要素も強いことが、本書の構成作業を通じて感じられた。現代小説には、その時々に流行した理論や出来事を取り入れて同時代的なステイタスを勝ち得ているテクストもある。また、研究方法や理論の変化も日進月歩であり、その意味ではやや物足りない部分もないわけではない。とはいえ、本書の試みは、右のような〈変異〉の一コマの記録として受け取ってもらえばよい。

『フィクションの機構』（一九九四）以来、ひつじ書房の松本功房主と私の出版をめぐるお付き合いは、これで二十年の長きにわたることになった。その間、『修辞的モダニズム　テクスト様式論の試み』（二〇〇六）、『新編言葉の意志　有島武郎と芸術史的転回』（二〇一〇）を合わせて、本書で四冊目となる単著の刊行にご尽力をいただいている。いかに本業の言語学・日本語学の専門書出版が好調とはいえ、これほどのご温情を受けてまことに感謝の念に堪えない。また前作『新編言葉の意志』に引き続き、ひつじ書房の編集担当海老澤絵莉さんにご厄介になった。きれいな本に仕上げていただいたものと自負している。
本書の刊行にあたって、北海道大学大学院文学研究科より平成二十四年度一般図書刊行助成を受けた。

二〇一三年一月六日

年初清新の北海道大学札幌キャンパスにて

中村三春

や

ゆ

よ

索引

あ

い

う

え

お

か

き

く

け

こ

【著者紹介】

中村三春（なかむら　みはる）

〈略歴〉1958年、岩手県釜石市に生まれる。東北大学大学院文学研究科博士課程中退。北海道大学大学院文学研究科教授。日本近代文学・比較文学・表象文化論専攻。博士(文学)。著書に、『フィクションの機構』(ひつじ書房、1994年)、『修辞的モダニズム―テクスト様式論の試み』(ひつじ書房、2006年)、『新編　言葉の意志―有島武郎と芸術史的転回』(ひつじ書房、2011年)、『花のフラクタル―20世紀日本前衛小説研究』(翰林書房、2012年)など。

未発選書　第18巻

〈変異する〉日本現代小説

発行　2013年3月27日　初版1刷
定価　4400円＋税

発行者　松本 功
装丁　Eber
印刷所　三美印刷株式会社
製本所　株式会社 星共社
発行所　株式会社 ひつじ書房
〒112-0011 東京都文京区千石2-1-2 大和ビル2F
Tel.03-5319-4916 Fax.03-5319-4917
郵便振替 00120-8-142852
toiawase@hituzi.co.jp　http://www.hituzi.co.jp

ISBN978-4-89476-643-3